O MOLEQUE RICARDO

JOSÉ LINS DO REGO
O MOLEQUE RICARDO

Apresentação
Regiane Matos

São Paulo
2022

© **Herdeiros de José Lins do Rego**
28ª Edição, José Olympio, Rio de Janeiro 2011
29ª Edição, Global Editora, São Paulo 2022

Jefferson L. Alves – diretor editorial
Gustavo Henrique Tuna – gerente editorial
Flávio Samuel – gerente de produção
Vanessa Oliveira – coordenadora editorial
Tatiana Souza e Nair Ferraz – revisão
Mauricio Negro – capa e ilustração
Valmir S. Santos – diagramação

Dados Internacionais de Catalogação na Publicação (CIP)
(Câmara Brasileira do Livro, SP, Brasil)

Rego, José Lins do, 1901-1957
 O moleque Ricardo / José Lins do Rego ; apresentação Regiane Matos. — 29. ed. — São Paulo : Global Editora, 2022.

 ISBN 978-65-5612-208-3

 1. Romance brasileiro I. Matos, Regiane. II. Título.

22-99853   CDD-B869.3

Índices para catálogo sistemático:
1. Romances : Literatura brasileira   B869.3

Cibele Maria Dias - Bibliotecária - CRB-8/9427

Obra atualizada conforme o
Novo Acordo Ortográfico da Língua Portuguesa

Global Editora e Distribuidora Ltda.
Rua Pirapitingui, 111 — Liberdade
CEP 01508-020 — São Paulo — SP
Tel.: (11) 3277-7999
e-mail: global@globaleditora.com.br

(g) globaleditora.com.br   (🐦) @globaleditora
(f) /globaleditora   (📷) @globaleditora
(▶) /globaleditora   (in) /globaleditora
(💬) blog.grupoeditorialglobal.com.br

 Direitos reservados.
Colabore com a produção científica e cultural.
Proibida a reprodução total ou parcial desta
obra sem a autorização do editor.

Nº de Catálogo: **4472**

Sumário

Desarraigamento e desterro: o moleque Ricardo retirante e sua vida operária no Recife, *Regiane Matos* 7

O moleque Ricardo 13

Cronologia 287

Desarraigamento e desterro: o moleque Ricardo retirante e sua vida operária no Recife

Regiane Matos

Atualmente, estima-se que 80% da população brasileira viva em ambientes urbanos. Esta realidade se difere da do início do século XX, quando boa parte da população brasileira ainda se concentrava em zonas rurais, até que teve início o processo intenso de urbanização das principais cidades brasileiras, dentre elas o Recife, capital do estado de Pernambuco, onde José Lins do Rego viveu entre 1919 e 1925.

Entre 1926 e 1935, o escritor viveu em Maceió, até que se mudou para a cidade do Rio de Janeiro com sua família. Foi também neste ano que *O moleque Ricardo* teve a sua primeira edição publicada, com dedicatória ao historiador carioca Otávio Tarquínio de Sousa (1889-1959) e ao advogado e intelectual mineiro Rodrigo Melo Franco de Andrade (1898-1969), com os quais travou amizade na então capital federal, onde viveu até a sua morte, em 1957.

A trama é dividida em 33 capítulos. O narrador onisciente nos apresenta logo de início o moleque Ricardo, personagem principal que já despontara nas primeiras obras do "ciclo da cana-de-açúcar" – *Menino de engenho* (1932), *Doidinho* (1933) e *Banguê* (1934), narrados em primeira pessoa por Carlos de Melo. Aos 16 anos de idade o protagonista deixa a vida no engenho e parte para a cidade de Recife.

Outros escritores nordestinos também trataram das migrações brasileiras em seus livros, dentre eles podemos lembrar de Graciliano Ramos (1892-1953) com *Vidas secas* (1938) e João Cabral de Melo Neto (1920-1999) com *Morte e vida severina* (1945). Ricardo deixa a vida de alugado no engenho para se tornar empregado na capital:

> O Recife estava próximo. A cidade se aproximava dele. Teve até medo. Falavam no engenho do Recife como de uma Babel. [...] Casa de gente pobre pela beira da linha, jaqueiras enormes, mulheres pelas portas das casas. E agora o Recife. Tudo aquilo já era o Recife que estendia as suas pernas, que crescia, que era o mundo. (p. 24-25)

O pintor Cícero Dias (1907-2003) viu o mundo que começava no Recife, e o retratou em tela de 1929. Ricardo, por sua vez, viu o mundo que para ele se iniciava no Santa Rosa e explorou a Amsterdã brasileira em suas contradições, belezas e dores. Neste romance, as memórias da vida do engenho e as experiências da vida no subúrbio de Recife se fazem presentes e em diversos momentos dialogam entre si. O Carnaval, a vida social nos mocambos, o candomblé e os movimentos grevistas da década de 1920 são retratados entre as personagens participantes do enredo.

A saudade do engenho, a experiência do exílio, a vida no subúrbio da capital e sua ligação com o movimento operário se misturam com as extensas descrições socioespaciais, revelando uma cidade em ebulição. No capítulo 4 a seguinte passagem já anuncia a importância do engajamento entre os trabalhadores na trama: "[...] o trabalho em comum traz sempre umas ligações íntimas, uma certa confiança entre os trabalhadores" (p. 38). A capital pernambucana é apresentada como um labirinto de sons, no qual a multidão circula a pé, de bicicleta, nos automóveis e nas maxambombas. Retrato do intenso e frutífero diálogo intelectual entre ciências sociais e literatura brasileira, *Menino de engenho* (1932) antecipa em romance as ideias de Gilberto Freyre em *Casa-grande & Senzala* (1933), enquanto *O moleque Ricardo* (1935) retrata a vida nos mocambos recifenses, que seria explorada pelo seu amigo e intelectual pernambucano em *Sobrados e mucambos* (1936).

A instabilidade emocional de Ricardo evidencia os conflitos da vida urbana: os problemas no trabalho; suas desilusões pessoais e amorosas interferem inclusive na sua maneira de ver a cidade. Quando está feliz, temos este tipo de descrição feito pelo narrador:

> Por toda a parte ele via o povo contente. Tocavam piano pelas casas, os meninos voltavam da escola com alarido feliz. Os trens passavam atulhados. Moças com farda da escola normal, gente que já vinha da cidade, funcionários públicos, rapazes do ginásio. Tudo descia para o descanso, para a paz do subúrbio, para as noites calmas de cadeira na porta e cinema barato. (p. 54)

No capítulo 10 as misérias do subúrbio ficam em evidência: "Todos ali tinham moléstias em casa. Quando não era filho, era mulher, irmã, mãe, com seu pedaço de sofrimento" (p. 84). Nesse mesmo capítulo e no seguinte o trabalho árduo e mal remunerado na padaria ganha evidência junto à fome que assola as famílias daqueles empregados. O Carnaval desponta como a válvula de escape, a libertação dessa gente do mangue, e é tema central dos capítulos 17, 18 e 19: "Podiam passar fome, podiam aguentar o diabo da vida, mas no Carnaval se espedaçavam de brincar" (p. 94).

Conforme se adapta à nova vida, Ricardo começa a desenhar o seu sonho de formar uma família: "Ele somente queria que a sua fosse como aquela do alfaiate Policarpo. A mulher bem boa, duas filhas e três meninos indo para a escola bem-lavados e bem-vestidos. E eram negros como ele" (p. 31). No romance sabemos de três experiências amorosas dele no Recife: Guiomar, Isaura e Odete. Guiomar como um amor platônico, não concluído; Isaura, a paixão carnal; Odete, a tentativa frustrada de constituir a família de seu sonho: "Como era infeliz o pãozeiro! Sozinho, sem um amigo, sem uma mãe, sem um irmão para desabafar" (p. 219).

Entre os capítulos 7 e 11 a miséria dos mocambos vem à tona:

> No Recife tudo se comprava [...]. Pobre não nascera para ter direito [...]. Os meninos eram amarelos como os do engenho, mas eram mais infelizes ainda. Lá eles tinham o rio e a capoeira para entreter os vermes e o impaludismo. Os filhos de Florêncio faziam concorrência com os urubus, cascavilhando no lixo. (p. 56-58)

Lemos no capítulo 11: "Ter fome era o diabo. No engenho o povo se aliviava na fava, na batata-doce. Ali não. Era mesmo não ter o que comer" (p. 94-95).

Embora Carlos de Melo, contemporâneo de seu conterrâneo – agora jovem adulto –, também vivesse no Recife naquele momento, a distância social ainda perseguia essas trajetórias. Carlos era aluno da Faculdade de Direito, e Ricardo, primeiro trabalhou como criado na casa de dona Margarida na rua do Arame e depois como pãozeiro na venda do luso seu Alexandre, no bairro da Encruzilhada. O estudante é assim descrito no capítulo 9: "[...] Carlos de Melo passava por um intruso, um sujeito perdido, que trazia nas costas os crimes de exploradores, de malvados senhores de escravos" (p. 74), um "[...] saudosista dos troncos e das gargalheiras e estava ali no Recife gastando nos lupanares o ouro que lhe viera dos braços e do suor dos negros cativos" (p. 75).

José Lins do Rego traz por meio de Ricardo o testemunho e documento do processo de modernização excludente e da permanência de desigualdades que se deu no Recife e nas demais grandes cidades brasileiras na primeira metade do século XX. O narrador nos revela a ingenuidade de Ricardo, que acompanha os conflitos sociais e a organização do movimento operário sem compreender as artimanhas da política: "O Recife daquele tempo era mesmo uma lástima. Os partidos políticos só faziam corromper. Operário era a mesma coisa que capanga, e estudantes como as raparigas" (p. 177).

Ricardo, apesar de tudo, não perde seu caráter, não abandona os seus valores e a sua integridade em suas redes de sociabilidade citadinas. Todavia, "O que o Recife lhe dera de bom não compensava as tristezas e as mágoas em que ele se metera. Odete, Isaura, Guiomar, três mulheres que lhe haviam secado a alma" (p. 269). O desfecho do romance é um clássico da literatura brasileira e indica a importância desta obra para se entender melhor as migrações e desigualdades no mundo do trabalho e na sociedade brasileira: "Os negros bons iam para Fernando. O que tinham feito eles?, dizia seu Lucas voltando para casa. O que tinham feito eles, os negros que não faziam mal a ninguém?" (p. 283).

Ricardo saiu do engenho, mas o engenho não saiu de Ricardo.

O MOLEQUE RICARDO

A Otávio Tarquínio de Sousa e
Rodrigo Melo Franco de Andrade

1

A CASA INTEIRA RECEBEU a carta com muita alegria. Ricardo vinha do Recife passar uns dias com eles. Há anos que se fora. Ainda quase menino, sumira-se do engenho sem ninguém saber para onde. Ricardo fugiu. Era assim como se comentava a saída dele para outras terras. Uns falavam que se juntara aos tangerinos, de madrugada, outros que pegara um trem de carga. O fato era que aos 16 anos, Ricardo não ia mais à estação buscar os jornais, não lavaria mais cavalos no rio. Deixara o quarto da Mãe Avelina fedendo a mijo por outros. E no entanto, a sua fugida ele a calculara. Todos os dias aquele ir e vir de trens, aqueles passageiros de boné na cabeça e guarda-pó, o povo da segunda classe, os que iam a Recife, a Paraíba, a Campina Grande, gente falando de feira, de cidades, de terras que não eram engenho, tudo isto fazia crescer a sua imaginação. Ficou pensando em fugir. Mas a mãe? A tia Galdina? Ele gostava da mãe, da negra Avelina. Puxara nos seus peitos os restos de leite que deixavam de sobra. "Bênção, mãe", era assim que se levantava de madrugada, e era assim que ia dormir. A fugida ia porém crescendo. Não tinha dinheiro. Aonde que fosse encontrar dinheiro para a passagem? Um dia um condutor de trem de Recife gritou-lhe no ouvido já na hora da partida:

— Quer ir comigo, moleque?

Ficou com a voz do homem nos ouvidos. Com aquele convite apressado zunindo na cabeça. Para que o condutor queria ele? Sem dúvida para criado. Um moleque sempre servia em qualquer parte. À noite na rede, encolhido no lençol sujo, ele se sentiu em viagem. A madrugada vinha clareando e via a mãe deitada na cama de tábuas, dois filhos de lado e um nos pés. Ela se encolhia para que o menor pudesse dormir. Era Rafael e o seu irmão mais moço. Brincava tanto com ele. Levava o bichinho para o rio. E caía n'água. Chorava de fazer pena. No fim gostava, batendo na correnteza com as mãozinhas, sentindo o frio como uma carícia.

"Deixa o menino em paz!", gritava-lhe a mãe.

Era uma briga sem vontade. Agora estava ela ali com os três na cama. Rafael aos pés. Os outros maiores dormiam na rede. Eram sete. Lá por fora já se ouvia o barulho do curral. Tinha que acordar. Só ficava na cama Rafael sonhando com o rio, e Chico, de três anos, de umbigo grande. Deodato, de quatro, o que não dava uma palavra ainda e que mexia em tudo, uma carrapeta, como lhe chamava a mãe. Ricardo esticou o corpo na porta da rua. O sol ainda se anunciava com dourado nas barras. Nem os passarinhos tinham acordado. Só as vacas para o leite e eles que tiravam leite das vacas. Podia ainda estar dormindo. O que atrasaria dormir até as cinco horas? O condutor lhe chamara na estação. Naquele dia enquanto puxava os peitos das turinas, Ricardo pensava no condutor, no mundo, nas viagens. O melhor era ir mesmo. Ali não passaria daquilo. O melhor era ir mesmo. Quando acabou o serviço, já tinha outra cousa para fazer. E às dez horas ainda estava pegado no rojão. E o condutor com ele. A viagem. O trem apitando. E adeus, bagaceira. A mãe chegou-se para falar:

— Quando acabar daí, Ricardo, vai dar um banho em Rafael.

Ainda tinha muito que fazer, mas foi. O seu último serviço no engenho ele queria que fosse este: lavar o irmão mais moço. Não lavava os cavalos do coronel?

Levou Rafael nos quartos. O menino pegava-lhe pelo nariz. A princípio chorou para ficar com a mãe, mas foi com

Ricardo. O moleque ia fazer o seu último serviço no Santa Rosa. O rio corria barrento no mês de julho. A lama da vazante atolava até as canelas. Ricardo olhou para ele como se uma saudade já tivesse suspirando no seu coração. Era do que mais ele gostava ali, era do rio, de atravessá-lo a nado, de vencer os seus redemoinhos mais perigosos. Com o lombo de fora metia o braço e caindo numa margem ia à outra na certa. Lá estava a canoa do engenho amarrada no marizeiro maior. Um silêncio enorme se estendia pela ribanceira. Nem um gemido de boi, nem um grito de gente. O rio passava silencioso, calmo nos seus fins de enchente. Só o rumor do corpo dele dentro d'água despertou aquela pasmaceira. Ele e Rafael sozinhos. O choro do negrinho, de começo, já era agora boas gargalhadas, vontade de ficar mais tempo dentro d'água. O irmão grande nadava, com ele em cima das costas, escanchado como num cavalo. Depois se ouviu o grito do coronel chamando. Mas fez que não ouviu. Não era mais dali. O condutor chamara na estação para ir embora. Levou Rafael para a casa da mãe, roxo de frio, com a boca melada do lodo do rio. A água sujava mais do que limpava. Eles ficavam com barro pegado no couro, como índio enfeitado para festa. Em casa, Avelina já estava medonha de raiva!

— Menino, o coronel botou a boca no mundo atrás de ti. Adonde tu estava, menino?

Ele nem se importou. Deixou Rafael no chão e vestiu a roupa mais nova que tinha. Não levaria mais nada. Também nada tinha para levar.

— Mãe, vou pra vila ver os jornais. Mãe não quer nada não?

Rafael sentado no chão olhava para ele. Talvez que ele compreendesse o que Ricardo queria fazer. Avelina não queria nada.

— Vai primeiro falar com o coronel. Ele não está te chamando?

E saiu de casa. Ricardo ficou sozinho porque Rafael era como se fosse ele mesmo, um pedaço dele. A mãe se fora para a cozinha da casa-grande. Talvez que nunca mais visse Mãe Avelina por toda sua vida. Queria-lhe bem. Vira desde que se entendera de gente ela dormindo com outros homens. Quase que não deixavam lugar para ele dormir. Às vezes com a lua entrando pelas telhas via tudo, mas fazia que não via. Ela reclamava: "Olha o menino." E o amor, o coito cegavam os dois. Não queria mal à mãe por isto. Quando cresceu mais, ficou mais de longe. Outro irmão mais moço estaria como ele antigamente de mais perto. Avelina era mãe para tudo. Não lhe fazia inveja a mãe de ninguém. Trabalhava na casa-grande e ainda lhe sobrava tempo para ter um roçado. Umas braças de milho, de algodão. E os cinquenta mil-réis que fazia na colheita, gastava com eles. O seu vestido de chita era o que a casa-grande dava. E até o botara na escola do Pilar. Ricardo aprendera a ler, assinava o nome. A mãe dera os livros, comprara até botinas. A légua que fazia a pé por debaixo das cajazeiras, na ida e volta para a escola, era para ele tudo que havia de melhor. Os outros moleques mangavam dele. Sacudiam até pedras quando viam o companheiro de botina, com o caixãozinho dos livros debaixo do braço. Mas ele tinha orgulho deste privilégio. O neto do senhor de engenho passava a cavalo, muitas vezes dava-lhe a garupa. Era uma sensação entrar na rua de cima como um branco. Voltava sozinho da escola. A estrada, um ermo completo. De barulho, só mesmo o das cigarras e das lagartixas nas folhas secas. Pensava então em muita cousa. Via pelos partidos o vento dobrando a folha da cana. Os pendões floriam pelo meio. Era um mau sinal. Cana de pendão não prestava, amadurecia antes do tempo. O moleque cismava nestas caminhadas. Uma cousa que lhe perturbava quase sempre era o apito do trem. A sua grande ambição, o seu sonho maior, não seria uma cousa do outro mundo. Ricardo queria somente ser maquinista. Achava bonito Chico Diabo passar com a mão na alavanca, botando a cabeça de fora para ver o leito da linha. E os apitos do Chico Diabo não iludiam a ninguém. Falavam, diziam mais alguma cousa que os dos outros. Quando se escutava os gritos lancinantes que ele tirava do seu instrumento, o povo podia ir ver que encontrava boi ou cavalo de quarto quebrado.

Agora Ricardo ia-se embora. O condutor chamara na estação. A mãe se fora para a cozinha, e Rafael olhava para ele. Ninguém saberia de sua fugida. Os outros irmãos andariam por fora. Salomé, Deodato, João, Maria das Dores. Não havia dúvida. Podia gritar por ele quem quisesse gritar. Só os olhos grandes de Rafael, espantados para ele, sabiam do seu plano. O negrinho olhava para Ricardo como se estivesse senhor do segredo. Seria ainda impressão do banho do rio, da água fria, dos mergulhos, dos passeios no lombo do irmão. Mas olhava. Só coisa ensinada. Sentado no chão Rafael estirava os braços para ele e balbuciava:

— Cardo. Cardo.

O outro pegou o irmão como se fosse a todos os seus de uma vez e levou o pequenino aos braços, beijando-o. E o negrinho ficou chorando com o afago violento.

Foi assim que o moleque Ricardo deixou o engenho pela cidade.

2

Dois dias ainda no engenho esperaram por ele. A mãe fez promessa a São Severino dos Ramos. Notícias chegavam de uns que o tinham visto no caminho de São Miguel. Um morador chegou a afirmar que Ricardo passara com os tangerinos para Itabaiana. Depois a mãe esqueceu. Tinha tanto que fazer e os outros filhos não davam tempo para saudades. Às vezes, à boca da noite, quando na "rua" se reuniam as negras para conversar, ela puxava o seu suspiro de saudades:

— A esta hora o que tará fazendo Ricardo?

Mas as outras sabiam consolar:

— Foi melhor, mulher, te agaranto que com pouco dá pra gente. Aqui nunca que tirasse o pé da lama. Lá por riba, só pode melhorar de condição.

Na casa-grande também sentiram a ausência, mas de outro jeito:

— Negro fiel. Podia se fazer um mandado por ele sem susto. Fazia tudo depressa e com vontade.

Se fosse no outro tempo, o capitão do mato daria conta da peça de primeira, os jornais anunciariam as qualidades, os sinais de Ricardo, até que ele voltasse para os seus, para a mãe e o dono. Ambos lhe queriam bem, bem diferente. O coronel ainda gritou quando soube da escapula do moleque:

— Negro fujão, pensa que lá por fora vai ter vida melhor. Vai é morrer de fome. Outros têm se arrependido.

Mas o coronel sentiu o seu moleque fugido. Andou a tatear atrás de outro que o substituísse. Experimentando. Mandou o João de Joana à estação buscar os jornais. No outro dia Mané Severino. Vendo assim a quem elegeria pelas qualidades ao lugar de Ricardo. Tateou uma semana até que se decidiu por um. Fez-lhe falta e grande o seu moleque ensinado. Ricardo tomara o trem do Pilar. O condutor gostou. O medo do moleque era que o homem se arrependesse e não quisesse mais ele. Capaz de nem querer mais e aquele oferecimento ser só de brincadeira. Com este susto, esperou o trem. Qual nada! O condutor queria de verdade. Quem enjeitaria um criado que se dava daquele jeito? Moleque limpo, de olhos vivos, de cara boa, um achado para o Recife, onde os moleques daquele tipo se faziam de gente, se metiam em sociedade de operários, quando não se perdiam na malandragem. O condutor fizera uma aquisição magnífica. O diabo seria se o moleque criasse asa e se perdesse. Já levara uma crioula de Nazaré que pouco durou em casa. Quando cresceu os peitos, passou-se para o mundo que era melhor. Agora não, o negro iria servir. Sentado no seu banco a princípio, Ricardo não pensava e não via nada. Agora é que a saudade o pegava de jeito. Deixara a mãe, os irmãos. Rafael fizera para ele olhos tão compridos. Avelina precisaria dele um dia. Era o mais velho. Os outros nada valiam; as meninas, quem faria por elas alguma cousa? Não devia ter vindo. Os outros não ficavam? Se pudesse fazer aquele trem voltar, voltaria para casa, para os gritos do coronel. Uma agonia ia lhe partindo o peito. A Mãe Avelina, a tia Galdina. Àquela hora outro estaria dando ração aos cavalos. Rafael, o pobre, ficou chorando por ele. E Ricardo chorou para ninguém do trem ver. Fingiu que olhava pela janela do vagão, mas o que estava era chorando, deixando lágrimas por aquelas terras desconhecidas. Só conhecia terras do engenho onde se criara. Agora a cousa era outra. Ele não saberia mais os nomes dos pés de pau, dos bois, dos poços do rio. Agora ele via engenhos passando. Não se pareciam com o seu. Via gado pastando, gente de enxada cavando terra, canaviais subindo e descendo encosta. E a sua saudade foi se desviando, foi dando lugar a que pensasse na vida. Tinha 16 anos. Para que chorar? Chorava de besta que era. Deixara a bagaceira e ia se empregar. Empregar – como essa palavra era diferente de alugar! No engenho os trabalhadores eram alugados. Achava bonito quando a negra Joana dizia na "rua" falando de uma filha que se fora para Recife: "Maria está empregada em casa de uma família." Joana mesmo frisava a palavra para ofender a todos eles que eram como escravos, sem dia de serviço pago, trabalhando pelo que comiam, pelo que vestiam. Alugar, trabalhador alugado! Não, ele ia se empregar. Era subir um pouco mais, mas era subir. Um sujeito sentado perto dele perguntou para onde ia. E entrou em conversa. Era um comprador de porcos. Negociava pelos engenhos. Ricardo contou-lhe que ia com o condutor. Não sabia para que o serviço. O homem dos porcos falou-lhe em emprego. Estava até precisando de um rapaz trabalhador para lhe ajudar. Mas se ele já estava com compromisso, estava tudo acabado. O condutor foi chegando. E parece que não gostou da conversa, porque foi logo chamando Ricardo para lhe dizer qualquer coisa. O negro era dele, muito havia de dar na sua mão. Fosse conversar com outro. Era capaz daquele sujeito estar enchendo os seus ouvidos de história e o moleque saltar numa estação qualquer.

O trem puxava, as estações se sucediam. Ricardo notava que a gente que entrava pelo vagão já era diferente, gente mais despachada, ganhadores pedindo frete, moleques vendendo jornais. O Recife estava próximo. A cidade se aproximava dele. Teve até medo. Falavam no engenho do Recife como de uma Babel. "Tem mais de duas léguas de ruas." "Você numa semana não corre." E bondes elétricos, sobrados de não sei quantos andares. E gente na rua que só formiga. O dia todo é como se fosse de festa.

Tudo isto agora estava perto dele. Via gente de sua cor e de sua idade entrando e saindo do carro como se fosse em casa. E ele ali encolhido no canto. Que diabo era aquilo? Medo, uma covardia de menino fora da saia da mãe. A cidade começava a mostrar os primeiros sinais. Arraial. Viu um bonde amarelo. Era o primeiro que se apresentava aos seus olhos. Não era tão grande como diziam. ENCRUZILHADA. Casa de gente pobre pela beira da linha, jaqueiras enormes, mulheres pelas portas das casas. E agora o Recife. Tudo aquilo já era o Recife que estendia as suas pernas, que crescia, que era o mundo. O condutor chegou para ele com um embrulho:

— Fique aí me esperando. Volto num instante.

E Ricardo ficou só no meio daquela gente que carregava mala, que falava alto, que vinha e saía num rebuliço de festa. Só agora sentia o que tinha feito. Numa rápida lembrança os seus ficaram com ele. Lembrou-se de Avelina chorando por sua causa. Talvez que pensasse que o filho se tivesse afogado no rio e botava o candeeiro aceso na cuia para procurá-lo. Onde parasse, o defunto estaria encalhado. Avelina chorando por sua causa. Rafael, os outros irmãos, dormindo com medo dele. E aquele chamado do caçula chegou-lhe aos ouvidos: "Cardo, Cardo." E se o coronel botasse gente atrás dele? Voltaria preso para o engenho. Não tinha feito nada. Levaria uma pisa e outra vez pegava no rojão de manhã à noite. Não voltaria mais não. Já era de noite quando ele com seu novo dono atravessou a cidade no caminho de casa. Os seus olhos não davam para ver tudo, tantas as luzes, os bondes, os automóveis. O barulho de tudo deslumbrava o negrinho do Santa Rosa. Eles iam no reboque, cheio de homens sujos voltando do trabalho. Vinham porém gritando numa algazarra de desocupados. Só as caras é que eram tristes. Ricardo no meio deles lembrou-se dos trabalhadores na volta do eito. Os de lá vinham com mais lama no corpo, com a barriga mais oca. De vez em quando saltava um e quando o bonde queria sair, gritavam a uma só voz: "Para lá, para lá!" É que faltava um embrulho ou qualquer coisa. Ali naquele reboque eles mandavam. Bem junto de Ricardo estava um que não gritava como os outros. Só fazia bater com os pés, só protestava com os pés. O condutor conhecia-o e falavam os dois. Eram vizinhos. Falavam dos interesses de sua rua. De uma patrulha arrombando portas de noite, de ladrões de galinha, e da safadeza de umas raparigas. Depois o homem perguntou quem era Ricardo:

— Levo ele para emprego. Vou ver se dá para o serviço. Você sabe, lá em casa não há o que fazer. Sou eu e a mulher. Não faz mal ter uma pessoa para fazer um mandado em caso de precisão.

O bonde parou num recanto escuro. Há mais de hora que andava aos trambolhos e aos gritos. Ricardo e o condutor saltaram em terra firme. E seguiram. Andaram a pé um pedaço. Ele calado, Ricardo também. Estava fora de tudo o que era seu. Batia o coração do negro em descompasso. Estava no mundo. Àquela hora da noite Rafael dormia no colo da Mãe Avelina.

3

RICARDO ENCONTROU OUTRA VIDA. O povo era outro. Na rua onde morava não havia casa grande. Todas as casas eram pequenas. E também o grito do coronel não se ouvia. A voz de mando era diferente. De dia só existia por ali menino e mulher.

Os homens saíam para o serviço com o sol apontando e a rua ficava entregue às crianças. Havia casas que pareciam de mentira, feitas de pedaços de caixão, de latas, e outras melhores, mais bem parecidas. Plantavam flores e verduras nos quintais. Uns tinham cadeira para se sentar, estampas de Nosso Senhor na sala, retrato do Padre Cícero. As mulheres conversavam muito, falavam muito umas das outras; o mexerico corria mais depressa do que notícia por telefone. Briga de menino dava sempre em briga de gente grande. Havia também seitas e apóstolos. Os protestantes falavam dos padres e de Nossa Senhora, e na casa de uma preta velha a polícia de vez em quando ia por lá buscar gente na corda. Fazia-se por lá feitiçaria. Mas Ricardo gostou da vida. Trabalhava de manhã à noite, varria a casa, fazia as compras, ia de lata na cabeça buscar água, comprava bicho para a patroa. E até sonhava para ela:

— Que bicho dá hoje, Ricardo? Com que você sonhou hoje?

Quando sonhava com a mãe, a patroa mandava jogar na vaca. Depois vinham as adivinhações, as interpretações dos sonhos. No dia em que ele sonhou com o engenho moendo, ela não teve força para resolver. Saiu de casa, consultou, andou de casa em casa atrás de bicho. Depois mandou jogar em touro, porque boi era quem puxava carro de cana.

Às vezes a rua se encrespava toda. Alguma mulher dava para vadia. As conversas cercavam a pobre de todos os lados:

— Você viu o sujeito passando pela porta? Com um marido tão bom!

— Deixa lá, deixa lá a diaba com fogo entre as pernas.

Havia também marido com duas mulheres, e com as casas bem próximas. As duas se encontravam cara a cara, como se fossem de homens diferentes. A princípio a guerra se declarava com ímpeto. A legítima ia para a porta da outra chamar de catraia, ratoína, puta ordinária. Pegavam-se. O próprio marido vinha separar com a sua autoridade de homem. O povo juntava na porta e quando os homens saíam de casa, pegavam as mulheres no comentário:

— É preciso ter bofe, para aguentar o que Mariquinha aguenta. Um marido daquele eu botava na rifa.

— Quem manda ela ser sem-vergonha? Com menos do que aquilo, eu tinha despachado o peste.

Mas nenhuma despachava os maridos. Eles eram de clubes do Carnaval, iam para os ensaios no sábado de noite, e voltavam no domingo de tarde, quando não se botavam de lá mesmo para o serviço na segunda.

Havia muita briga de marido e mulher. E por causa de cousas pequenas. O jogo do bicho era sempre motivo dos maiores. O jantar não prestava, era pouco:

— Em que diabo gastaste o dinheiro, mulher? Está jogando no bicho outra vez, hein, cachorra?

E o bofete cantava no toutiço. Elas também não ficavam quietas, como leva-pancadas. Investiam. Os meninos choravam na porta de casa, num berreiro de saída de enterro. E o braço vadiando dentro de casa, os dentes da mãe no cangote do pai, os troços se quebrando. O povo acudia, desempatava o casal, a mulher chorando, de sangue correndo pelas ventas, e o homem bufando:

— Esta burra pensa que faz o que quer!

Os outros se chegavam para ele, acomodavam. E a mulher ia para a cama chorar, fazer dormir os meninos pequenos. Nesta noite o marido dormia debaixo da mangueira, com as estrelas no céu e o vento bom para acalentar o sono de um justo. De manhã a mulher preparava o café com pão crioulo. Ele saía de casa com a cara feia, mas se não tivesse gênio, de noite chegaria com a cara alegre. E a mulher passaria uma semana sem jogar no bicho. E quase sempre um filho novo aparecia de tudo isso. Para Ricardo aquela rua era diferente daquela onde nascera e se criara. A velha senzala do engenho era muda. Só aquele bater de boca, de noitinha. A Mãe Avelina, Joana, Luísa e os moleques pelo terreiro, brincando. Também ali só faziam dormir e esperar os homens na cama dura. Agora a cousa era outra. A rua do Arame agachada, com as biqueiras encostando no chão, mulheres brigando com os maridos, falava outra língua mais áspera, mais forte. Ricardo gostava mais dela. É verdade que de quando em vez uma saudade lhe assaltava a alma. Era sempre de noite que esta saudade procurava o moleque. Ele dormia no fundo da casa, quase que debaixo de uma mangueira de galhos gigantes. E quando o sono não chegava logo, a Mãe Avelina vinha para ele de braços abertos: "Bênção, mãe", era assim como ele lhe dizia. Ali não tinha para quem estirar a mão de manhã e de noite. E apitava de longe um trem, de muito longe, que o apito chegava a ele como um toque de flauta, de tão saudoso, de tão triste. Nos primeiros dias de Recife, chorava nestas ocasiões. Nunca mais soubera notícias dos seus. Perguntava ao condutor se não vira gente do engenho na estação. O patrão dava notícias de longe, como se quisesse adormecer nele as suas saudades. Ricardo servia bem, dez mil-réis por mês, roupa lavada e comida. Para que notícias do engenho mexendo com ele? Um dia parece que para lhe fazer medo o condutor lhe disse:

— O coronel hoje veio pro Recife.

Não sei por que o negro dormiu naquela noite com vontade de ver o coronel. Vontade somente. No final de contas ele não tinha raiva do velho. Gritava demais, mas desde que nascera que os gritos do velho, as ordens, os chamados eram daquele jeito. Gritava por tudo. Ricardo se insurgia. Estava ele brincando com atenção para qualquer cousa sua, quando o grito estrondava chamando por ele. Não sei por que naquela noite ele teve vontade de ver o coronel. Nascera para ser menor que os outros. Em pequeno vivia pela sala com os senhores lhe ensinando graça para dizer. Os meninos brancos brincavam com ele. Mais tarde viu que não valia nada mesmo. Só para o serviço, para lavar cavalos, rodar moinho de café, tirar leite. Negro era mesmo bicho de serventia. Andava pelo mato, espetando os pés atrás do gado. Em casa Mãe Avelina botava jucá e pronto. Não se falava mais nisto. E no entanto, quando Carlinhos ralava o joelho na calçada, corria gente de todo canto da casa. Davam água fria ao menino por causa do susto e passavam pedaço de pano pela ferida. Ricardo só podia sentir essas cousas. Ele tinha uma alma igual à dos outros. E sabia mesmo fazer tudo melhor. E apesar disso, quando o outro crescesse, seria dono, e ele um alugado como os que via na enxada. Não tinha raiva de Carlinhos por isso, mas sentia inveja, vontade de ser como ele, de andar de carneiro e poder comprar gaiola de passarinho, de não ter obrigação nenhuma. O que aprendeu num ano que passou na escola, nada lhe valia. Deu somente para lhe abrir uma brecha para o mundo, para a vida. Ninguém passaria por aquela brecha tão estreita. Ali em Recife pelo menos um dia poderia ser alguma cousa. Não queria muito. Se lhe ensinassem um ofício, podia fazer um pedaço. Ouvia falar de pedreiros ganhando 12 mil-réis. Ali pela rua do Arame, não havia oficina por onde se metesse nas horas que nada tivesse para fazer. Quem sabe se ainda não mandaria chamar a mãe e os irmãos? Então, botaria todos na escola. Avelina bateria roupa para alguma família de perto, as irmãs mais velhas aprenderiam a engomar e Rafael, com mais tempo, entraria para a aula. E todos viveriam felizes. A família inteira como as famílias felizes da rua do Arame. Ele somente queria que a sua fosse como aquela do alfaiate Policarpo. A mulher bem boa, duas filhas e três meninos indo para a escola bem-lavados e bem-vestidos. E eram negros como ele. Ninguém via dona Noca falando de ninguém. As meninas dela de tarde botavam cadeiras na porta e o velho lá dentro na máquina costurando os ternos que vinham cortados da cidade. As moças iam à missa com dona Noca aos domingos e seu Policarpo saía para esticar as pernas pelo sol afora. Uma semana inteira de pernas encolhidas. Precisava andar pelos arredores, conversar com os seus parentes que moravam longe. Às vezes ele voltava com os olhos vermelhos e com os dentes brancos mais à vista. Era que seu Policarpo esquentara o sangue. Mesmo assim, ficava ainda melhor do que era, mais delicado com a mulher. E dormia o resto do dia. Ninguém de casa se importava com o pileque do velho.

Já estava Ricardo ali há mais de ano. Do patrão nada tinha que dizer, porque pouco o via. Chegava de noite e saía pelas madrugadas. Mas dona Margarida ele conhecia demais. No começo fora melhor para ele. Com o tempo foi se aborrecendo. Quando ela errava no bicho, encontrava tudo em casa malfeito:

— Não botaram nem uma gota d'água nas plantas. Ricardo, o que foi que você fez o dia inteiro? Chegou tão bom, está se perdendo.

A negra na cozinha não ia com o luxo da patroa, quase da sua cor. Reagia:

— Perde no bicho e vem pra cima de mim. Vá descontar no diabo!

E as cóleras e impertinências se acalmavam em Ricardo. Ele não dizia nem sim nem não. As plantas estavam secas.

Botava água nas plantas. "Este quintal faz uma semana que não se limpa." Pegava no ciscador e limpava o quintal. Mas aquilo doía no moleque. Ele era de carne e osso. Fugira do engenho para uma vida mais dele. Tomara uma resolução porque uma necessidade de viver diferente lhe alimentou a imaginação. Dona Margarida não podia perder no bicho. O povo da rua do Arame já sabia. Quando ouvia um grito com Ricardo, o falaço, a tormenta nas quatro paredes da casa do condutor, dizia um para o outro:

— Dona Margarida não acertou hoje.

E à tarde, nas conversas, ninguém contava sonho à dona Margarida, porque ela não queria saber de bicho. Aquilo era uma ladroeira que o governo devia proibir.

Às tardes, Ricardo ficava sentado debaixo das mangueiras do quintal. Quase sempre a esta hora as cigarras cantavam na rua do Arame. E nesta hora triste, enquanto o bate-boca das mulheres retinia lá por fora, o negro botava para pensar. Não era propriamente para pensar, era para sofrer. Aquelas mesmas cigarras cantavam assim nas cajazeiras do Santa Rosa. Mãe Avelina, quando deitava os meninos para dormir, cantava também. E Rafael? O que seria dele naquela hora? E quando à noite o xangô do fim da rua gemia com os seus instrumentos soturnos, Ricardo metia a cabeça no cobertor para chorar pelos seus, que estavam de bem longe pensando nele. De manhã, porém, o sol esquentava estas lágrimas. O negro pegava no serviço satisfeito. Botava água nas plantas. Havia uma trepadeira que se enrolava toda pelo alpendre, cobrindo tudo de vermelho, pés de Paul-Néron no meio de couves-flores arredondadas, touceiras de coentros e pés de bogaris que lhe lembravam os dos moradores do engenho. E craveiros que dona Margarida plantava para negócio. Pobres craveiro que tanto trabalhavam para os banqueiros de bicho. Ricardo cuidava deles com carinho. Dali saía o ouro para o vício da patroa. Era ele mesmo que vendia, a tostão cada um. No mês de Maria subia. Compravam na porta, tantos tivessem. Quando morria menino na rua, dona Margarida fazia figura:

— Hoje não venda os cravos!

E mandava para a casa do anjo.

4

DEPOIS QUE DEIXOU a casa de dona Margarida, foi que Ricardo começou a conhecer o Recife. Os dois anos da rua do Arame, ele viveu como se estivesse no engenho. Pouco saía de lá, e quando saía, era com medo. Tinha medo de se ver sozinho no meio do povo. Ficava sozinho no seu canto, no bonde, ouvindo a gritaria da cabroeira. Verdureiros com cestos entulhados brigando com o condutor pelo preço do frete, uma balbúrdia infernal de todos os dias. Nunca fizera uma viagem sem discussão de gente no bonde. Quando não era de passageiros, era do fiscal com o condutor. Ricardo via "peixeiras" enormes com o cabo aparecendo. E se arrepiava só em pensar em briga ali no bagageiro. Afinal foi se acostumando com o povo. E até gostava das conversas que uns puxavam para os outros. Tempos de carnaval, só falavam de uma coisa só: Toureiros, Vassourinhas, Pás-Douradas.

— Toureiro ontem encheu a rua de cabo a rabo.

Outro achava que o clube era o Pás-Douradas:

— Veja o povo como fica doido com os Pás. Um cabra dos Toureiros se fez de besta no ensaio dos Vassourinhas e foi aquela desgraça. Quando chegaram na rua Larga, comeram o bicho na faca. Ninguém nem viu. Quando o "passo" passou, o bicho estava estendido.

Falavam também de religião:

— Padre só quer comer dinheiro.

— Me arreceitei numa sessão de Beberibe e estou bom de meu.

— Homem, você quer que eu lhe diga? Não vou atrás de reza de xangô. Aquilo só é bom para os sabidos passar as negrinhas nos peitos.

— Está enganado. Lá também há seriedade. Você nunca viu uma sessão de verdade.

O bonde parava para descer uma carga debaixo das gritarias, das pilhérias pesadas. Os portugueses ficavam para um canto. Os outros também não davam importância aos galegos, que ficavam fazendo as contas das laranjas que levavam e dos mil-réis que trariam. Destes tanto ia para o fundo da mala, tanto para o pão e a banana, tanto para isto e tanto para aquilo. E iam assim até que desciam daquele bagageiro para passearem de charuto nos dentes no seu automóvel.

Agora Ricardo trabalhava para um portuga numa padaria. Deixara a casa de dona Margarida a chamado de um vendedor de pão. Colocou-se como carregador de balaio, com noventa mil-réis por mês, e lugar para dormir. O serviço era pesado, mas o ordenado de um príncipe em comparação com os dez mil-réis do condutor. A princípio sentiu saudades das plantas de dona Margarida. Não pesavam nas costas como o balaio de pão. Começava às cinco horas da manhã. Lavava o rosto, comia o seu pedaço de pão com café, e o balaio cheio o esperava. Bem que pesava no começo e sentia na cabeça o calor do pão quente. A manhã era alegre, e trabalho para Ricardo não era castigo. Saía pela Encruzilhada. As casas fechadas. Só se viam pelas ruas operários que esperavam o trem e os que levavam, como ele, balaios de pão na cabeça. O homem que ia atrás dele tocava numa corneta fanhosa. Enchia os sacos da freguesia dependurados pelos portões de ferro. A corneta acordava as criadas. Agora já ia por João de Barros, e o sol esquentava--lhe o rosto molhado de suor. Sentia a terra tremer nos pés quando a maxambomba passava por perto fazendo um barulho medonho. Olhava para o trem apinhado de gente pobre que ia para o pesado. Com pouco o balaio já não pesava na cabeça. Estava findo o serviço da manhã. O português esperava em casa no balcão, a mulher lavando lá dentro o vasilhame da padaria. Ricardo ia auxiliar os masseiros para não ficar de braços cruzados. O forno aceso comia lenha a valer. Era Ricardo quem de machado partia os paus que chegavam. Eram bem-pagos os noventa mil-réis por mês. Se dissesse ao povo do engenho que ganhava aquilo, o povo não acreditava. O português não gritava com ele não. Mas era só:

— Ó seu Ricardo, ajude-me a fazer isto, ponha-me aquele saco de farinha ao pé da masseira.

E o seu Ricardo dava leite na mão do portuga. Quando lhe pagava o ordenado, não se esquecia dos conselhos. Parecia que ele tinha pena do dinheiro que pagava e queria vê-lo bem-guardado. O negro, porém, fazia suas economias. Tinha o seu quinhão guardado, pensando mandar qualquer coisa para a mãe. Guardava para ela. Um dia tomaria o trem e iria buscar o seu povo. Até isso, teria que carregar muito balaio na cabeça, puxar muito saco de farinha do reino. Viria, porém, este dia. Ricardo dormia num quartinho nos fundos da venda. Só dava mesmo para sua rede e sua mala de folha de flandres. De lá ouvia à noite o gemido dos homens na padaria. Cantavam. Era mais gemido, porque o que eles tiravam do peito era bem triste.

Então o mestre português só esperava o serviço para abrir as lamentações de seus fados. Ricardo dormia assim. Quando o sono não chegava, era ruim para ele, porque a cantiga dos homens bulia com o coração do negro. Coração feito mais de carne do que os dos outros. Nele qualquer coisa doía, feria fundo. E se as cantigas falavam de mãe, Ricardo sabia que aquilo era com ele e a Mãe Avelina. A massa batia nas tábuas e a noite deixava que fosse até longe o gemido dos padeiros. O português roncava até de madrugada, quando saía da cama para contar os cestos de pães e as latas de bolachas que tinham feito para ele vender. Seu Alexandre contava tudo, pão por pão, reclamava dos padeiros estragos de fermento e de farinha. Para ele andava tudo sempre ruim. Os homens suados da boca do forno, mudavam a roupa para um canto sem lhe dar ouvidos. Só o patrício aceitava o desafio. Batiam boca, gritando um para o outro. Seu Alexandre se dizia roubado com a freguesia perdida. Aquilo era lá pão que prestasse. A farinha era da melhor e o produto era o que se via.

— Vou procurar gente competente.

— Pois que procure – lhe dizia o outro, enquanto saía para o sono, para esticar o corpo no descanso da cama.

Seu Alexandre podia discutir, dormira bem, roncara como um porco a noite inteira. Quando dava sete horas, fechava o estabelecimento, recebia os últimos balaieiros com as contas da vendagem, discutia nas quebras, descontando tostão que faltava e ia para o quarto com a sua rica mulher gozar as horas de felicidade, os privilégios de ser agora o dono e não a besta de carga dos outros tempos. Ele mesmo dizia que já fora besta de carga. Batia na barriga para que vissem que era o seu Alexandre, o que subira, o que mandava, um homem de eiras e beiras. A mulher não queria compreender que tinha ascendido, porque era a mesma, lavando roupa do seu Alexandre, fazendo o fogo da cozinha, fazendo tudo em casa. Para que cozinheira, lavadeira? De tudo ela tomava conta com a mesma disposição com que chegara da terra. Seu Alexandre dizia sempre que aquela mulher fora sua estrela. O que tinha, devia a ela. Não escondia, era franco, mas à tardinha deixava-a no balcão da venda e dava-se aos amores com a mulata da beira da linha, lá para as bandas do Chapéu de Sol. O portuga gastava um pedaço com a rapariga. Todo o mundo na Encruzilhada sabia, a mulher sabia mas pouco estava ligando. Alexandre precisava se divertir. Muitas vezes ele mandava Ricardo levar as coisas para a amásia mas que voltasse em cima dos pés. Não permitia empregados com conversas por lá. Os seus noventa quilos pediam a luxúria que a mulata tinha de sobra para ele. Ela mesma vinha à venda, toda por cima de seda, enquanto d. Isabel vasculhava lá por dentro as garrafas vazias. Seu Alexandre fechava a porta que dava para os fundos e tirava o seu pedaço de prosa com o seu amor. A redondeza chamava aquele desfrute de sem-vergonhice:

— Português sem-vergonha! Fazendo da mulher uma criada!

Mas seu Alexandre tinha até doutores com caderno na sua venda. Mandava Ricardo fazer as cobranças.

— Diga a seu Alexandre que só no dia 15!

Ou então vinha com desculpas:

— Diga a seu Alexandre que tenha paciência, meu marido aparece lá para falar com ele!

O vendeiro abria a boca no mundo. Não era pai de ninguém. Cortaria os fornecimentos. A mulher acomodava estes rompantes.

— Por quem és, homem de Deus, deixa de gritos!

E seu Alexandre baixava a temperatura, ia pesar os quilos de carne resmungando contra os fregueses. Ricardo não gostava nada do patrão. Nunca lhe fizera mal e tinha raiva dele. Via o mondrongo fazendo questão por pão velho, aproveitando tudo. Até por um pedaço de tábua de caixão perguntava. O negro se criara na bagaceira do coronel Zé Paulino. Ele mesmo confessava admiração pelas franquezas do velho, aos companheiros:

— O coronel não fazia questão por besteira não.

Mas gostava de d. Isabel. Era também unha de fome como o marido, mais talvez por obrigação do que por natureza. Só somiticava com ela mesma, porque até fazia as suas esmolas. Escondendo do marido distribuía pães do outro dia com os pobres que ficavam por perto da padaria, de ventas acesas para o cheiro que o forno largava no ar. Ricardo trabalhava com ela na lavagem dos vasilhames, das garrafas, e o trabalho em comum traz sempre umas ligações íntimas, uma certa confiança entre os trabalhadores. D. Isabel a princípio ficava calada. Horas seguidas sem dar uma palavra. Aos poucos, porém, foi confiando em Ricardo. Começou perguntando por ele, de que bandas viera para o Recife. E quando soube que era do engenho, ficou mais satisfeita. Ela também nascera no campo, numa quinta dos seus parentes. E a saudade de d. Isabel não teve tempos para se expandir. Parecia que era a primeira vez que o coração da camponesa se sentia solto e em liberdade. Se cantasse, teria se aliviado nos fados, teria gemido como faziam outros patrícios. O marido nunca lhe falou da terrinha com espécie alguma de saudade. Alexandre queria somente enricar. O moleque ouvia tudo de cabeça baixa no serviço. D. Isabel deixara os pais com 15 anos para cair nos braços do seu Alexandre. Casaram e vieram para o Brasil e há anos que ajudava o marido a fazer o pecúlio. A vida que tivera no começo fora aquela mesma, trabalhando o dia inteiro para que Alexandre não pagasse a outra o que ela podia fazer. Pobre do Alexandre, só sabia mesmo trabalhar. Deus não lhe podia ter dado marido melhor, já que não dera filhos. Mas quando d. Isabel falava da aldeia, os olhos marejavam. A família não escrevia. Nem sabia se ainda existiam por lá. Certa vez mandaram pedir uma ajuda. Alexandre não podia mandar.

— Aquilo que é terra, senhor Ricardo. Que frutas! Ai, senhor Ricardo, se eu pudesse tornar à terrinha. Só queria poder ainda ver as irmãs queridas. Mas qual, não voltarei mais nunca. Alexandre gosta mais do Brasil.

E nesse serviço passavam as horas. Entulhavam as garrafas para o canto. Seu Alexandre chegava para olhar. Estava tudo muito bem-feito. E Ricardo ia se preparar para a distribuição do pão da tarde. D. Isabel ficava no balcão, e seu Alexandre, depois que contava os cestos da mercadoria e que enchia os cadernos de notas, botava-se para a mulata do Chapéu de Sol, aonde daria vazão em cima daquelas carnes escuras ao furor das suas luxúrias de sexagenário. Alisava os bigodes, passava o pente nos restos de cabelos da careca, olhava-se no espelho e deixava a mulher no balcão para ir tirar o seu, esbanjar-se nos prazeres da cama. Aquela mulata um dia daria um ensino no galego. Era isto o que a vizinhança desejava que acontecesse. D. Isabel pedia a Deus que o Alexandre fosse feliz até mesmo por fora do seu leito. Já era também um leito de fogo morto. O que podia ela dar mais ao marido? Nem um filho, nem uma filha, em quarenta anos de amores com Alexandre. Que ele desse as suas pernadas a valer. Ela temia por essas pernadas. Podia acontecer alguma coisa ao marido, uma moléstia, uma briga por ciumada. Então quando ela via o marido alisando os bigodes, olhando a cara gorda no espelho, d. Isabel se pegava com o Senhor dos Navegantes para que o Alexandre voltasse são e salvo de sua aventura. Que o Alexandre esperneasse por cima da mulata até quando bem quisesse, mas que voltasse para dormir com ela. Ela não podia passar sem aquele corpão estendido na cama, roncando como um porco maduro para o talho. Ficava no seu cantinho, na cama larga, na velha cama dos seus antigos prazeres. O marido tomava quase tudo. D. Isabel só podia dormir assim, vendo aquele mundo de carne por perto.

À tarde Ricardo saía com o balaio na cabeça. Pesava menos porque a freguesia era menor. Via mais gente. As criadas agora ficavam nos portões esperando o pãozeiro. Os meninos cercavam o balaio na compra de rosca.

— Não deixe tirar, seu Ricardo, a patroa não quer.

De tarde era muito melhor para sair. Havia uma criada que falava com ele, desconfiada. Era mais clara e não tinha a fala como as das outras. Era de engenho também. O patrão morava na cidade, mas era senhor de engenho. Gente do Cabo, gente rica. Ricardo engraçou-se da cabrocha. Já gostava quando chegava a hora de sair para o serviço somente para ver o namoro esperando por ele. Era namoro? Ele mesmo não sabia ao certo. Guiomar, como se chamava, abria os dentes quando via o pãozeiro. O pãozeiro ria-se também para Guiomar. E o balaio saía pesando como se fosse de pena na cabeça do negro apaixonado. Ricardo nunca amara assim. No engenho o amor foi para ele uma experiência dura, deixando-lhe o corpo marcado com os seus dentes. Zefa Cajá e as outras só queriam mesmo coito e mais nada. Guiomar lhe parecia outra.

De noite na rede o moleque ficava lírico, começava a ouvir a cantiga dos padeiros de maneira diferente. Mãe Avelina perdia-se na distância. Guiomar estava mais perto. Guiomar

ria-se para ele. A negrinha curava-lhe das saudades de casa. Se um dia tivesse alguma coisa, casaria com ela. Era com ela que gastaria o seu dinheiro todo. Depois seu povo viria morar com ele. Quando botava o balaio na cabeça, o amor lhe dava força para maiores pesos. Dia de chuva o serviço castigava mais. Seu Alexandre ficava na porta da padaria nas recomendações:
— Não me molhe a massa! Não me deem prejuízo!
O balaio saía coberto com encerados. Ele sentia a chuva fria castigando as pernas, os braços, o peito. O povo que o encontrava vinha sempre debaixo de qualquer coisa. Quem não tinha capote trazia estopa, pano velho. Apinhava-se gente no telheiro da estação, mas ele tinha de entregar os pães daquele dia. A corneta tocava mais fanhosa ainda. Muitas vezes custavam a atender das casas. E eles esperavam até que chegasse gente debaixo de guarda-chuva. Só ele não podia parar um instante, senão as reclamações chegavam para o seu Alexandre.
— O pão da manhã chegou depois da hora do café. Assim se toma outra freguesia.
Seu Alexandre ficava danado se isto acontecesse. Com Ricardo ainda não sucedera nem uma vez. Ele se acostumara com os pés-d'água do engenho. Fazia frio, mas uma boca de fogo esquentaria o corpo outra vez. Ninguém esperaria com café na mesa pelo pão que o negro distribuía. Seu Alexandre botava isto em vista quando brigava com os outros:
— Olhe o senhor Ricardo, que empregadão. Sigam o exemplo.
O negro vinha do serviço com os pés engelhados, com a canela melada de lama, como os trabalhadores do eito do Santa Rosa. Seu Alexandre estava sentado na cadeira na porta da venda, alisando os bigodes com os pensamentos na sua mulata gostosa. D. Isabel na cozinha, cozinhando o bacalhau,

os homens da padaria batendo a massa para o pão da tarde. Tudo corria bem. Ricardo amava tanto, que nem sentia a escravidão. Podia chover pedra. De tarde o pãozeiro veria Guiomar de dentes para fora para ele.

5

Havia mais de ano que Ricardo trabalhava na padaria do seu Alexandre. Do negro besta que chegara do engenho ia uma diferença enorme. Não era que tivesse ficado ruim, se perdido na cidade. Não. O que ele tinha era aprendido a viver mais um pouco. Era difícil aprender a viver, custava muito, empenhava-se o que se possuía de mais puro para se chegar ao fim. Agora a cidade era sua. Conhecia tanto quanto as capoeiras do Santa Rosa. Aos domingos tirava para correr terras. Banhos de rio em Beberibe com companheiros que levavam mulheres. Procuravam os lugares de bem longe, no meio da mata, aonde ficavam nus na safadeza. Saíam de dentro d'água com os olhos vermelhos. Em muitos a cachaça subia para a cabeça. Davam gritos dentro da mata e acudia gente das proximidades que vinha botar para fora os debochados. Isto se deu poucas vezes, porque o moleque não fazia pernas para farras. Deixava até que os outros levassem na pilhéria os seus recatos. Todos os seus conhecidos faziam zona, davam-se às mulheres, às raparigas lá das bandas da linha de ferro. Conhecia até um que se metera com mulher da rua Estreita do Rosário. Este era o mais afoito de todos. Mulheres da rua Estreita pediam coragem e dinheiro.

Ricardo ouvia falar das brigas de soldados e marinheiros, de navalha cortando barriga de gente. Preferia mesmo ficar ali pela Encruzilhada. Zefa Cajá deixara-lhe pavor pelas moléstias do mundo. O negro não tinha fôlego para as noitadas, a luxúria não puxava por ele. Havia uma rapariga por perto de casa onde desconfiado ia fazer as suas precisões. Os companheiros debicavam:

— Para quem tu estás guardando isto, besta? A terra come tudo.

E até começaram a suspeitar da virilidade do negro. — Será que ele está mesmo de tempos acabados?

Ricardo desconfiava com estas conversas e por isso pouco queria convivência com a gente de fora. Guiomar se fora para o engenho do Cabo. O patrão há quase um ano que não passava tempos em Recife. A casa se fechara. Só o jardineiro ficava tomando conta dos troços.

— Quando chega o pessoal, seu Lucas?

Seu Lucas não sabia:

— O coronel não me mandou ordem nenhuma.

O balaio de pão pesava mais na cabeça dele. Até já gostava da negrinha. O namoro pegara de vez. À noitinha, depois do serviço, ia para o muro conversar com ela. Nem sabia o que conversar. Palavra vem, palavra vai, e quando ele dava por si, ouvia o grito da senhora:

— Entra, Guiomar!

Guiomar entrava, e ele voltava num pé e noutro de contente para o seu quarto. E era um dormir de príncipe, um sonhar de venturoso. Tudo, porém, tinha o seu fim. O coronel voltou para o engenho. Começara a sentir que o serviço era pesado demais e a ter mais raiva do seu Alexandre. O que diabo eram noventa mil-réis por mês para o que ele fazia? O povo da padaria bem que tinha razão. O que o galego queria era encher o rabo à custa dele. Foi ao seu Alexandre e falou. O portuga abriu a boca no mundo:

— Dou-lhe almoço e janta, senhor Ricardo. Dou-lhe dormida, o senhor tem um quarto para dormir. Pago-lhe bem, senhor Ricardo. Que mais o senhor quer?

Mas aumentou dez mil-réis. Porém a raiva a seu Alexandre permaneceu. Era a primeira pessoa por quem sentia repulsa, mesmo ódio. No entanto o patrão o tratava bem, sem gritos, sem aborrecimentos. Também não dava por onde. Vivia com os outros aos berros. Os homens da padaria, até o patrício viviam com o patrão pelas goelas. Ninguém levasse pão para casa que ele visse. Chamava de ladrão a todo o mundo. Não era o "ladrão" da boca do velho Zé Paulino. Era um ladrão que feria os outros com vontade de ofender. Seu Alexandre, porém, gostava de Ricardo. Até lhe falava do negócio. No dia em que botou fora um cobrador em que ele passou uma descompostura, chamou o negro e lhe deu o serviço. O balaio de pão saíra assim de sua cabeça. O serviço amaneirava-se. Era ele agora quem tocava a corneta e apontava nos livros os pães que deixava pelas casas. Se Guiomar visse como ele estava, a coisa era outra. Ele pensava sempre nela e construía os seus planos com a negrinha enchendo todo o cenário. Seu Lucas, porém, não dava notícias. Não havia ordens para coisa nenhuma. Ricardo queria que Guiomar o visse assim nos primeiros dias de sua promoção, de guarda-chuva, escrevendo no caderno, homem de categoria mais alta. Mas nada dela. Na padaria a vida não mudava. Só d. Isabel se queixava de dores. Quando se levantava do tanque, segurava as cadeiras, gemendo.

— Ah! senhor Ricardo, dói-me a valer.

E saía andando, a arrastar as pernas. Seu Alexandre achava que aquilo era um jeito:

— Faze uma fricção, que isto passa!

Ela não conversava tanto nas horas de trabalho.

Ricardo via a patroa mais pálida. Um dia ela mesma lhe confessou:

— Só morreria satisfeita, se fosse no meio do meu povo.

O negro lhe animou. Para que falar em morrer? Era tão forte ainda. D. Isabel lavava as garrafas sem entusiasmo. O moleque sentia a ruína da velha. Era de quem gostava ali. Tão sem bondade que era aquela branca, tão sem luxo, igual a ele no serviço. E depois aquela história do seu Alexandre com a mulata. D. Isabel fazia que não sabia de nada e sabia de tudo. Outra teria enchido aquela padaria de ciumadas, de brigas com o marido. Seu Alexandre só precisava mesmo de uma mulher assim. Aquela era boa demais para ele. Enquanto d. Isabel lhe cozinhava as comidas e lhe limpava as vasilhas, lhe cosia as camisas, ele se espojava com uma mulata qualquer. Portuga safado. Na padaria falava-se muito. O patrício com os outros levavam d. Isabel à santidade para mais afundar o marido. Quando ele chegava para perto do forno alisando os bigodes, reclamando sempre, os homens calavam-se. O ódio pedia aquele silêncio. Os homens só se referiam a ele para falar mal. Também o patrão era a impertinência em pessoa. Nunca chegou um dia ali para elogiar, fazer justiça ao suor que ele via correr em bica pelo corpo nu dos homens. Eles trabalhavam com uma tanga de estopa. Os masseiros gemiam em cima da farinha do reino com a cara de quem estivessem em luta com um inimigo rancoroso. A boca do forno era um inferno de quente. De noite o calor era menor, mas pelo dia queimava, tostava o couro de quem chegasse por perto. Seu Alexandre chegava de lenço no pescoço para examinar, para falar do trabalho. Que eles melhorassem o produto. Dava tudo muito bom, farinha de primeira, tudo de boa qualidade. A água era igual à dos outros. E por que o pão crioulo dele não se comparava com o das outras padarias?

Era relaxamento, era descuido. Os homens de cabeça baixa no serviço só faziam suar. O mestre padeiro, que era do mesmo sangue do patrão, que se houvesse com ele. E se encontravam admiravelmente no desaforo. Seu Antônio não aguentava calado as besteiras do patrício:

— Pois venha aqui, homem de Deus, venha para cá e depois fale.

Terminava sempre mandando seu Alexandre para as profundas do inferno. Os homens se riam da lenga-lenga. Não passava daquilo. Com pouco mais seu Antônio tinha também a sua padaria, daria aqueles mesmos gritos, descobriria os mesmos defeitos. Ricardo, por mais que não quisesse, ia ficando com raiva do patrão. Nada lhe fizera ele para isto. Até pelo contrário. Nunca levara um grito acolá. Também não lhe dera prejuízo dum tostão. Balaio de pão que saía com ele, voltava sem um erro, um engano. O ordenado subira para cento e vinte. Os homens da padaria se queixavam do trabalho, que era pesado, e do que ganhavam, que era pouco. Muitos dobravam o serviço. Levavam boca de fogo a noite inteira e ainda havia gente que fazia o mesmo serviço de dia com intuito de levar para casa mais alguma coisa. Ricardo via-os reclamando sempre. Só o galego não abria a boca para reclamar ordenado. Era mestre, só tinha uma mulata com ele para sustentar e talvez que se calasse porque a sua padaria já estava na cabeça. Com mais tardar seria como seu Alexandre. Um dia um dos homens pediu a Ricardo para entrar na Sociedade. A Sociedade fazia o enterro, dava médico para a família e se pagava somente mil-réis por mês. Entrou só por entrar, mas o pessoal da padaria ficou satisfeito com ele. O que Ricardo queria era que Guiomar voltasse do engenho. Amor era o que lhe faltava. Morto, o enterrassem onde bem quisessem. Fedendo em cima da terra ninguém ficava. Seu Lucas não dava notícias. Todas as manhãs já estava ele pegado com as plantas e roseiras. O jardim na mão do seu Lucas brilhava ao sol com as rosas abertas. Havia um pé de cássia todo amarelo, que enchia a vista de regalo. Ricardo se lembrava dos flamboyants do cercado. Eram assim também, vestidos de festa da cabeça aos pés. Seu Lucas cortava sempre o coração do pãozeiro com as suas notícias. Que diabo tinha aquele senhor de engenho que não lhe trazia a sua Guiomar? Um dia ela estaria ali para receber os pães, com a cesta na mão, o avental branco e os dentes de fora, rindo-se para ele. Questão de tempo. Quando o engenho pejasse, viriam novamente para Recife. Guiomar. E o moleque se amolecia só em pensar. De noite na rede era pra cá e pra lá no balanço. Da padaria ouvia o bate-bate do sujeito tirando bolachas das formas. Era mais forte que o gemido dos padeiros aquele bater de latas nas tábuas. Depois o fado do galego enchia tudo de nostalgia. Daquele peito cabeludo brotava uma música de entristecer, um canto de penado, de infeliz. Aquilo era mentira ou era saudade mesmo? Um bicho tão forte, de toutiço de boi, com aquele lamento de quem perdeu a esperança, o amor, a terra. A tristeza dele pegava Ricardo na rede com o pensamento em Guiomar. E Mãe Avelina e Rafael e os outros? O moleque pensava neles todos quando o mestre da padaria deitava o fado para se aliviar. Mãe Avelina! Quando Ricardo veria ela outra vez? Passava dias sem pensar nela, se esquecera dos seus. O costume tinha destas impiedades. Dias inteiros, semanas sem que a Mãe Avelina lhe chegasse, lhe viesse ao pensamento. Não era ingratidão do moleque. O tempo e a distância seriam mais responsáveis que o seu coração. Chorara tanto por ela nos primeiros dias, ali no quarto da casa de d. Margarida, nas tardes tristes de cigarras como as do Santa Rosa. Podia até mandar dinheiro para a mãe, mandar uma carta. Mandaria uma pessoa escrever uma carta por ele com as suas notícias. Maria escrevia a Joana e Joana mostrava a todo o mundo a carta que ela não sabia ler. Maria de vez em quando enviava os cinco mil-réis, um corte de chita para a mãe. Estava sendo um ingrato para o seu povo. Só porque melhorara de vida, não pensava mais neles. Há mais de dois anos que não via cara de gente de lá. E a mãe nem sabia por onde ele dera com a vida. Rezaria por ele todas as noites. São Severino dos Ramos teria velas, se um dia o filho lhe mandasse notícias. Rafael estaria mais grande. Já ia com os outros moleques para o pastoreador. Os outros irmãos, de manhã, metidos na lama do cercado.

6

Seu Lucas estava de cócoras no jardim quando viu Ricardo que vinha atrás do balaieiro, de guarda-chuva no braço. Era uma manhã fria de junho, mas o jardineiro era o mesmo em qualquer dia do ano. Mato e formiga não podiam com ele. De chapéu de palha na cabeça, aos meios-dias quentes ou nas manhãs de chuva, ficava ele no posto, de tesoura na mão, de aguador no braço, de enxada em punho, fazendo as roseiras desabrocharem à vontade, sem perigo de vida. Seu Lucas amava o jardim do coronel. Ali na Encruzilhada não havia outro igual. Vendia as flores para ele. O coronel dera ordem, podia seu Lucas negociar com suas obras-primas sem susto. Um senhor de engenho não recebia dinheiro de pés de roseiras. Ricardo parava sempre para falar com ele. Era de todas as manhãs e de todas as tardes esse seu costume de trocar com seu Lucas algumas palavras. No fundo era o amor de Guiomar, era notícia dela que queria. Naquele dia, porém, ia passando esquecido, quando o jardineiro o chamou. Parou no muro enquanto o outro se chegava com as mãos meladas de estrume.

— Bom dia, seu Ricardo.

— Bom dia, seu Lucas.

— Então ia passando sem dar uma palavrinha?

— Vexame, seu Lucas. O pão hoje saiu mais tarde. Precisa a gente correr, senão a freguesia chega com reclamação.

— A padaria do Alexandre está até com massa fina – dizia seu Lucas. — É aquele padeiro. Aonde ele mete as mãos, aumenta a padaria.

Seu Lucas, porém, queria dizer alguma coisa:

— Não sabe aquela pequena que o coronel tinha aqui, aquela negrinha chamada Guiomar? Pois é o que eu lhe digo. Ontem andou por aqui um portador do engenho e contou.

Ricardo estremeceu da cabeça aos pés.

— Uma desgraça, menino. A menina chegou no engenho toda bisonha, para um canto, sem querer falar com ninguém, tão triste.

— E o que aconteceu, seu Lucas?

— Aconteceu o que eu lhe conto.

— O que, seu Lucas?

— A negrinha tomou veneno.

Ricardo estremeceu. Um raio não o teria pegado daquele jeito.

— E morreu?

— Ora se morreu. Me disse o homem que não durou um minuto.

Aí já Ricardo ouvia mais nada. Saiu com o balaieiro parando aqui e acolá; sem saber, ao léu, de corpo mandado. A cabeça não tinha nada dentro, as pernas bambas. O que ele fazia, não sabia. Os pães iam ficando pelas casas. Começava a chover e o guarda-chuva debaixo do braço. A maxambomba passava roncando por ele, e os outros pãozeiros de corneta na boca acordavam a freguesia. Ricardo era um homem morto naquela hora. A dor ainda não se comunicara ao que ele tinha de vivo. O coração do negro permanecia com o seu baticum, mas batia dentro de uma caixa como qualquer outra. Ricardo perdera a sensibilidade com o choque. Só a foi recuperando quando chegou no fim de João de Barros. Aí o corpo recobrou a humanidade, os nervos entraram em função. E ele relembrou Guiomar e o que seu Lucas lhe dissera. Há mais de hora que estava fora de si, como louco. Há mais de hora que o mundo girava sem ele saber que era gente. Pensou logo em voltar para casa. Queria chorar, fazer qualquer coisa que fosse. Em casa foi para o quarto de portas fechadas e as lágrimas aliviaram o peso do seu coração. Na padaria batiam massa. Aquele barulho vinha para ele como um toque do mundo. Havia gente viva no mundo. Guiomar morta. Tudo morrera para Ricardo. Chorou muito. Queria chorar alto como nos tempos de menino, chorar alto até que a Mãe Avelina chegava para acalentar. Chorava mesmo alto demais para que a mãe viesse para ele e o botasse no colo.

    Seu Lucas ferira o negro mortalmente. Mas que tristeza fora esta de Guiomar? Capaz de ter sido por causa dele. A história estava mal contada. Devia haver mais coisas para contar. E ele então se lembrava de um sonho. Vira uma moça morta num caixão com enterro de muitos carros. A moça era d. Isabel. E gente chorando atrás. E Mãe Avelina procurando por ele no meio do povo. Aquilo fora um sinal de Guiomar.

    Seu Alexandre lá da venda deu um grito por ele. Ficou medonho com o patrão. O que diabo queria?

— Ó senhor Ricardo! Faça-me o favorzinho, senhor Ricardo, de ficar aqui no balcão. Vou à botica conversar com o doutor sobre Isabel. A pobrezinha passou a noite sem dormir, com uma dor. É de cortar o coração como ela geme.

E saiu. Seu Alexandre entristecera, a voz não era daquela fala com os homens da padaria. A voz era mansa, medrosa, de quem estivesse dependendo de outro. D. Isabel só podia mesmo estar muito doente, para não se levantar para o trabalho. Da venda, Ricardo ouvia de vez em quando um "Ai Jesus" que vinha dos aposentos do português. Seria que d. Isabel também iria morrer? Mas Guiomar voltava para sua cabeça. Então o moleque se lembrava das suas conversas com ela, encostado no muro. A negrinha quase nada dizia. Era só sorrindo. Ele também o que tinha a dizer? E a conversa era mais de sorriso de lado a lado. Uma vez chamou a menina para sair num passeio. Guiomar não saía de casa. A patroa, d. Dondon, não queria. O cinema ali do Espinheiro era perto e até passavam uma fita muito falada. Guiomar não foi ao cinema, não botava os pés por fora daquele muro. Pegou nas mãos dela e Guiomar retirou bruscamente as mãos da grade de ferro, como se um tição de fogo lhe tivesse tocado. Que amor bonito era o de Ricardo. Via as moças brancas pelos portões com os namorados, aos beijos. Por que Guiomar não fazia como as brancas? Por que tinha medo das mãos dele? A negrinha era arisca. Que tinha que ela saísse com ele de rua afora a conversar? Todas as criadas da Encruzilhada saíam com os namorados. Tomavam o trem para passear com os coiós e iam a Beberibe, ao Fundão, ao Arruda. E voltavam inteiras. Só a sua se encolhia daquele jeito.

— Ai Jesus!

D. Isabel se partia em dores. Quis ir até lá dentro saber se queria alguma coisa, mas a venda não podia ficar abandonada.

— Ai Jesus! Deus me acuda!

Mesmo assim Ricardo foi ver. Estava de fazer pena, agarrada no travesseiro. A velha tinha naquele instante passado dos setenta anos. A dor devastara a pobre num instante.

— Ai, senhor Ricardo, que sofrer! Ai, senhor Ricardo, que sofrer! Traga-me o Alexandre, por favor!

E os olhos vidrados, toda enroscada. D. Isabel estaria morrendo? O moleque teve medo. Quis se aproximar da cama, mas recuou.

— Por misericórdia, traga-me o Alexandre!

Depois seu Alexandre entrou com o médico, e na venda batiam no balcão para comprar qualquer coisa.

O médico se foi, dizendo que era moléstia para muito tempo, mas as dores se aliviariam. Fizera ele uma injeção para d. Isabel dormir. Moléstia grave. Seu Alexandre procurou Ricardo para se desabafar:

— Coitada da Isabel. Há quarenta anos sem uma dor de cabeça. Agora o diabo desta moléstia. O doutor me garantiu que a pobrezinha sarava, senhor Ricardo. Antes assim.

Os gemidos de d. Isabel se espaçavam mais e com pouco se percebia da venda o seu ressonar. Seu Alexandre alisava os bigodes falando em milagre:

— Bom médico, dizem por aí que não puxa pelos clientes. Muito bom de coração. Pondo-me a Isabel em pé é o que eu quero.

Ricardo saiu para lavar garrafas e os vasilhames. Sozinho na beira do tanque, Guiomar voltou para ele. Voltou mais de longe, mas encontrou seu negro de coração sangrando por ela. Bebera veneno, se matara. Ricardo nunca vira no engenho um homem morto por si mesmo. Só uma vez falaram num velho que se enforcara no engenho de seu Lula. Por que Guiomar fizera aquela loucura? E começou a insinuar motivos, razões. As garrafas tiniam uma na outra, as latas sujas de banha nadavam na água do tanque. Dali ouvia muito bem seu Alexandre conversando com os fregueses sobre a moléstia da mulher. Lá para as dez horas botavam fogo no forno para as bolachas e vinham chegando os homens para o pão da tarde. Chegavam o negro do cilindro, o que movia a máquina com os seus braços de ferro, o seu Antônio abrindo a boca no sono maldormido. A vida ali começava outra vez no duro. A notícia da doença de d. Isabel comoveu o pessoal. Seu Alexandre chegou-se mais brando para o lado deles, contando ao Antônio a doença da mulher. Chamara o doutor. Sim, ele levava muito em conta esta história de doença. Queria lá saber de beberagens? Fez a despesa, mas a mulher se levantaria.

— E que receita, Antônio, um dinheirão, quatro frasquinhos e me cobraram cinquenta mil-réis. Botica é o melhor negócio deste mundo.

Queria o pão cedo e a bolacha mais queimada. Não podia ter prejuízos com boias. Não comprara farinha fiado. Os homens nus pegavam no serviço com vontade. Não cantavam alto para não acordar d. Isabel, que dormia, sonhando talvez com os parentes da terrinha, à força da morfina que lhe haviam metido no sangue.

Quando Ricardo saiu com o pão da tarde, olhou para o jardim do coronel, e a saudade da negra voltou-lhe forte. A cássia-régia brilhava ao sol da tarde e m plena vibração. Pareciam uns cachos amarelos as flores que pendiam dos seus galhos. Roseiras abertas, palmeiras que se arredondavam, dálias quase caindo com o peso das flores. Seu Lucas estava lá cascavilhando. Ricardo nem quis olhar para aquelas bandas. Do outro lado da rua uma mulher gritou pelo pãozeiro. Botaram o balaio no chão, e lá veio a conversa:

— O senhor deve estar muito sentido com a notícia, seu Ricardo. Pobre da menina, pouco botava a cabeça de fora. Agora eu bem via que Guiomar tinha qualquer coisa. Aquela alegria só podia ser doença, seu Ricardo! Nunca vi ela que não fosse com os dentes de fora, rindo-se com o tempo.

O negro não deu palavra. Foi-se de rua afora soprando a corneta com o pão do seu Alexandre quentinho para o jantar. Por toda a parte ele via o povo contente. Tocavam piano pelas casas, os meninos voltavam da escola com alarido feliz. Os trens passavam atulhados. Moças com farda da escola normal, gente que já vinha da cidade, funcionários públicos, rapazes do ginásio. Tudo descia para o descanso, para a paz do subúrbio, para as noites calmas de cadeira na porta e cinema barato. Na porta do Cine Espinheiro ele viu uma fita num cartaz grande. Era um artista beijando uma mulher. Tudo na vida dos outros era bom. O negro Ricardo estava sofrendo, sofrendo no duro com a sua Guiomar para sempre perdida. As criadinhas que vinham receber o pão procuravam agradá-lo com sorriso, com um dito qualquer.

— O pãozeiro hoje não está para caçoada. Que cara, santo Deus.

Que fosse embora, que o negro queria sofrer. À tardinha chegou de volta na padaria. D. Isabel ainda dormia. Seu Alexandre, na espreguiçadeira, recebeu as notas que ele lhe dava:

— Faça-me o favor de deitar na carteira, senhor Ricardo.

O portuga parecia meditativo, alisando os bigodes com os olhos meio cerrados. Pensaria na mulher doente ou na mulata? Aquilo era coração magoado ou luxúria contida? Naquele dia mandara buscar comida no hotel. Há quarenta anos que papava os cozidos de d. Isabel. Não sabia como ia se arranjar agora. Botaria cozinheira. O diabo, a Isabel ter que ficar de cama todo aquele tempo.

7

Ricardo agora era mais íntimo do povo da padaria. O masseiro Florêncio foi com ele a uma sessão da Sociedade. Sociedade de resistência dos empregados de padaria. Ficava no Pátio do Paraíso, num segundo andar, tinha mastro na varanda. Naquela noite não havia muita gente reunida, uns vinte. Lá em cima Florêncio disse quem ele era. O presidente, um mulato de cabeleira de fuá, falava para os companheiros com autoridade. Precisavam fazer isto, reforçar a caixa. O dr. Pestana mandara ordens para uns negócios sérios. Depois uns quatro entre eles começaram a falar em segredo. Ricardo e Florêncio para um canto ainda ficaram por ali um instante. O presidente chamou Florêncio para mandar fazer qualquer coisa. Na volta para casa Florêncio falou em greve. O dr. Pestana estava trabalhando para melhorar a sorte dos trabalhadores. Homem bom, dizia ele, tudo que é dele é do povo. Só vivia para fazer o bem ao operário. Na casa dele operário entrava e saía como na sua. Florêncio sabia o que era uma greve. Metera-se numa que durou mais de semana. Perderam porque uns safados de Recife furaram. Mesmo assim serviu. Eles ficaram sabendo que o operário valia alguma coisa.

    Florêncio deixou Ricardo na estação da rua da Aurora porque tinha que ir a Capunga levar um recado que o presidente lhe dera para uns companheiros. O moleque ficou pensando naquela história de greve. Lembrava-se bem do nome: greve.

Quando era menino os trens da estrada de ferro deixaram de apitar uns dias pelo engenho. Então diziam que era porque os operários fizeram greve. Lembrava-se do primeiro trem que passou. Vinha todo embandeirado, a máquina enfeitada com folhas de palmeiras. Os operários haviam vencido. Florêncio agora falava-lhe de greve de padaria. O que tinha ele que ver com isso? Era empregado, trabalhava de manhã à noite mas recebia um bom ordenado. Ele fazia parte da Sociedade. E quem era sócio tinha de acompanhar os outros. Quando seria essa greve? No trem veio pensando. Uns sujeitos que liam jornais discutiam, falando duma lei de impostos que o prefeito lançara no comércio. Ricardo ouvia do que falavam:

— O doutor Pestana, se quiser, bota abaixo tudo isto. Pestana conta com o operariado e tem do lado dele o comércio.

Desceu na Encruzilhada ainda com a história na cabeça. E no quarto, na rede, a conversa de Florêncio ficou com ele. "Precisamos fazer a greve." Dormiu com a sessão, a palavra do mulato de cabeleira nos ouvidos. Se seu Alexandre soubesse dessa visita, de tudo o que ele ouviu do companheiro, botava para fora do emprego. Depois ele pensou que não era padeiro e que por isto nada teria que ver com a greve. Era da Sociedade, pagava dez tostões por mês para ter direito ao enterro e a médico. A Sociedade também cuidava de outras coisas? A Sociedade queria forçar os patrões a pagar mais. Ele ganhava o que lhe dava de sobra. Já tinha até dinheiro junto. Florêncio tinha família grande. O negro do cilindro sustentava um familião. Aquela gente passava mesmo necessidade. Ali eles tinham que comprar tudo, pagavam o casebre onde moravam. Pior que no engenho. Eles passavam mais fome que no engenho. Lá pelo menos plantavam para comer, tinham as suas espigas de milho, a sua fava para encher a barriga. No Recife tudo se comprava.

Estivera na casa do Florêncio para não ir mais. O masseiro, a mulher e quatro filhos dormindo numa tapera de quatro paredes de caixão, coberta de zinco. Custava 12 mil-réis por mês. A água do mangue, na maré cheia, ia dentro de casa. Os maruins de noite encalombavam o corpo dos meninos. O mangue tinha ocasião que fedia, e os urubus faziam ponto por ali atrás dos petiscos. Perto da rua lavavam couro de boi, pele de bode para o curtume de um espanhol. Morria peixe envenenado, e quando a maré secava, os urubus enchiam o papo, ciscavam a lama, passeando banzeiros pelas biqueiras dos mocambos. Comiam as tripas de peixe que sacudiam pela porta afora. O bicho feio ficava de espreita, esperando. Os filhos de Florêncio passavam o dia pelo lixo que as carroças deixavam num pedaço de maré que estavam aterrando. Chegavam em casa, às vezes, com presas magníficas: botinas velhas, roupas rasgadas, trapos que serviam para forrar o chão, tapar os buracos que os caranguejos faziam dentro de casa. Eram bons companheiros, os caranguejos. Viviam deles, roíam-lhes as patas, comiam-lhes as vísceras amargas. Cozinhavam nas panelas de barro, e os goiamuns de olhos azuis, magros que só tinham o casco, enchiam a barriga deles. Morar na beira do mangue só tinha esta vantagem: os caranguejos. Com o primeiro trovão que estourava, saíam doidos dos buracos, enchiam as casas com o susto. Os meninos pegavam os fugitivos e quando havia de sobra encangavam para vender. Para isto andavam de noite na lama com lamparina acesa na perseguição. Caranguejo ali era mesmo que vaca leiteira, sustentava o povo.

 Ricardo ficou com o pensamento na casa de Florêncio. Os meninos eram amarelos como os do engenho, mas eram mais infelizes ainda. Lá eles tinham o rio e a capoeira para entreter os vermes e o impaludismo. Os filhos de Florêncio faziam concorrência com os urubus, cascavilhando no lixo. Por que o masseiro não se mudava dali? Havia tanto lugar bom para pobre morar. Florêncio lhe deu as razões. Precisava de comer. Aonde encontrar casa por 12 mil-réis? Ali pelo menos tinha água para os meninos tomarem banho e caranguejo. Aquele curtume piorara tudo. Não sabia por que o governo deixava aquilo. Pobre não tinha direito de reclamar. O couro podre empestava tudo, até ali fedia. Lá isto era. Pobre não nascera para ter direito.

Morava muita gente naquela beira de mangue. De lá saíam homens que iam pegar açúcar no cais, cinco arrobas na cabeça, das barcaças para o armazém; operários de fundição; balaieiros; aleijados que viviam de esmolas pelas portas. E no entanto aquele curtume ali perto fedendo, empestando as águas que tanto serviam, matando os peixinhos. Só os caranguejos resistiam. Eles e os urubus. Ricardo achou então que havia gente mais pobre do que os pobres do Santa Rosa. Mãe Avelina vivia de barriga cheia na casa-grande. Se ela viesse para ali e caísse naquela vida? Se os seus irmãos saíssem para o lixo, ciscando com os urubus? Florêncio ganhava quatro mil-réis por noite. O que eram quatro mil-réis no Recife? Uma miséria. Por isso o outro falava em greve, com aquela força, aquela vontade de vencer. Ele não. À vista de Florêncio, passava bem. Pão com café de manhã, o almoço do seu Alexandre, quarto de príncipe para morar e 120 mil-réis por mês. Florêncio trabalhava mais do que ele, ganhava menos. Não tinha culpa de nada. Não era ele que mandava em coisa nenhuma.

No outro dia de manhã Ricardo saiu para o serviço sem pensar em tristezas. D. Isabel já andava pela casa. Depois da doença os médicos lhe proibiram de cozinhar. Na beira do fogo com o mal que ela tinha! Para o seu Alexandre foi mesmo que uma morte. Mas d. Isabel preparava tudo, os temperos das bacalhoadas eram dela. A preta só fazia aguentar a boca do fogo. Assim seu Alexandre se consolou. Aquele corpanzil precisava de combustível para a sua luxúria. Mulata não era brincadeira. Havia agora na casa um caixeiro. D. Isabel abrira com a sua invalidez duas vagas no estabelecimento: no balcão e na cozinha. O patrão encontrara um rapaz a seu contento. Vivia com ele no carão, no "raios que o parta" sem quê nem mais. O rapaz tremia com os gritos do português:

— O senhor não sabe pesar, seu Francisco! O senhor me estraga a carne, seu Francisco. O senhor entorna o vinagre!

O sr. Francisco ia com ele contar os balaios de pães.

— Quantos neste balaio, senhor Francisco?

Quase sempre terminava em descompostura. O pobre se esquecia do que tinha contado. O patrão só faltava passar-lhe o braço, porque de gritos o pobre levava surra de criar bicho. Seu Alexandre quando pegava um fraco daquele tirava o seu. Agora com o caixeiro ele podia gozar as suas sonecas na espreguiçadeira. Ressonava alto como uma máquina de trem tomando força. A bigodeira subia e descia com o sopro de fole enquanto as moscas que viviam por cima da carne do ceará e do bacalhau iam descansar pela careca do seu Alexandre. Acordava resmungando. D. Isabel ainda lavava os vasilhames. Não se sentava no chão, como antigamente, porque lhe doíam as cadeiras. Não era um traste inútil. Seu Alexandre só perderia aqueles braços quando a terra comesse. Ricardo naqueles dias ia e vinha do serviço sem preocupações. Da miséria dos outros não tinha culpa. Saía entregando o pão, acordando o povo com a sua corneta. Viu seu Lucas no jardim, agachado no trabalho. Tinha razão mesmo de orgulhar-se, o preto. As rosas, as dálias, as trepadeiras de seu Lucas faziam figura em qualquer parte. Àquela hora já havia gente na porta para comprar flores. Sem dúvida para gente que fazia anos ou para defunto. Ricardo passou sem querer olhar para seu Lucas, senão a conversa era certa. O jardineiro gostava dele.

— Bom dia, seu Ricardo – era assim que se dirigia ao amigo.

Muitas vezes chamava o pãozeiro para a sua casa, ali mesmo atrás do jardim. Morava sozinho e o povo falava dele. Era misterioso para toda aquela gente da Encruzilhada. Por isso mesmo era que Ricardo quando passava por lá, fazia que não via seu Lucas. Sabia lá se era verdade o que diziam? Mas não era. O jardineiro não andava com ninguém, porque andava com Deus. Todas as noites ele saía da Encruzilhada para o Fundão. Seu Lucas oficiava num culto. Era sacerdote de xangô, pai de terreiro. O que ele ganhava nas flores gastava com o Deus dele, com os negros que lhe tomavam a bênção, com as negrinhas que dançavam na sua igreja. Estivera preso como catimbozeiro, como negro malfeitor. Mas seu Lucas passava por tudo isso sem mágoa. Ele era de Deus, que lhe importavam os homens? Chamava Ricardo para ir com ele, para ver somente. O moleque enjeitava sempre. Ouvia no engenho falarem de feitiçaria com pavor. Negro catimbozeiro era negro venenoso, que vivia do mal, matando gente, virando cabeça. Ricardo acreditava em Deus e em almas do outro mundo. Acreditava também nos feitiços. Havia negro com esta força de mandar nos outros. O Recife para o povo do engenho estava cheio de negros feiticeiros. Uma pessoa queria fazer um inimigo, tomar uma mulher, secar uma perna de outro, e o negro fazia. Deus o livrasse de se meter com xangô. Passava por seu Lucas assim cortando caminho. Já o povo falava daquelas coisas, e depois o jardineiro lhe chamando para ver sessões de catimbó. Na padaria falavam de seu Lucas de dois jeitos. Florêncio era contra ele, mas o negro do cilindro fazia questão de dizer que Pai Lucas só fazia o bem.

— Que bem, que coisa nenhuma! O que aquele negro tem é muita manha!

— O que eu lhe digo é a verdade – dizia o negro do cilindro. — O povo do Fundão está lá para dizer. Quem quiser que se bote para lá e veja!

— Não está vendo – continuava Florêncio —, que não vou dar ouvido à reza daquele negro?

O negro do cilindro ficava mais certo da verdade de seu Lucas e Florêncio mais convicto da safadeza do pai de terreiro.

— Eles querem papar as negrinhas que vão para lá cair na tremedeira!

— Não diga isto não, seu Simão. Não diga isto. Mostre uma só ferida por ele. Quando deu a febre lá em casa, foi dele que me socorri. Levantou os meus meninos da cama e o povo que foi pro hospital esticou a canela.

Eles conversavam tudo isto sem parar o trabalho, misturando o suor à farinha de trigo do seu Alexandre. Quem comesse daquele pão comeria também daquele suor. A massa pedia braço forte para lhe amansar. Pão fino pedia masseiro de muque. O produto do seu Alexandre vencia em todas as partes. Os balaieiros deixavam a padaria de balaios cheios e voltavam vazios. A imundície, a água de que se serviam, o suor, as mãos sujas dos operários não valiam nada. Seu Alexandre tinha uma boca de forno que purificava tudo isto. Deodato sabia o que era fogo para bolacha, para pão crioulo, para pão comum. Numa padaria um bom forneiro valia tudo. O mestre temperava, tinha a medida dos fermentos, do açúcar, da banha, na cabeça. Seu Alexandre enricava. E depois um cobrador como Ricardo, fiel e pronto para tudo. Seu Alexandre prosperava, a caderneta do

Banco Ultramarino todos os meses crescia. Se não fossem as despesas com a mulata, ainda mais contaria vantagens. A história da greve chegava também aos ouvidos do patrão. Os jornais falavam de um movimento de revolta geral contra a lei orçamentária. Operários e comerciantes unidos contra o imposto.

— Aí sim – dizia o seu Alexandre —, pode-se admitir uma greve. A prefeitura quer nos comer os olhos da cara. Vamos ver quem pode mais. Temos os operários ao nosso lado.

Florêncio não dissera a Ricardo que a greve era para melhorar o ordenado dos trabalhadores? O moleque não entendia aquela confusão. Na padaria somente o negro do cilindro era contra esta história de greve. Não botava para a frente:

— Me mostre greve que a gente ganhasse.

Não mostravam. Mas Florêncio afirmava que só assim chegaria um dia a ganhar. Simão afirmava que só assim chegaria um dia a vencer. Eles falavam em botar para correr os goelas:

— Esta desgraça só querem da gente o braço. Depois que vá pedir esmola.

Seu Antônio entrava na conversa. Era mais do outro lado. Pelo menos silenciava, não acompanhava os outros. Era mestre, e mestre não ia dar ajuda a falaço de operários. Deodato forneiro não falava, de cigarro na boca com o rodo na mão, ia distribuindo as latas com a massa que entregavam. Tinha o rosto queimado, a pele encardida. Gente da sua profissão não chegava à velhice, a doença comia antes do tempo. Os fornalheiros do engenho tinham vida melhor, seis meses de folga, seis meses sem bagaço para empurrar de fornalhas adentro. E fogo de boca de fornalha não se comparava com aquele de forno de padaria, Deodato não falava porque não podia. Dele dependia tudo ali, um descuido ligeiro e lá estava o pão crioulo fora do ponto, a bolacha queimada. E seu Alexandre viria em cima para reclamar o prejuízo. Reclamar era uma maneira de dizer: para desforrar-se no desaforo. Todos na padaria tinham o que dizer do patrão. Menos Ricardo. O negro, porém, não gostava dele. Havia uma grande diferença entre eles. Não era porque fosse branco. O velho Zé Paulino, d. Isabel, Maria Menina, Carlinhos, todos eram brancos e Ricardo gostava de todos. Mas havia uma coisa no seu Alexandre. Às vezes Ricardo tinha até vergonha daquilo. Se o homem nunca lhe fizera mal, se tratava tão bem, por que então aquela raiva, aqueles desejos de que acontecesse alguma desgraça ao patrão? Sim, desejava coisa ruim para o portuga. Quando o via saindo para a casa da mulata, ficava imaginando no que podia acontecer ao seu Alexandre. Pela vontade dele, a mulata enganaria o velho, um amante dela pegaria seu Alexandre na faca. O negro caía em si nestas ocasiões. Que mal lhe fizera seu Alexandre?

8

A GREVE DA FOME se fez com a maior regularidade. Cada dia uma classe aderia. Primeiro foram os operários da Tramway, os da Great Western, os catraieiros. Por fim a grande passeata, o comício monstro na porta do palácio. A polícia olhava para todas as manifestações com um olho de proteção. Soldados de cavalaria acompanhavam as manifestações somente para garantir a ordem. O dr. Pestana, como um mestre de cerimônias, estava na frente de tudo. O comércio cerrou as portas. Por fim o prefeito cedeu. Havia mesmo interesse do governo para que não cedesse. E assim seria resolvida a situação política à vontade do governo. A manobra teve o seu sucesso.

Ricardo foi com Florêncio assistir a uma reunião na rua do Lima, numa sede de operários. Quando entraram, o dr. Pestana estava falando. Era um homem magro, pálido, de bigode ralo, de fala mansa. Tinha a seu lado o presidente da resistência dos empregados de padaria e mais outros que sempre estavam na frente de tudo. O dr. Pestana se dirigia aos trabalhadores:

— Quero vê-los num só bloco para que a redenção do operariado seja realidade um dia. A marcha dos acontecimentos acelera a vitória. A Rússia de hoje é governada por operários de mãos calosas. A Alemanha entrega ao partido dos operários o seu governo. A burguesia chega ao fim. Operários, eu quero contar com o apoio de todos vós, com a solidariedade de todos, porque quero lutar contra os inimigos dos trabalhadores, apoiado na vossa coesão. Precisamos demonstrar que o operariado pernambucano está aparelhado para a luta, para vencer a todo o custo e conquistar as suas reivindicações.

Foi quando se levantou um rapaz que não era operário, de olhos vivos, com a palavra nervosa, estremecida de emoção:

— Trabalhadores, esta greve geral em que vos jogaram é uma farsa, uma exploração infame.

Um sussurro correu pela sala. O dr. Pestana ergueu-se, visivelmente perturbado, gritando para o orador:

— Farsa por quê?

A mesa inteira se levantou com ele, a sala inteira se rebelou contra o orador.

— Farsa! – continuou o rapaz, com a voz mais firme —, porque com ela se mascara uma manobra de baixa politicagem.

— Cala a boca! Fora! Cala a boca! – gritavam de todos os lados.

Mas o rapaz continuou:

— Os interesses burgueses são mais levados em conta do que os das classes oprimidas.

— O senhor não pode falar! O senhor não faz parte da Sociedade – gritava um sujeito do meio do povo.

— Diga o doutor Pestana – continuava o rapaz imperturbável — que vantagem trará para o trabalhador esta parada de força. O operariado está sendo em tudo isto uma vítima em mãos de aventureiros.

— Não pode! Não pode! Cala a boca!

O rapaz ficou cercado de todos os lados, mãos crispadas se erguiam para ele. O dr. Pestana se chegou mais para perto:

— Nunca esperei isto de um aluno meu. Isto é uma infâmia.

Os gritos de aplauso se sucediam. O dr. Pestana levantou mais a voz:

— Dou a vida pelo povo.

— Fora! Viva o doutor Pestana!

Dois operários estavam do lado do rapaz.

— Bota este cachorro pra fora! Amigo dos operários é o doutor Pestana!

A confusão se estabeleceu por todos os lados. O rapaz, em pé, olhava para tudo sem expressão alguma de revolta.

Saiu, e com ele se foram os dois outros. Agora se comentava o fato entre os operários. O próprio dr. Pestana explicava:

— Aquele moço é meu aluno. Veio para aqui somente para se exibir. Que podia ele entender de organização? Criei-me no meio do povo. No Ceará fui retirante. Fugi com meus pais de uma seca medonha. Fiz-me por mim mesmo, estudei como

O moleque Ricardo • 65

pobre em Fortaleza, fui até criado. Tudo que tenho devo a mim mesmo. Vivo com o povo, e no meio do povo é que eu quero morrer.

As aclamações se sucediam. Um sujeito que estava na mesa pediu a palavra para dizer que o operariado punha na mão do dr. Pestana a sua sorte:

— Ele será nosso defensor e nosso guia. Fora com os falsos chefes! Só o doutor Pestana poderá falar em nosso nome.

Na cabeceira da mesa o chefe gozava a vitória com um ar de glória. Com o cabelo para trás, deixando ver a testa larga, o guia do operariado se via investido de todas as ordens. Ali estavam as delegações de todas as classes ao seu lado. Somente os representantes dos ferroviários saíram com o seu acusador. Todos os demais o queriam para chefe. A greve da fome se fazia, o seu poder se afirmava de uma vez por todas. Seria em Pernambuco uma força respeitável.

Ricardo num canto, encolhido, ouvia tudo isto de boca aberta. Na volta para casa Florêncio lhe explicava:

— Aquele rapaz foi mandado para estragar a gente. Não tá vendo que o doutor Pestana não vai contra nós? Inventaram aquilo para enfraquecer o operário. Aquele estudante só tem palavra. Só estou danado com os dois que saíram com ele. Lhe agaranto que aqueles dois sujeitos não são dos nossos.

O moleque no entanto chegou em casa pensando. Por que era que o seu Alexandre gostava da greve? O portuga não se cansava de elogiar o movimento. Greve assim valia a pena, dizia ele. Se fosse para servir operário, seu Alexandre não se enchia assim de tanta satisfação. Pareceu até ao moleque da bagaceira que o rapaz de olhos vivos estava com razão. Seu Lucas no outro dia chamou-o também para falar:

— Menino, você está com os grevistas? Não acredite nisso não. Não vá atrás de conversas dessa gente da padaria. Sou negro como eles, posso falar porque sou pobre. Gente de pé no chão nunca tem razão. No fim o povo é quem leva na cabeça. O melhor é a gente se conformar com o que tem. Para que está aí com rebuliço?

Seu Lucas gostava de dar conselhos. Ali naquele portão e naquelas grades dava as suas audiências aos devotos que lhe procuravam. Mulheres vinham se queixar dos maridos que não voltavam para casa, que viviam bebendo, que se amigavam com outras. Vinham pedir um jeito a seu Lucas. Quando seu Lucas não achava uma solução ali mesmo mandava recados, pedia para aparecerem no Fundão. Lá no contato mais direto com Deus a coisa se arranjava melhor. Para todo mundo falava mal das greves, das Sociedades de operários. Para que negro metido em Sociedade? Tudo aquilo era para o seu Lucas uma invenção do diabo. E o povo do Fundão gostava dele de fato. De vez em quando chegavam presentes, ofertas dos seus paroquianos. Os negros da seita dele não se metiam com operários de Sociedade. O pastor combatia a revolução com Deus. Cantar era melhor. Cantar para o céu as suas desgraças, chamar Deus em socorro de suas necessidades. Se Deus não mandasse o que eles pediam, acreditavam que não, que tinham sido de fato atendidos. Cantavam, dançavam para se consolar, para que Deus ouvisse seus negros suando a noite inteira, batendo com os pés no chão para acordar a sua misericórdia. Um dia o coração de Deus se amoleceria e os negros seriam mais felizes ainda. Os filhos ficariam bons das doenças, as mulheres não perderiam os maridos, os maridos seriam protegidos por Deus. O povo de seu Lucas era manso, verdadeiras ovelhas que ele botava para casa quando queria.

Ricardo quando seu Lucas lhe falou da greve, não lhe disse nada. A reunião da noite na rua do Lima deixara o moleque de orelhas em pé. O rapaz lhe pareceu sério de verdade. Aqueles olhos acesos, aquela fala trêmula não eram de safado. Florêncio dizia que não, que só o dr. Pestana valia mesmo. O mais era falsidade, gente mandada para iludir os operários. Florêncio acreditava no dr. Pestana como o povo do Fundão em seu Lucas. No mocambo de Florêncio o nome do chefe devia fazer o mesmo efeito do seu Lucas na casa do negro do cilindro.

E a greve se fez sem incidente. Tudo correu na calma. O prefeito recuou e o dr. Pestana ficou o herói da cidade. Apontavam o chefe como o homem que podia parar a vida do Recife se quisesse. Em suas mãos se enfeixavam poderes para manobrar toda a engrenagem do trabalho. Vivia ele das aulas da Faculdade de Direito para o centro dos operários. À sua casa na rua do Imperador acudia o povo sem cerimônia. Cuspiam-lhe a sala, e a sua família se confundia com seus admiradores. Fundou até um jornal, o *Diário do Povo*. O seu poder crescia. Os políticos já lhe passavam as mãos pelos ombros. Ele pregava a revolução sem ser incomodado pela polícia. A polícia fechava os olhos para as suas campanhas. O governo simpatizava com o demagogo. Em casa o líder se entregava aos entusiasmos domésticos. A mulher era o seu sistema nervoso, o calor que lhe faltava nas veias. Lia os artigos do marido para encrespar mais uma frase, que ela mesma escrevia com violência. O grande ídolo do povo nas quatro paredes de sua casa obedecia a uma força maior:

— Pestana, você precisa mudar isto aqui.

Ela mesma mudava, carregava as cores. O marido era de gelo junto daquela vibração, da impetuosidade da mulher.

Nos comícios gritava, arrastando as multidões aos aplausos. Ninguém sabia explicar por que o dr. Pestana conquistara o operariado. Não tinha voz, a figura macilenta era mais de um funcionário do que de um agitador. A palavra saía-lhe da boca fria, sem cor, uma água morna. A força de sacudir os nervos dos homens ele não possuía. E o povo andava atrás dele. Florêncio dizia a Ricardo que com ele morreria satisfeito. O forneiro, que não abria a boca para falar, quando tocava no dr. Pestana se excedia.

— Homens como aquele, poucos.

A greve da fome subiu o prestígio do chefe até as altas camadas. Os jornais viviam com ele nas alturas. Chegou-se a espalhar que o comércio, agradecido pela queda da lei, oferecia uma casa de presente ao socialista. A notícia correu a cidade. O dr. Pestana teria a sua casa dada de mãos beijadas pelos honestos homens de negócios. Na padaria discutiam o fato. Florêncio pensava que era mentira. O negro do cilindro só fazia dizer que todos eles só queriam comer. Deodato não acreditava. O moleque Ricardo, de fora, ouvia o bate-boca.

Com a vida normalizada, sem negócio de greve e pensamentos ruins e passeatas, voltara ao trabalho como dantes. Ia dormir sem pensar em nada. E Guiomar uma vez ou outra lhe chegava em recordação que se apagava logo. O negro dormia feliz, sem mulheres, sem preocupações na cabeça. De madrugada saía para a rua com a sua corneta tocando, de tarde a mesma coisa, tudo correndo como se o mundo fosse dele e que Deus o tivesse na conta de um preferido. Quando Florêncio chamava para irem à Sociedade, dava uma desculpa, uma dor de dentes, uma história qualquer para fazer.

D. Isabel era que aos poucos ia deixando a casa sem o seu braço para arranjar tudo e os seus olhos e todo o seu corpo a serviço da casa do seu Alexandre. Era mais uma sombra. Quase sempre agora botava uma cadeira na porta e ficava toda a tarde sem uma palavra, de olhar distraído. A doença dera cabo daquela máquina. Enferrujara-se de vez. Seu Alexandre gritava para ela:

— Em que pensas, mulher? Em que andas a pensar? Vai te distrair lá por dentro com o serviço.

D. Isabel se levantava, arrastando os pés inchados. Ricardo estava no tanque esfregando as latas com cinza. Ela chegava, pegava numa vasilha, mas aquilo já não lhe interessava. O trabalho perdera o encanto para a velha, estava morrendo aos poucos. Na padaria diziam que era urina doce. E d. Isabel só falava em voltar para a terrinha. Há quarenta anos que viera de lá. Ah!, se ela pudesse morrer por lá, enterrar-se na aldeia com a sua gente.

— Senhor Ricardo, o senhor não pensa na sua família?

— Penso, dona Isabel.

Mas o moleque não pensava havia muito tempo. A princípio foi aquele amor de Guiomar, depois a vida, os incidentes, os dias correndo depressa, o trabalho de manhã à noite que lhe arrastaram o pensamento do povo do Santa Rosa. O moleque sentia a pergunta de d. Isabel como uma censura grave. Fugia para dentro de si e acreditava que estava mesmo fazendo um papel safado. Os filhos de Florêncio fizeram ele se lembrar de seus irmãos. Mas os filhos de Florêncio pareceram mais infelizes do que os moleques do engenho. D. Isabel lhe perguntava:

— Senhor Ricardo, o senhor não pensa em sua família?

E aquilo era ferida aberta no seu coração. Esquecera Mãe Avelina, Rafael, esquecera a família por coisa nenhuma. Em noites destas o sono não lhe chegava depressa. Então formava projetos. Mandaria Francisco caixeiro escrever uma carta contando tudo, mandando dinheiro para a mãe e os moleques. No outro dia o trabalho não dava tempo para carta. Francisco gemia na unha do patrão, num brigar de manhã à noite.

— Amarelo infeliz. Se fosse outro – dizia Deodato —, já tinha mandado este mondrongo para as profundas do inferno. Amarelo infeliz.

Francisco era mesmo um amarelo infeliz. Depois que ele entrou no estabelecimento, Ricardo encontrou uma conversa para as noites de lua. Sentavam-se os dois na calçada da venda. Francisco não tinha pai nem mãe. Não sabia onde eles andavam. Criara-se em casa dum tio em Paulista. Sofrera o diabo o pobre em menino. Quando tinha 12 anos, já ia para a fábrica passar 12 horas no fuso. A febre palustre reduzira Francisco a aquilo que ele era, amarelo, magro, um pedaço feio de gente. Fugiu de Paulista porque quem ali não era operário era resto. Os donos da fábrica só queriam operários. Um deles criava cavalos de raça e diziam que dava ovo e vinho do Porto aos animais. Os cavalos de raça de Paulista gastavam num dia o que cem operários não comiam. Paulista era uma desgraça. Francisco fugiu para Olinda. A febre fugiu com ele. Ninguém queria aquele amarelo para trabalhar. Andou de um lugar para outro feito entulho. Até que caiu ali no seu Alexandre. Estava contente da vida. Pior poderia ser. Grito por grito, não lhe batia a passarinha. No tempo de lua Ricardo ficava com o caixeiro mais tempo do lado de fora. O amarelo tinha um jeito especial de contar as suas histórias. Enquanto o pessoal da padaria gemia, eles aproveitavam o luar no silêncio da noite. A casa do seu Alexandre situava-se num canto da rua, dando os fundos para um sítio. Uma faxina separava o quintal da venda, das mangueiras do outro lado. O barulho que o vento fazia nas árvores chegava até o quarto de Ricardo. Uns galhos de cajueiro davam para um lado da venda. De noite, ali com Francisco, o moleque bem que se lembrava do Santa Rosa, dos arvoredos de lá. A lua banhava tudo de branco como nas cajazeiras da estrada. Mãe Avelina, Joana, todas se sentavam na porta da rua para apreciar o luar. O terreiro parecia uma toalha de madapolão estendida. Os cachorros ladravam e o gado no curral não pregava os olhos. O chocalho cantava, bois e vacas confundiam a lua com a luz do dia. Na casa do seu Alexandre eles também olhavam para o luar como para uma coisa nunca vista. Francisco falando de Paulista e Ricardo se lembrando do seu povo.

— Francisco, eu queria que você me escrevesse uma carta para mim.

— Quando você quiser – lhe respondia o amarelo.

Ricardo se levantava então, esticava o corpo, aspirava o ar que vinha cheiroso do sítio.

— Bem, vamos dormir.

Na padaria os homens cantavam. Florêncio com quatro filhos, o negro do cilindro, Simão, todos cantavam para que a noite fosse mais breve. Seu Alexandre roncava e d. Isabel para um canto da cama esperava encolhida que lhe chegasse a hora.

O moleque caía na rede num sono só até de madrugada.

9

NA FACULDADE ALGUNS ESTUDANTES se interessavam pelos operários. O dr. Pestana dispunha de admiradores, de entusiastas da sua ação. Um dos redatores do seu jornal era estudante. Entravam e saíam os dois da escola como camaradas.

Tratavam-se por você, mesmo na frente dos colegas. O mestre chamava-o de Antônio e apesar dos seus vinte anos o rapaz era um igual junto do chefe. Nas reuniões, nos comícios, aparecia ele ao lado do ídolo como um lugar-tenente. Na escola a força do amigo do dr. Pestana crescia. O Centro Acadêmico se deixava dominar por ele. Nada se fazia sem que Antônio Campos não soubesse primeiro. Manobrava assim do segundo ano até os bacharelandos. Os professores não o tinham na conta de aluno. Respeitavam a pena desaforada do rapaz. Os artigos que Antônio Campos escrevia não respeitavam conveniências. As palavras "ladrão", "explorador", "cínico", "canalha" entravam nas suas frases como figuras obrigadas. A estudantada toda admirava o arrojo e a coragem do colega. O dr. Pestana se servia daquela arma com precauções. Os artigos de Antônio Campos quando vinham sem assinatura eram podados. O mestre dizia sempre que o melhor era velar um pouco mais o sentido das palavras.

O *Diário do Povo* vivia cheio de estudantes. Não pagava revisores, repórteres, tudo lhe dava a mocidade que acreditava na ideologia do dr. Pestana. Só José Cordeiro, o rapaz do discurso na sede dos operários, opunha restrições. Andava este sempre sozinho pelos corredores da escola, sempre com o livro debaixo do braço, e quando lhe vinham falar do movimento que se organizava e dos planos do dr. Pestana, ele não continha a sua explosão de revolta:

— Vocês estão errados. Nada estão fazendo pelo proletariado. O doutor Pestana só visa em tudo isto a pessoa dele. É um ambicioso. Um aventureiro.

Essas coisas todas Cordeiro afirmava para que o ouvissem. Antônio Campos pegava-se com ele em discussões violentas. Carlos de Melo era mais de Cordeiro, embora não estivesse com as suas ideias. Colega de ano, a sua influência intelectual fora grande sobre o neto do coronel Zé Paulino. Cordeiro não lhe respeitava a fama de rico, de herdeiro de latifúndios. Metia o pau nos feudos, nos senhores de engenho, na miséria dos trabalhadores, sem que Carlos de Melo se importasse. Importava-se mais com os ataques de Antônio Campos. Sempre que no Centro Acadêmico se referiam a explorador do trabalho, o colega não o perdoava:

— Quem deve saber bem disso é o Carlos de Melo.

Por isto estava este sempre do lado do Cordeiro. Não que as preocupações do colega fossem as suas. Ambos viviam muito longe em pensamentos. Um se enterrando nos livros, dormindo pouco para mais se enterrar nos problemas que lhe eram vitais. O outro, dormindo pouco por causa das mulheres. Até uma rapariga tentara se suicidar por sua causa. Junto aos entusiastas da revolução do dr. Pestana, Carlos de Melo passava por um intruso, um sujeito perdido, que trazia nas costas os crimes de exploradores, de malvados senhores de escravos. Ele não podia se colocar em um ponto doutrinário que não lhe passassem na cara a sua condição de neto felizardo. Menino rico. As suas roupas eram olhadas com maus olhos. Só Mário Santos no meio de toda aquela gente sabia ver o colega Carlos de Melo. Mário Santos não respeitava ninguém. Ridicularizava todo o mundo. Mestres e colegas nas mãos dele passavam por ruins momentos. O professor Pestana para ele era um Sofrônio Portela moço:

— Daqui a vinte anos – dizia ele —, Pestana está como Sofrônio, se servindo de Marx para tudo, como o velho faz com Beaulieu. Quero lá saber desses cretinos!

Irritava a corte do chefe com um insulto dessa natureza. Antônio Campos não podia com ele. Fugia mesmo de se encontrar com o adversário porque quando o Mário Santos o pegava, não tinha pena:

— Li o seu artigo de hoje. Bastava isto para o jornalista se queimar.

— Estou lhe dizendo somente que li o seu artigo, Campos. Você também é uma sensitiva.

E rindo-se, ia machucando a vaidade do outro. Carlos de Melo junto a ele sentia-se abrigado, com armas invencíveis. Ambos andavam sempre juntos. Os colegas espalhavam que Carlos de Melo pagava pela amizade. Mas o fato era que viviam inseparáveis. E agora com esta história de maximalismo na escola, eles mais ainda se reuniam. Carlos de Melo temia o entusiasmo dos colegas. E já que não aderira aos partidários do professor Pestana, se sentia naturalmente do outro lado. Não queria, porém, aparecer, mostrar-se adversário. Estava ali tirando o seu curso. Para que lutas, complicações inúteis? O amigo, porém, não estava por isto, e elaborou um manifesto contra o pessoal. Cordeiro leu e achou muito engraçado, mas não assinava. Não assinava, porque Mário Santos visava com ele mais ridicularizar. Ele era contra o professor Pestana, mas estava ao lado da revolução. Pestana para ele não passava de um aventureiro, mas revolução era coisa mais séria. O manifesto saiu com umas dez assinaturas. Vinham em primeiro lugar Mário Santos e Carlos de Melo. O *Diário do Povo* respondeu com violência. Todos aqueles rapazes que se rebelaram contra o chefe não passavam de uma meia dúzia de ricaços, de exploradores do trabalho. Carlos de Melo era um saudosista dos troncos e das gargalheiras e estava ali no Recife gastando nos lupanares o ouro que lhe viera dos braços e do suor dos negros cativos. A maioria aplaudiu o *Diário do Povo*.

Num caldo de cana da rua da Aurora, se reuniam os estudantes. Carlos de Melo e Mário Santos lá estavam todos os dias. Os colegas lhe falaram logo dos desaforos. Tinham gostado. Que queria aquele Carlos de Melo se metendo contra os maximalistas? Mário Santos arrasava-os:

— Vocês estão com o Pestana como no ano passado estiveram brigando no campo de futebol por causa de jogo. Aposto como não há um aí que saiba o que foi Marx, o que é comunismo.

Todos sabiam, e todos replicavam ao mesmo tempo ao colega. Havia os que não se metiam no caso. Eram os de fora, os que só vinham à escola fazer os exames, arranjar número da frequência. Estes andavam pelos dois grupos sem ligações. Cordeiro discutia muito com Mário Santos. Chocavam-se em teorias, mas quase sempre Mário Santos ficava calado. O colega discutia com seriedade. Cordeiro estava longe de todos. Vivia em casa pegado com livros, estudando línguas à noite, com professores com quem trocava lições. Ensinava em colégios para viver. Era magro demais. Só os olhos brilhavam ainda mais quando se punha em polêmica. Grave e ardente nas afirmações. O professor Pestana para ele não passava de um oportunista, um confuso doutrinador que havia ficado no anticlericalismo voltairiano.

— Posso garantir que o socialista Pestana nunca leu Marx.

Isto irritava os exaltados. Então espalhavam que Cordeiro só sabia decorar. O fato, porém, era que cada dia o chefe Pestana ficava mais forte. Ídolo de estudantes e operários.

De outras escolas chegava um protesto de solidariedade a uma manifestação que se promovia em desagravo ao manifesto de Mário Santos. Sociedades de trabalhadores se organizavam por todos os cantos do Recife. E a casa do chefe na rua do Imperador parecia um quartel-general. Até sargentos do Exército andavam por lá à paisana. Os padres, porém, começavam a solapar esta força. A imprensa clerical atacava o grande inimigo. Dos púlpitos se erguiam protestos contra os envenenadores das classes humildes. Nada detinha o homem. Andava ele com a mulher como dois triunfadores pelas ruas. Ela se satisfazia com a glória do marido, como se aquilo fosse uma obra do seu talento. Ele sentia que tudo era feito por ela. O marido não seria nada sem aquele entusiasmo que a mulher lhe inoculava. Por onde ia o dr. Pestana carregava a sua companheira. Os operários amavam os dois. Os estudantes iam para a casa do mestre ouvirem a dona da casa inflamada. Tinha uns olhos que falavam, de tanta expressão de força. Em tudo só via o marido. Que todos se esforçassem, que morressem na rua, mas que tudo fosse feito em benefício de Pestana. Ambicionava uma deputação. Os operários teriam de elegê-lo na primeira eleição. Será possível que Pestana abandone tudo por eles e não façam nada em seu benefício? Pestana não comia, não advogava, não se tratava, somente para servir aos operários. O marido ouvia todas estas coisas calado. A mulher regulava bem as suas ambições. Ele deixava que ela exprimisse os seus desejos.

— Vocês leram um manifesto contra mim? Felizmente não vi ali nenhum nome. Vontade de aparecer. Exibição somente.

A mulher acrescentava mais:

— Garanto que aquilo foi arranjado pelo Odilon. Odilon inveja a simpatia que Pestana desfruta dentro da classe dos estudantes. Ora só faltava esta: Odilon querendo fazer sombra a Pestana.

Referia-se ao outro professor da faculdade, homem de letras que procurava também a sua roda de admiradores.

A manifestação de desagravo que a mocidade preparava para o marido consolava-a das restrições amargas de Mário Santos.

— Você foi professor desse Mário Santos, Pestana? O mestre não sabia.

— Você está é dando muita importância a isto, Laura.

— O que vale a petulância desses meninos? É melhor que você vá fazer a revisão do meu artigo – dizia, rindo-se para a mulher, orgulhoso das habilidades dela.

Entravam operários para conversar. Uns, que vinham pedir cartão para a polícia em benefício de algum que estava preso. Outros entravam para se queixar dos patrões. Aí o chefe imprecava com energia.

— O dia deles chegará. Volte para o serviço e aguente um pouco mais!

Antônio Campos passava o dia na casa do chefe. A redação do *Diário do Povo* era ali na sala da frente, perto dos entusiasmos de d. Laura. O redator lia para ela ouvir os artigos:

— Está ótimo. É o que falta a Pestana. É esta violência que você tem, Antônio. Pestana é muito frio.

Na padaria, era Florêncio quem levava as notícias. Em vez de ir para a casa, para junto dos filhos e da mulher, o masseiro rondava a porta da casa do chefe, até que via um conhecido entrar. Lá em cima se refugiava como um cachorro, num canto, ouvindo as conversas. O dr. Pestana já conhecia Florêncio. E lhe perguntava pela Resistência:

— Como vai o Clodoaldo com vocês?

Era o nome do presidente da Sociedade, mulato de cabeleira. Dali Florêncio saía como se tivesse voltado de uma missa pontifical, cheio do chefe, da palavra mansa do chefe, das frases quentes da mulher do chefe. Na padaria então se

desmanchava em notícias. Simão queria saber de tudo, o forneiro também. Tudo que se referisse com o dr. Pestana era com ele. Seu Alexandre era que se aborrecia com estas conversas. Trabalhassem sem bate-boca. Francisco chamava Florêncio para ouvir novidades. O moleque Ricardo pouco se interessando por tudo isto. Somente quando Florêncio falou dos estudantes que assinaram um escrito contra o dr. Pestana e que um deles era um tal Carlos de Melo, da Paraíba, foi que o negro chamou o companheiro para contar a história:
— Eu conheço este rapaz. Ele é lá do engenho donde eu vim.
— Gente do engenho só pode ser contra nós – respondeu Florêncio.
O moleque ficou pensando. Carlinhos era contra eles. Lembrou-se então do companheiro. De todos os meninos brancos de engenho era o melhor, o que brincava mais com os pretos. Vivia o dia na rua com eles. Mãe Avelina falava da mãe de Carlinhos com saudade:
— Moça boa era dona Clarisse.
E quando o branco adoecia, ele ia para o quarto fazer companhia. Parecia mais um amigo do que um senhor. Por isto Ricardo se espantou. Por mais de uma vez ele vira Carlinhos em Recife, mas se escondia dele. Não era que tivesse medo, mas uma espécie de vergonha de falar com o povo do Santa Rosa. Em uma ocasião, porém, não pôde evitar. Estava na estação da rua da Aurora quando viu foi uma pessoa batendo no seu ombro. Virou-se e era Carlinhos. Conversou muito com ele, indagando por tudo, em que emprego estava, quanto fazia. Deu-lhe notícias do povo do engenho. Rafael andava muito crescido e o outro irmão aprendia para baleeiro. Mãe Avelina, boa de saúde. E se ofereceu. Quando quisesses alguma coisa,

procurasse na rua da União. Não havia dúvida que Carlinhos não mudara. Florêncio trazia aquela notícia. Um tal de Carlos de Melo do engenho da Paraíba com outros formavam contra os operários. Ricardo pensou na coisa. Ele não sabia mesmo o que os operários queriam. Ali na padaria se falava em aumento de ordenado, em horas de trabalho diminuídas. Havia quem falasse mais alguma coisa. A Rússia estava governada pelos trabalhadores. Isto vinha num boletim escrito para os operários. Quem trouxe isto para a padaria foi Simão. E quem leu foi Francisco caixeiro, escondido do seu Alexandre para que ele não ouvisse. Incitavam-se os homens do trabalho para um movimento mais sério. Ali se falava em que o destino dos proletários só dependia deles mesmos. A Rússia fizera um governo dos que haviam sofrido, dos escravos do campo e das fábricas. Aquele boletim inflamou o povo da padaria. Até Ricardo se sentiu com vontade de subir. O que era dos grandes seria deles. As terras dos grandes retalhadas pelos moradores dos engenhos. João Rouco com tantas braças de terra. Mãe Avelina com casa na areia e roçado plantado. Era por isso que Carlinhos não queria. E o coronel Zé Paulino? E Maria Menina? E o dr. Juca? A terra seria para o povo. O moleque pensou nisto por muito tempo. Depois a ambição foi murchando. Não acreditava que pudessem botar para fora o coronel Zé Paulino, que tomassem dele o engenho Santa Rosa. O velho se havia enfincado na terra como um marco de pedra. João Rouco teria lá força para arrancar?

 De madrugada, quando saiu para o trabalho, ainda pensava naquelas coisas. O Santa Rosa moendo por conta dos trabalhadores. Qual nada. Aquilo só em sonho. Os cabras do eito teriam lá essa sorte? Ali mandaria para sempre o grito do velho. A terra não passaria para as mãos dos trabalhadores.

Ricardo achava mais fácil tomar a venda do seu Alexandre. No primeiro pega-pega o portuga metia a canela no mundo. Tomar o engenho era mais difícil. Aí viu seu Lucas e parou para entregar os pães. Na casa do coronel, há dias que tinha gente morando. Quem vinha receber os pães agora era outra moleca. Guiomar se fora. Ricardo andou doido para perguntar como se dera a morte da namorada. E naquela vez não se conteve. Mas a negra não adiantou muito:

— Ela bebeu veneno de formiga. Ninguém até hoje soube por quê.

Para um canto do jardim seu Lucas tratava da terra para as suas roseiras. Veio falar com o pãozeiro reclamando porque Ricardo há tanto tempo não passava para lhe dar duas palavras:

— Eu sei o que é isto, menino. É coisa da Sociedade. Você ainda se arrepende. Tenho visto muito rapaz como você se estragar com esta canalha.

— Qual, seu Lucas. Não me meto em encrenca não.

E saiu. Aquele negro velho tinha lá que ver com a sua vida? Ficasse com o catimbó dele. E lhe voltou outra vez a história da terra para o povo. Lembrava-se da ganância que o povo tinha por um pedaço de terra. Brigavam entre eles pelas terras do engenho. Bastava que um avançasse uma braça num sítio do outro para que a briga chegasse aos pés do coronel Zé Paulino. Quando eles pegassem o Santa Rosa, seria mesmo que urubu em carniça. Cada um que quisesse o seu melhor pedaço. A corneta na boca de Ricardo cantava mais forte naquela vez. O moleque puxava pelos peitos. O pão do seu Alexandre ganhava com a coisa. Cara de gente acordada de novo se mostrava pelos jardins, ricos metidos em pijama ajudando os jardineiros, abaixados pelos canteiros, levando sol nas costas. Aqueles sujeitos brincavam com o trabalho. Com pouco mais estariam na mesa comendo com queijo o pão do seu Alexandre, com o suor de Florêncio, de Simão e a água imunda do seu Alexandre. O pãozeiro parava de porta em porta para tomar notas. Parava em porta de pobre que pagava na hora. Para estes não havia conta nem fim de mês. Ali era sempre a dona da casa que vinha, escolhendo o pão que fosse maior, mais grosso. E falavam sempre muito. Cada dia que se passava, mais diminuíam os pães de tamanho. E metiam as mãos pelo balaio, mexendo, atrás de uma massa melhor. Lá dentro de casa, o marido, os meninos esperavam ansiosos. Para eles teriam outro gosto, valia muito mais o pão do seu Alexandre. Em outras casas Ricardo não parava sempre. Um dia ou outro falhava a mulher na porta esperando. Se aquele pão fosse dele, o moleque faria uma figura bonita. Mas naquelas casas faltava um tostão. Da cama, o freguês estaria ouvindo a sua corneta tocando. E deixavam passar. O estômago esperaria por outra vez. Tempo haveria de sobra para que eles pudessem comer. O moleque tinha vontade de bater na porta, de acordar aquele povo e dar-lhes os pães de que precisassem. Mas passava. Seu Carlinhos estava contra os operários. Florêncio ouvira isto na casa do chefe. Bem que podia ser verdade. Se o Santa Rosa ia ficar para o povo, Carlinhos não queria saber de operários. O moleque não demorava muito com esta convicção. O Santa Rosa era do coronel Zé Paulino. Só no dia de são Nunca passaria para as mãos dos cabras. Mentira de Florêncio e da gente da padaria. Ele só queria saber de vender seus pães e mais nada. Agora a corneta já não se exprimia com tanto entusiasmo. O sol já queimava. Não tinha mais pão para vender. O homem do balaio descansava a cabeça.

10

PASSOU-SE MAIS UM ANO na vida de Ricardo. Na padaria as coisas marchavam no mesmo pé. Somente d. Isabel não se levantava mais da cama. E seu Alexandre só se queixando das cozinheiras que não paravam. Não havia uma que contentasse as exigências do goela. A maior mágoa que lhe dava a esposa arriada era esta, porque era só do que ele falava na mesa. Não havia quem fizesse bacalhoada como Isabel, e as feijoadas e os repolhos cozidos.

— Ah!, se Isabel pudesse fazer isto, aquilo!

D. Isabel não podia nem mais com ela. De cima da cama ainda chamava a cozinheira ensinando como se faziam os pratos queridos do marido. A voz era fraca. E só tinha os ossos de fora. Ricardo às vezes ia ao quarto dela saber como ia. E saía de lá com os olhos molhados. D. Isabel perguntava então pelas coisas, pelas garrafas, pelas vasilhas da padaria. E queria saber também dos negócios. Se o pão do Alexandre estava bom. Coitada, não comia mais nada, só fazia sentir dores e dores.

— Ah!, senhor Ricardo, muito pena um mortal!

Os cabelos de d. Isabel estavam brancos e ela tão branca que parecia não ter uma gota de sangue nas veias. Na padaria todos sabiam que aquilo era para pouco tempo.

Florêncio andava sempre se queixando de doença na família. Uma filha dele amanhecera uma noite com muita febre e quando foi de tarde não podia ficar em pé, não governava a perna direita. No princípio julgaram que fosse um jeito, mas a perna não melhorava. Levou a menina ao médico da Sociedade. E voltou para casa com um caso perdido. O doutor falou em paralisia infantil, coisa incurável:

— Não vale a pena trazer mais aqui a criança, é perder tempo.
O masseiro contou a história a Ricardo quase chorando:
— Logo a mais bonitinha. Só queria que você visse a cara dela, Ricardo. Foi tristinha para um canto ver os outros meninos saltando na rua.
— Por que você não leva ela para outro doutor, Florêncio?
— Levar como? Precisa a gente pagar.
Ricardo se lembrou de seu Lucas. Quis falar a Florêncio e teve receio. Quem sabe se seu Lucas não poria a menina boa. O masseiro não dava atenção ao feiticeiro. Deodato também tinha uma mãe entrevada em cima da cama há mais de dez anos. Todos ali tinham moléstias em casa. Quando não era filho, era mulher, irmã, mãe, com seu pedaço de sofrimento. O forneiro levara uma pancada de vento e tossia muito na boca do fogo. Só seu Antônio não se queixava. O bicho podia com a vida. De toutiço de boi, o mestre aguentava nos braços tudo que lhe viesse. A mulata em casa lhe dava cama e comida de regalo. Daqui a mais tempo as cousas para ele mudariam. O pé-de-meia crescia. Seu Antônio esperava somente pelo tempo. Tinha certeza que para ele chegaria o seu quinhão.
Francisco caixeiro melhorava a olhos vistos. Não se podia chamá-lo agora de amarelo sem se cometer uma injustiça. Dona Isabel lhe havia preparado uma garrafada e a febre fora pegar outro besta pelos alagadiços. Os gritos do patrão também se amorteceram um bocado. Já sabia cortar o pedaço de carne do ceará sem estragar a manta. Contava os balaios de pão certinho. Seu Alexandre se danava com a história de Francisco ler jornais:
— Cuide de seu serviço, homem de Deus. Que quer o senhor por aí a ler jornais?

Francisco lia apesar de tudo. Nada se passava que ele não soubesse, não contasse a Ricardo. Então notícia de greve pelo mundo, de morte, de assassinato, de suicídio, era com ele. Ricardo estava bem amigo do caixeiro. A primeira carta que ele escreveu para a Mãe Avelina, saiu da pena do Francisco, que começava assim: "Minha estimada mãe, me bote a sua bênção."

Depois, chegou carta de Avelina. A letra era de gente da casa-grande e dava notícia de tudo, dum filho novo e de Manuel, que fugira com os tangerinos para o sertão. Rafael estava grande e ela tinha outro filho chamado Pedro. Ficou Ricardo escrevendo sempre. Não se esquecia de botar no correio, de vez em quando, uns vinte mil-réis para a Mãe Avelina. Assim ficou contente com ele mesmo. Saíra-lhe de cima das costas aquele remorso. Não se podia dizer mais que ele fosse um ingrato. Manuel se fora com os tangerinos para o sertão. A mãe dormia na cama com mais um outro menino. Pedro devia estar pequenino, do tamanho que deixara Rafael. A mãe achava poucos os filhos que tinha, e era bom mesmo que ela tivesse os seus filhos. Botava para dormir cantando baixinho, bebiam leite da casa-grande, não precisavam pescar caranguejo para roer as patas. Este que ele não conhecia devia se parecer com os outros, teria os olhos grandes de Rafael.

Depois de Guiomar, Ricardo não se importava mais com mulher. A companhia do caixeiro de noite desviava-o dos passeios para as bandas do caminho de ferro. As raparigas pouco comiam do seu dinheiro. Os conhecidos lhe criticavam a moleza:

— Aquilo é um P. M., o moleque é brocha.

Pouco se importava. O que ele queria era viver no seu canto, vender o pão de seu Alexandre e guardar no fundo da mala as sobras do ordenado. Nem sabia direito quanto tinha.

Devia ter mais de quinhentos mil-réis. Ricardo ficava até com medo de pegar no dinheiro. Era seu, todo seu, ganho ali de seu Alexandre, meses e meses de trabalho, mas aquele pacote de notas dobradas não lhe fazia bem. Coisa esquisita. Ricardo não gozava como os usuários o contato com o seu tesouro. Fazia cálculos de todos os tamanhos. No começo pensara em mandar buscar o seu povo. Isto, porém, foi por conta das primeiras saudades. Passou esta preocupação para que lhe viessem outras. Afinal de contas ele não sabia bem o que queria. Florêncio uma vez ou outra estava precisando de auxílio do negro. Fome em casa, remédio para a menina, e toda a desgraça do masseiro, que tanto tocava o seu amigo.

 O operariado continuava agitado. O dr. Pestana se aliava com os políticos contra o Governo Federal. Os jornais bradavam pela autonomia do Estado, contra os interesses do presidente da República em mandar em Pernambuco, e por isso a cidade andava em pé de guerra. Cangaceiros chegavam do interior. Dizia-se por toda parte que o operariado formava ao lado do Borba. Via-se o chefe Pestana de automóvel como senador. Os trabalhadores entregavam-se ao seu líder de braços abertos. Eles confiavam como crianças nas promessas, nos agrados do chefe. Tudo o que se passava, Florêncio contava na padaria. Os estivadores, para mais de trezentos, estavam armados, nos sobrados da rua Nova. Esperava-se um ataque do Exército. Polícia e operários e cangaceiros se arregimentavam para enfrentar. Pestana contava com reservas incalculáveis. Borba venceria. A casa do socialista era um centro de figurões. Os operários viviam por lá às escondidas. Somente os presidentes das Sociedades, os que falavam pela massa, tinham o direito a confabular. D. Laura ardia de entusiasmo. Desta vez o marido chegaria aonde ela ansiava, numa tribuna de deputado. Antônio

Campos ainda mais se excedia na linguagem. Não eram mais os burgueses, o capitalismo, os latifundiários, as suas vítimas preferidas. Mudara. Agredia os políticos do lado oposto. O *Diário do Povo* cantava outra canção mais fácil de se entender. Os artigos do dr. Pestana já não se entremeavam com o nome de socialistas, de reivindicações, de luta de classe. O apóstolo descia mais para a terra, pisava mais no chão. Os operários eram dele. Dispunha da massa como de uma cousa privada. D. Laura sonhava com a cadeira e o marido vibrava contra os inimigos de Pernambuco. Os homens de confiança do chefe andavam pelos centros solicitando os trabalhadores. Todos precisavam auxiliar o chefe, porque o operário só tinha um amigo, que era ele. Os *meetings* se realizavam com gente humilde, com os homens que se davam com Pestana, para que eles lhes descobrissem um meio de seus filhos comerem mais. Na padaria, Florêncio, Deodato, achavam tudo muito direito. O dr. Pestana subindo, era o operário que subia também. Precisava-se de homens para pegar em armas. Se não tivesse quatro filhos, Florêncio dizia que podiam contar com ele. Simão era mais franco. Não ia, porque nada adiantava. Negócio de briga não era com ele. Por toda a parte se reuniam centros operários pró-autonomia de Pernambuco. O estado inteiro se empolgava com a luta. O país virava-se para os acontecimentos. Políticos se dividiam numa competição feia. O dr. Pestana ficou com uma força combatida e exaltada. Os que contavam com os operários dele faziam do homem um herói. O retrato dele andava pelos jornais, de boné na cabeça, como aquele Lenine, em retrato popularizado. Os estudantes deixavam a escola, ganhando o estado em caravanas. Cada dia que se passava, mais os fatos se aproximavam de um desenlace. O Exército, reforçado com batalhões de outros estados, a esperar nos quartéis a palavra de ordem. O povo acreditava nos operários. Falava-se em bomba de dinamite esperando a hora. A um sinal dado, não ficava pedra sobre pedra. Soldados e trabalhadores defenderiam a autonomia do estado. Nos seus discursos o socialista falava no Leão do Norte. Ele contava com o povo. Morreriam todos, mas Pernambuco não se entregaria aos aliados do presidente. Havia operários que já tinham abandonado a família pela luta. Ficavam pelos sobrados da rua Nova comendo e dormindo por lá. O chefe visitava com o seu Estado-Maior os ajuntamentos armados. Avivavam-se os homens. A rua do Imperador era uma praça de guerra. A gente do dr. Pestana, como se dizia, invadira os pontos estratégicos, ocupando sobrados sem prevenir a ninguém. Os moradores se surpreendiam. Tinham, porém, que procurar cômodos por outra parte. Cangaceiros se emparelhavam com os operários nestes alojamentos. Criminosos e homens do trabalho no mesmo ofício.

A cidade dormia todas as noites na expectativa do choque terrível. Os comentários da padaria eram desconcertados. Florêncio acreditava que o Borba vencendo, a cousa seria outra para eles. O dr. Pestana subiria e os abusos teriam fim. Seu Antônio não ia muito com estas histórias. Aquele Pestana para ele não passava de um carbonário. Ricardo é que não entendia muito do assunto.

D. Isabel, para um canto, dava os últimos gemidos. Nem chegavam mais a ser ouvidos do fundo da venda. Cada vez mais baixo, mais fraco, o gemido de d. Isabel. Lá por fora, o mundo ardia. Homens se entrincheiravam contra homens. E ela só esperando que Deus lhe fosse servido. Ricardo lavando o vasilhame se lembrava do tempo em que ela lhe falava de ir morrer na terra. O moleque agora tinha medo de ver a velha. Suspeitava de que ela morresse com ele perto. Toda tarde, porém, seu Alexandre saía para a casa da mulata. A mulher gemia. E ele procurando espairecer a velha luxúria, dar gasto aos seus últimos arrancos de homem. A vida era curta. Seu Alexandre se entregava de corpo e alma. O corpo do seu Alexandre tinha exigências que só se satisfaziam com a sua mulata carinhosa. Francisco agora dava mais tempo para os prazeres do seu patrão. Ganhava cinquenta mil-réis para dar conta de tudo. Só contra a vontade de seu Alexandre, ele fazia uma cousa: era ler jornais. Então com a política como estava fervendo, Francisco caprichava. Mal o gazeteiro gritava na porta da rua, ele deixava o balcão para comprar o jornal. O portuga gritava. Fosse para dentro de casa cuidar dos seus deveres. O caixeiro só voltava com a folha debaixo do braço.

As notícias que chegavam na padaria eram aterradoras. A polícia cada vez mais se armava, com os quartéis entupidos de soldados. Os trens traziam do interior levas e levas de homens para a polícia. Por qualquer coisa a população se alarmava.

— É hoje que estoura a coisa. Não passa de amanhã.

Era o que se ouvia pelas ruas. Toda a noite Ricardo dormia esperando o tiroteio. Florêncio sabia de tudo o que se passava nos sobrados porque levava recado de uma vizinha para o marido que estava de armas na mão, servindo ao dr. Pestana. E o que o masseiro dizia, entusiasmava. Os operários morreriam pelo chefe. Pela cidade toda havia para mais de dois mil homens no rifle. Clodoaldo afirmava que depois do movimento todas aquelas armas ficariam para as Sociedades. Operário ia virar uma força de verdade.

— Eu é que não tinha vida para arriscar por besteira – dizia o negro do cilindro.

— Você não se arrisca porque é mesmo que não ser operário. Um homem que toma bênção a feiticeiro não é de nossa classe – dizia Simão.

— Tomo a bênção e não tenho vergonha. Lhe agaranto que Pai Lucas não manda ninguém matar outro.

— Quem é que manda matar? O doutor Pestana faz isto no benefício da gente.

— Vocês um dia se desgraçam por causa desse doutor. Eu só quero ver é a cara de Florêncio depois.

A conversa parava quando seu Alexandre chegava para olhar o serviço. Achava logo coisa para falar. O gasto da banha era demais. Não podia ver isto, o forno comia cargas e cargas de lenha. Só sendo mesmo desperdício do forneiro. Voltava-se então para o patrício, para reclamar. O que era que ele estava fazendo ali? Mestre de que era ele? E discutia a valer. Masseiros metiam murros na farinha com ódio. Se eles pegassem seu Alexandre, seria assim. Teriam até vontade de passar o bicho pelo cilindro. Só vinha ali para falar de mal. Fosse tratar da mulher quase morta na cama.

D. Isabel morria aos poucos. Nem gemia mais. O moleque Ricardo com Francisco ficavam lá fora gozando a noite de lua. Ricardo agora sabia de muita coisa pelo caixeiro. Sabia que operário um dia seria a classe que tomava a frente de tudo. Francisco lia os telegramas do estrangeiro: "Londres, tantos: O governo de Moscou lançou um protesto contra o auxílio que os países capitalistas estão dando aos russos brancos." Francisco sabia de tudo. Russo branco era gente rica que perdeu a fortuna e estava em guerra com os operários que mandavam na Rússia. Os camponeses plantavam nas terras que haviam sido dos senhores. A terra da Rússia era do povo. Só queria ver era o povo tomando conta de Paulista, dizia Francisco.

— Queria ver a carreira dos Lundigrins. Só penso estar lá, Ricardo, neste dia. Você não sabe o que vale operário na fábrica deles. É mesmo que cachorro. Os espias atocalham as conversas para ver se alguém anda falando qualquer besteira. No dia que o povo tomar conta daquilo, eu vou pra lá.

— Nada, Francisco. A gente pensa nisto até quando chega o dia. A raiva do povo passa.

— Passa não, Ricardo. Ali não passa não. Aqueles homens são umas desgraças. Só quem passa de grande lá é cavalo e estrangeiro. Qualquer estrangeiro que chega é logo chefe dos brasileiros. Olho azul é tudo em Paulista. Também a febre não respeita. Tenho visto muito alemão mais branco do que cal saindo de Paulista para aqui.

A lua por cima das mangueiras e pelo chão, com a sua alvura de sempre. A rua silenciosa só perdia a sua paz quando a maxambomba apitava por perto. Ricardo e Francisco sentados na calçada iam até tarde, esquecidos de que a noite para eles era curta. Quando não tinham mais em que falar, ficavam os dois calados. Francisco com as suas recordações amargas, Ricardo sem saber o que estava pensando. Depois via que era no engenho, no Santa Rosa. Até tinha vontade de estar naquela hora na "rua" com os irmãos e a Mãe Avelina. Os cachorros do sítio ladravam para as sombras que as árvores faziam no chão. Devia ser mais de dez horas. Na padaria a massa amolecia na mão dos homens. E seu Antônio vazava as saudades da terra num fado de cortar coração. Era a história de um sujeito de mãos cortadas, um aleijado cantando para a namorada.

O pão da manhã se fabricava com os gemidos e música de enterro.

11

O filho de Florêncio chegou na venda com um recado para Ricardo. O pai caíra doente e pedia para ele ir até lá. A fome pegava o masseiro de jeito. À noitinha o moleque se botou para a casa do amigo arriado. Ficava lá para as bandas da estrada de Olinda. Andou de bonde um pedaço e depois atravessou para a rua onde morava Florêncio. A maré vazia deixava ver ao luar os gravetos do mangue de fora. A lama espelhava como se não estivesse fedendo. O maruim em dia de lua nova era mais feroz. Ricardo ia andando por um caminho quase no meio do mangue. A casa de Florêncio ficava no fim da rua, rastejando-se no charco. O moleque encontrou o amigo na esteira, no chão úmido. A menina paralítica perto dele, dormindo, a mulher sentada no caixão de gás, com o filho menor no colo. Os olhos de Florêncio e todos os olhos da casa brilhavam. A fome dava este brilho esquisito.

— Florêncio apresentou-se hoje com uma dor de lado e tem gemido o dia inteiro – disse a mulher. — O povo mandou dar chá de erva-doce. Não serviu foi de nada. E a gente sem um tostão dentro de casa.

As lágrimas estouravam dos olhos brilhantes da mulher. Florêncio só fazia dizer que ela se calasse. A menina aleijada acordou com a conversa:

— Mãe, já foi comprar o pão doce?

— Espera aí, menina, que já vou.

Os outros meninos também queriam comer.

— Culpado de tudo isto é Florêncio – dizia a mulher. — Florêncio não foi dar dinheiro dele para o doutor Pestana?

— Dei uma besteira, mulher. O Clodoaldo me pediu. Dei pouco. Eles estão carecendo de dinheiro para sustentar um povão nos sobrados.

— Florêncio podia dar dinheiro, seu Ricardo? O senhor diga. A gente já vive morrendo de fome, com o que ele ganha, e ainda mais esta. Garanto que Clodoaldo está de barriga cheia em casa.

— Cala a boca, mulher, ele socorre a gente em caso de precisão. Eu mesmo mandei chamar você, Ricardo, foi para isso. Para você ir falar com Clodoaldo. Eu estou como você está vendo. Com o povo morrendo de fome. Ele me manda alguma cousa. Pouco, mas manda.

A mulher deu um muxoxo.

— Estou para ver.

As dores de Florêncio reapareciam de quando em vez e ele torcia-se na esteira como uma cobra, rebolando de um canto para outro. Os meninos se chegavam para ver de mais perto. A mulher parava a conversa. A menina aleijada é quem sentia mais. Era quem tinha mais tristeza na cara. Passava gente pela porta, parando para receitar:

— Com um chá de mamão isto passa. Tive uma vez uma dor assim, mesmo assim como esta, e só passou botando pano molhado com água quente em cima.

— Por que não experimenta um emplastro de farinha quente?

Não havia um grão de farinha naquela casa. Ricardo mandou comprar. A mulher foi para a beira do fogo. Fizera um emplastro e o pobre Florêncio aguentou-o no lugar da dor até que adormeceu. Por perto da casa havia ensaio de um clube de Carnaval. A cantiga chegava para acalentar o sono de Florêncio. O povo da rua miserável cantava de noite. Perto da lama cantavam e dançavam. O Carnaval vinha aí. Todo o ano, daquela rua saía o Paz e Amor com os seus homens e as suas mulheres numa alegria de doidos, saltando como bichos criados na fartura. Dois meses antes já anunciavam a música que exibiriam na cidade. O Paz e Amor esquecia os urubus, a catinga do curtume, os filhos magros, para cair no passo. O Carnaval era para aquela gente uma libertação. Podiam passar fome, podiam aguentar o diabo da vida, mas no Carnaval se espedaçavam de brincar. Com candeeiro na frente, bandeira solta ao vento, saíam para fora dos seus mocambos fedorentos para sacudir o corpo na vadiação mais animal deste mundo. Mulheres magras andando de Olinda a Recife ao compasso dos ritmos de suas danças. Ali na rua de Florêncio, a miséria não abria exceção para um só. Todos eram da mesma espécie de deserdados. Todos se socorriam dos caranguejos como do pão de cada dia, mas em janeiro, já se reuniam para ensaiar os seus cantos e os mexidos carnavalescos. A mulher de Florêncio se queixava a Ricardo:

— Bem que vivia satisfeita em Limoeiro do Norte. Florêncio trabalhava na prensa de algodão do coronel Furtado. A casa em que a gente morava, uma pessoa podia entrar. Só tinha dois filhos, e até vivia mais ou menos, fazendo chapéu de palha para vender. Tudo como Deus tinha mandado. Botaram na cabeça de Florêncio que no Recife a cousa era melhor. Tanto falaram, que Florêncio bateu por aqui. E é o que o senhor está vendo. Esta miséria toda. Tem dia que a gente não pode dormir com o fedor da lama. Chega entrar de gorgomio adentro. Os meninos não sentem. Não sei mesmo o que menino sente. Vivem por aí pelo cisqueiro catando porcaria, garrafa vazia, panos velhos. Esta que está aí no estado que o senhor vê, tem sofrido o diabo. A bichinha como que sente a perna morta e dá pra chorar, pra pedir remédio. Pra ver estas cousas, seu Ricardo, não vale a pena viver. Não tenho o que falar do povo não. Olhe, pra pobre até muito aqui se faz um pelo outro. Mora ali no começo da rua um cego que sustenta seis pessoas. O pobre passa o dia no Recife pedindo esmola. Não é brincadeira sustentar seis pessoas. Pois o cego sustenta. Tenho vontade muita vez de fazer uma besteira e sair por este mundo afora. Melhor vida é de rapariga, seu Ricardo. Morre logo e não cria filho pra chorar perto da gente.

O negro Ricardo não tinha coragem de abrir a boca. A mulher abafava com aquelas mágoas medonhas. Lá de fora chegava a alegria do povo cantando.

— Mãe, cadê o pão doce? Mande comprar, mãe.

— Não tem venda aberta não, menina.

Ricardo compreendeu e foi comprar alguma cousa para aquela família desgraçada. Quando voltou, Florêncio ainda dormia. A mulher se desmanchou em agradecimentos. Os meninos devoraram os pães murchos.

— Pois diga a Florêncio que vou fazer o que me pediu. Amanhã eu volto cá. Em todo caso, a senhora precisa.

E deixou dez mil-réis. O moleque saiu com um nó na garganta. Ter fome era o diabo. No engenho o povo se aliviava na fava, na batata-doce. Ali não. Era mesmo não ter o que comer. A barriga roncando sem engano de espécie alguma. Na porta do clube, parou para olhar o ensaio. As moças em fila escutavam as ordens do presidente, um negro já de idade, ensinando a letra e os passos da nova marcha.

A cantiga saía livre tinindo daquelas gargantas e daqueles peitos de miseráveis. A música de uma alegria de felizardos perdia-se pela água suja do mangue. Eles cantavam. O cego em casa dormia, com seis pessoas para sustentar. Devia estar ele na sua esteira descansando o corpo e a língua de tanto bater pedindo esmola. No outro dia, bateria portas e portas, estendendo a mão pelo amor de Deus. Florêncio no seu sono sonharia com o dr. Pestana, com Clodoaldo, os santos da sua corte celeste. Ricardo deixou o ensaio e veio andando pela estrada escura. Vinha recompondo toda a desgraça do amigo, a fala triste da mulher, a história do cego, a vida daquela rua de infelizes. À vista daquela gente ele passava por príncipe. O moleque vinha andando, abalado a comparar as coisas. Coitado de Florêncio! E ainda tirava dinheiro do bolso para Clodoaldo, para os outros. No bonde ainda a casa de Florêncio lhe preocupava. Quase na rua do Lima o bonde parou. Um clube de Carnaval ia na frente. O motorneiro metia o pé na campainha, mas o povo não se arredava do meio da rua. Uma multidão acompanhava dançando a marcha, num frenesi de loucos. Mulheres e homens cruzando pernas, dando umbigadas. Gente de pé no chão com gente de botina. A bandeira do clube dançava em cima como um pano glorioso. O motorneiro metia o pé. O bonde queria passar. Um sujeito dizia alto:

— É por isso que passam fome. Só vivem pensando em Carnaval, em folia. Em qualquer parte do mundo a polícia não permitia esta vadiação. Não trabalham, só querem vadiar.

O motorneiro agora já estava quase que dançando, pessoas do bonde saltavam para cair no frevo. E o sujeito importante falava irritado. Até que afinal o clube dobrou na rua do Lima, quando bem quis, com a sua marcha puxando a multidão. Ricardo, porém, não se esquecia da casa de Florêncio. E ainda chegou em casa com a situação do amigo lhe preocupando. Foi à padaria falar da doença do colega. Todos lá sentiram. Seu Antônio lembrou uma quota para mandar para Florêncio. Todos dariam. Simão se ofereceu para ir falar com o presidente da

Sociedade. Seu Alexandre perguntou por Florêncio, e quando soube que estava doente não acreditou:

— Anda por aí metido com esta história do doutor Pestana. O senhor Florêncio é político. Não quero no meu estabelecimento gente desta marca. Que se dane. Vivo do meu trabalho.

Francisco, não sei como, apareceu com um pedaço de carne e deu a Ricardo para Florêncio. Roubara sem dúvida da venda. Aquilo não queria dizer nada. A padaria do seu Alexandre sabia mais ou menos o que era solidariedade.

Simão no outro dia chegou com a resposta de Clodoaldo. A Sociedade não podia despender um tostão. As despesas com o movimento eram enormes. Florêncio que se arranjasse com os colegas.

— Não disse que esse Clodoaldo dava um pago a Florêncio? – falou o homem do cilindro. — O pobre que estrebuche em cima da cama que ele nem está sabendo.

Simão não respondeu nada.

— Nós é que vamos concorrer. Cinco mil-réis não bota ninguém para trás.

E ficaram mandando o auxílio por uma semana.

Florêncio voltou magro, com os olhos amarelos e a barriga inchada do lado direito. O fígado do masseiro fraquejava no meio do caminho. E trabalhou assim mesmo, parando de vez em quando para tomar fôlego. O mestre não reparava no serviço dele. O colega compreendia que Florêncio precisava dos quatro mil-réis para dar de comer à família. O negro do cilindro falou ao doente da safadeza de Clodoaldo:

— Não dizia que essa gente de Sociedade o que quer é roer? Taí, Florêncio! Você vivia todo ancho com a amizade de Clodoaldo.

O masseiro, meio vencido, não discutia. Só fazia dizer:

— Eles estavam desprevenidos. Doutra vez não falta. Ricardo é quem se desapontou com a história. Então para que eles davam os dez tostões por mês? A Sociedade não prometia auxiliar os sócios nas dificuldades? E Florêncio que era do peito, que andava servindo a eles como criado. O moleque desconfiou de Clodoaldo. Capaz do seu Lucas estar com a razão. O negro velho sempre lhe falava das Sociedades:

— Não se estrague com esta gente, menino?

Seu Lucas combatia as greves, não gostava de ver negro com empáfia de branco. Para que negro com luxo? Ricardo lhe quis contar a história de Florêncio. Não precisou, porque seu Lucas, logo viu o pãozeiro, foi perguntar pelo masseiro:

— Coitado, era o que ele queria. É até um bom cabra. Me disseram que ele me mete o pau. Não me importo não, menino. Pior é o que dizem de mim aqui na Encruzilhada. Que vou fazer? Quem tem língua diz o que quer. Só sei uma coisa, mal não faço a ninguém.

E a conversa iria longe se Ricardo não saísse atrás do balaieiro. A freguesia esperava por ele. O sol das seis horas tocava nas coisas com mão de veludo. Acariciava. Os jardins tinham cores magníficas para mostrar. Não acordavam como os homens, com caras pisadas de sono. A noite tratava bem das roseiras e das árvores. Criadas de bandejas na mão esperavam que a corneta de Ricardo lhes chamasse. Recebiam o pão. As chaleiras ferviam na cozinha para o café. A fresca da manhã alegrava o moleque, que já tinha se esquecido da fala do seu Lucas com a alegria da terra. Mais para diante o sol era outro. Às oito, queimava. A meninada enchia as calçadas, carregando bolsas para a escola. O pãozeiro ia voltando para casa com as contas feitas e o balaio vazio. Seu Alexandre não ficava com cuidado. Tudo estava certo. Ricardo não trazia nunca boia para casa. Aquilo é que era um auxiliar, dizia o patrão. O negro não se enchia com o elogio. Sabia que o portuga dizia aquilo para ofender os outros. O que fizera com Florêncio fora uma danada. Não deu nem um tostão para o masseiro atravessar a doença. Ricardo fora-lhe mesmo pedir contando a história, a fome, os sofrimentos de Florêncio. Seu Alexandre só fez lhe dizer:

— Que hei de fazer, senhor Ricardo? Que hei de fazer? O rapaz devia estar preparado para estas dificuldades. Não lhe pago quatro mil-réis por dia, senhor Ricardo? Se pudesse, o senhor contava comigo. A crise anda por aí.

E não deu um tostão. O povo da padaria, quando soube, trincou os dentes. Seu Antônio censurou o patrício. O Alexandre estava fazendo um papel safado. Havia patrões por aí afora que não se negavam a atender ao operário necessitado. Simão achava que a maioria só cuidava deles mesmos:

— Operário secou o braço, é como fonte, ninguém procura mais. Operário só presta mesmo para o trabalho.

Naquela noite o pão do seu Alexandre azedou. O mestre não soube explicar a razão. O prejuízo tinha sido quase completo. O portuga bateu a língua o dia inteiro. Prejuízo de muito dinheiro. Era a primeira vez que lhe sucedia isto na padaria. Seu Antônio não encontrava explicação. Tudo fora feito na regra. Fermento, água, farinha. Não sabia explicar. A raiva do seu Alexandre cresceu ao máximo. Botava tudo para fora. Aquilo fora de propósito. Ricardo saiu, porém, com o pão. O patrão esperava passar o prejuízo para cima dos outros. De tarde a freguesia apareceu com reclamações. Nunca tinham comido um pão tão ordinário. À venda chegavam criadas devolvendo a massa perdida do seu Alexandre. Apesar de tudo, o prejuízo diminuiu. Na padaria do rival a notícia chegou como um acontecimento. Até aquela data o pão do portuga era o melhor. Ninguém fazia massa como a dele. E veio aquela derrota. Seu Alexandre passou o dia na padaria. Ele mesmo viria examinar. Não encontrou nada. E o pão da tarde saiu ótimo. A sua fama se manteria. Na venda não se cansava de oferecer as suas desculpas. Fora somente um transtorno, porque o mestre adoecera sem ele saber. Mas de agora por diante não lhe sucederia mais aquilo. A sua massa era garantida.

Florêncio, bom, começou outra vez nas visitas aos sobrados, à casa do dr. Pestana. Simão foi franco com ele:

— Homem, se eu fosse você não me metia mais com aquele povo. Não viu o que Clodoaldo fez?

O masseiro desculpou o presidente. Simão tinha ido lá num dia que ele estava afobado. Nem sabia o que tinha dito a Simão. Clodoaldo era amigo. Só cuidava da classe. Simão calou-se. Florêncio voltava aos seus entusiasmos de outrora. O dr. Pestana manobrava de tal jeito o operariado que no dia em que ele quisesse não ficava vivo um só dos seus inimigos. Havia bomba de dinamite enterrada pelo Recife. Os empregados do saneamento, que era gente dele, fizera o serviço.

A população andava pisando em ovos. Um pneumático estourado no Pátio do Paraíso provocou pânico nos arredores. Casas de comércio arriaram as portas. Gente correu pelas calçadas, mulheres com ataque na rua Nova. A coisa chegara a um ponto que ninguém de noite saía mais de casa. O masseiro contava coisas extraordinárias. Depois do movimento vitorioso, Clodoaldo dizia que o operariado ficaria armado com os mesmos direitos que a polícia. O dr. Pestana passaria uma lei obrigando tudo que era patrão a dar uma parte dos lucros para os pobres. Simão, depois da história de Clodoaldo, esfriou. O forneiro dizia que não. Ninguém fosse condenar o dr. Pestana por causa dum safado qualquer:

— O doutor Pestana se prometia, fazia na certa. Ricardo, porém, punha-se de fora. Não porque quisesse. Mas a natureza dele não dava para aquilo. Vira Florêncio, caído para morrer, receber aquela bofetada de Clodoaldo, e quando se levantava da esteira, voltar com o mesmo fogo, cheio das mesmas esperanças. O moleque não criticava Florêncio. Ele não compreendia. Pensava na família do amigo, os meninos ciscando no lixo com os urubus, a mulher falando. A fome a rondar a casa como um bicho que tivesse sido criado ali dentro. E Florêncio com o dr. Pestana, com Clodoaldo, com os homens dos sobrados sonhando com o que ele, Ricardo, não sabia o que fosse. O povo do engenho quando sonhava era com chuva para o roçado, com as festas dos santos. Florêncio sonhava com quê? O moleque nem queria pensar nos sonhos do masseiro.

Francisco andava mais calado, falando a Ricardo em ir para São Paulo. Aquilo sim, que era lugar para se estar. Um trabalhador de enxada ganhava dez mil-réis por dia. Se tivesse uma passagem, não tinha dúvida. Aquela venda já estava lhe aborrecendo. No começo gostara. A vida para ele tinha sido um inferno, que seu Alexandre lhe fora um achado de primeira. Mas se cansara de seu Alexandre. E nas noites que ficava com Ricardo o caixeiro não era o mesmo. Ficava agora cismarento, com a cabeça encostada na parede, olhando para cima. As notícias dos jornais ele não repetia tanto. Só pensava em São Paulo, nas fazendas de café que davam casa com luz elétrica para os colonos. O sujeito tinha terra de graça para plantar e ainda ganhava dez mil-réis por dia.

— Vamos para São Paulo, Ricardo? Você aqui leva a vida nisto, vendendo pão toda a vida.

O amarelo nem parecia aquele Francisco de cabeça baixa, ouvindo as descomposturas do seu Alexandre sem levar em conta. Um sonho também entrava na cabeça dele. Não falava mais de Paulista, da fábrica que lhe comera a meninice, dos cavalos que comiam ovos e bebiam vinho do Porto.

12

A CASA DO DR. PESTANA aumentava de importância. A alta política traçava planos na sala de jantar com d. Laura influindo em tudo. O espírito vivo da mulher era quem manobrava a ambição do marido. A deputação estava garantida nas próximas eleições. O senador dispunha do governo, da polícia, dos cofres para a reação contra o presidente da República. Os lugares-tenentes do dr. Pestana viviam almoçando no Suíço, de charuto na boca. O célebre Dente de Ouro guardava o *Diário do Povo* com operários armados. Os capangas ficavam às vistas de todo mundo pelas janelas dos sobrados onde os operários se ajuntavam para lutar pela autonomia do estado. Clodoaldo era visto de automóvel para baixo e para cima. As sedes das Sociedades operárias pareciam um formigueiro de gente entrando e saindo. Por outro lado os amigos do presidente se preparavam. Força do Exército, sargentos, tenentes viviam em confabulações com os políticos. Trens da Paraíba e de Alagoas chegavam com tropas, um vaso de guerra dormia no porto com os seus marinheiros prontos para o fogo. O estado não se entregaria. Pestana e o senador contavam com o povo, com o chamado brio dos pernambucanos. Era o que se dizia pelos cafés, nos discursos, nos artigos de fundo. Os estudantes formavam, quase todos, ao lado do mestre. Até criaram uma legião patriótica composta de elementos de todas as escolas. O entusiasmo agitava as ruas. O Leão do Norte rugia por toda a parte. O dr. Pestana discursava para despertar consciências. E imprecava contra os inimigos do povo. Florêncio não saía da sede da Resistência. Queria que Ricardo fosse com ele, mas o moleque escapulia sempre. Não valia a pena. Vinha cansado do serviço e não ficava com coragem de dar uma volta. Clodoaldo mandava recado pelo masseiro. Precisava de gente. Operário que tivesse vergonha não podia faltar. Simão botou o corpo de fora, mas o forneiro Deodato no dia da coisa chegaria. Só Florêncio perdia a cabeça. Não havia dia que não trouxesse novidade:

— O pessoal das oficinas de Jaboatão pegou em armas.

Os catraieiros não quiseram desembarcar umas metralhadoras vindas do Rio para o Exército.

Enquanto tudo isto, d. Isabel só fazia esperar a hora no seu leito grande. A vida dela era mesmo que a de um passarinho. Bastava um toque para ir embora. A doença queria chegar até o fim, comer o último pedaço da vida da pobre. A morte ali nem doía mais.

O moleque Ricardo andava amando outra vez. O amor de Guiomar rebentara, agora mais sujo, mais violento. O amor dele era mesmo da terra, vivo, de carne, amor melado de luxúria. Engraçara-se de uma mulata mais clara do que ele, a quem entregava pão de manhãzinha. Esta não fugia como Guiomar, não se encolhia arisca com medo de pegar na mão dele. A moleca gostava de homem que soubesse fazer as coisas: sair de noite para os lugares escuros por onde a luz do gás não descobrisse segredos. A moleca Isaura ensinava ao negro desconfiado. O coração dele batia, assustava-se todo ao pé do muro. Isaura não queria saber de negro assustado. Queria negro, pau para toda obra. E com pouco mais Ricardo sabia de tudo. Mas foi se pegando, se grudando a ela, que quando abriu os olhos, não podia mais. Criou paixão, ficou besta pela cabrocha. Andavam os dois pela linha do trem até chegarem os esquisitos, em travessas sem casas, com mangueiras velhuscas pelos sítios. Não se via ninguém, somente a luz das casas arredadas espalhava-se até a estrada. Os dois juntos se perdiam, andavam sem saber para onde, atrás dos escuros, dos recantos que fossem feitos para eles se espojarem como bons animais. O amor para Ricardo era bom demais. Por que diabo Florêncio vivia pegado com dr. Pestana, Francisco com viagens para São Paulo, seu Lucas com os santos dele? Todos eram uns bestas muito grandes. Todos se perdiam à toa, se desgraçavam. Se eles tivessem uma Isaura, só cuidariam dela. A negra era falante. Falava como as brancas do Santa Rosa, usava sapatos de salto alto, lia o jornal. Um assombro para o moleque embeiçado. No seu quarto pregara o retrato dela na parede, de pega-rapaz caindo pela testa, de olhos quebrados. Isaura. O nome entrava-lhe pelos ouvidos com recordações antigas. Cantava-se no engenho uma moda com uma mulher com aquele nome. Era uma coisa triste. Uma amante pedia ao apaixonado o coração da mãe dele. E o filho arrancou para satisfazer a mulher exigente. A Isaura dele não era assim. Boa demais. Para que pensar em coisas tristes? A Isaura dele só fazia amar. Via-a no portão esperando o pão. Pelo seu gosto ficaria ali até de noite. Mas o balaieiro chamava:

— Vamos, seu Ricardo, está ficando tarde.

Na volta a moleca esperava por ele ainda. Sorria, arreganhava a boca grande. Um riso e uma boca diferente da de Guiomar. À noite saía para os passeios. O que mais queria Ricardo? Fizera muito bem ter fugido do engenho. Por lá terminaria com o gálico das Zefas Cajás lhe entrevando o corpo.

Fizera muito bem. Ali no Recife era outro, gozando a vida. Os que ficaram por lá, o que seriam no final de contas? Carreiro, destilador, mestre de açúcar. Ele era mais do que tudo isto junto. Tinha dinheiro no fundo da mala, botina para calçar, gravata, cinema para ir. Podia lá se comparar com o povo do Santa Rosa? Podia lá querer voltar mais para aquelas bandas? O negro inchava de felicidade. O sangue dele corria nas veias à vontade, o coração batia no compasso certo. No mundo não podia haver um homem que lhe batesse em alegria. O moleque andava babado de contentamento. Histórias de Florêncio, de Francisco, da padaria, de tudo mais ele se esquecia. Até as cantigas tristonhas do seu Antônio não sabia escutar. Amor de negro sadio, luxúria entupindo tudo, só deixando lugar para ela escorrer livre e gostosa. Ricardo fugia de tudo para só viver daquilo, de Isaura, da moleca que lhe entregava o corpo por debaixo da noite, na escuridão. O amor invadiu o negro todo. Lavava as vasilhas pensando na namorada. Noite de lua não prestava para o que eles queriam. Mãe Avelina mandou uma carta falando de doença, de dores que andava sentindo pelo corpo. Nem demorou nada com o pensamento nela. Só pensava, só sentia, só desejava a moleca falante. Os gemidos dos padeiros nem mais lhe alteravam o sono pesado. A família de Florêncio, as conversas do caixeiro, a d. Isabel morrendo, tudo para uma distância de léguas. Isaura enchia o negro da cabeça aos pés. Uma vez seu Lucas falou:

— Está pegado com Isaura, menino? Cuidado, aquela cabrocha é um pedaço de mau caminho. Pergunte a Leôncio barbeiro. O moleque murchou na unha dela. Estou dizendo, somente.

Negou para o seu Lucas. Não tinha nada não. Era invenção do povo. Mas saiu com o conselho lhe azucrinando. Quis saber de Isaura se ela sabia daquele negócio. Podia, porém, se zangar e não perguntou. Para que indagar de besteiras? Seu Lucas conhecia o povo todo da redondeza. Tudo sabia, de namorado, de doenças, de encrencas de família. Ricardo andou pensando no conselho dele. Não queria dizer nada. Isaura podia ter mesmo namorado à beça, tudo que era criada tinha o seu, passeava com homens como ela estava fazendo. Não tinha que ver com isto. O que sabia certo, bem certo, era que agora só ele saía com ela. Só esperava o pãozeiro, só fazia aquelas coisas com ele. E se curava.

Florêncio andava como barata tonta. Nem ia mais em casa. Acabado o serviço na padaria, botava-se para o Recife. Não dormia. Só procurava Ricardo para pedir dez tostões emprestados e falar do movimento. Só faltava tudo pegar fogo. Se o Exército saísse, não ficaria um vivo. Os quartéis de polícia estavam entupidos. Operários e homens do interior para mais de dois mil, espalhados por todos os cantos da cidade. Só ali da padaria do seu Alexandre não fora ninguém. Florêncio conhecia até velhos pegados no rifle. Da rua dele dois empregados do moinho não enjeitaram a parada. Estavam lá com o dr. Pestana. Porque se o operário não ficasse com o seu protetor, com quem iria ficar? E indicava o nome de conhecidos que acudiram ao chamado do chefe.

— Aquele Leôncio barbeiro foi também. Aquele que bebeu veneno por causa de Isaura.

— Aquilo não briga com ninguém — dizia Simão. — O bicho, quando chegou a assistência para levar, chorava como menino. Se não tinha coragem, para que se meteu a duro?

— E você se lembra? A negra nem se importou. Ficou de portão, vendo a assistência tinindo com o besta dentro. Quem manda ele ser trouxa?

— Se fosse comigo, eu pegava aquela sem-vergonha no chicote que só se vendo.

Ricardo ouvia a conversa, estourando. Então, seu Lucas falava a verdade. Teve vontade de perguntar mais coisas, esmiuçar tudo. Calou-se, e foi para o quarto. A noite inteira não pregou olhos. A história de Leôncio, de Isaura, machucando o moleque. Há pouco tão feliz, nadando em ventura. Afinal de contas não tinha que ver com a vida de Isaura. Depois dele sim. A moleca era séria. Só se por trás fazia das suas. Não acreditava. Ao barbeiro talvez ela nem ligasse, e por isto ele quisera morrer. De madrugada ainda procurava razões para se consolar. Ouvia os homens deixando a padaria com o serviço acabado. O silêncio da madrugada só era perturbado pelo canto dos galos pelos quintais, e com o rumor de alguma carroça passando. Àquela hora os trens não corriam ainda. Bem quatro horas. Seu Alexandre estava quase chegando nos fins do sono. Com pouco mais estaria de pé examinando os cestos de pães. Acordava o caixeiro batendo na porta. Francisco custava a atender. Então o portuga batia outra vez na porta com nome feio. A vida ali começava dura antes do sol apontar.

 O moleque abriu a porta do quarto, tomou o ar da madrugada da rua, respirando com todos os pulmões. Os cajueiros do sítio cheiravam. De um estábulo de perto ouvia-se o falatório de gente tirando leite. Tiniam os chocalhos. O moleque se lembrou das manhãs do engenho. Do curral cheio de gado, da lama até nas canelas e dos potes de leite. Teve até saudade de lá. Porém havia aquela história de Isaura. Haveria de perguntar a ela. Os balaieiros iam chegando. Seu Alexandre distribuía, com recomendações, os balaios de cada um. Para o que vendia no Chapéu de Sol não fiasse mais nada. Há dois meses que a professora de lá não pagava. Não fazia pão para sustentar ninguém de graça. Não ganhava do governo? Fosse calotear outro. Para cada homem o portuga tinha nomes suspeitos para indicar. Para um doutor da esquina nem uma bolacha:

— Estou com mais de trezentos mil-réis enterrados com aquele sacripanta.

Só para Ricardo não tinha o que dizer. Este lhe adivinhava os pensamentos. Naquela manhã, porém, o seu melhor pãozeiro saía bem ruim para a rua. Leôncio e Isaura. Para que diabo fora saber dessas coisas? Seu Lucas no jardim nem viu quando ele passou. Ficou mesmo de corneta muda por perto, porque não queria se encontrar com o negro velho. O jardim foi que ele não pôde deixar de ver. A cássia-régia excedia-se com tantos cachos de ouro. O sol de mansinho se deitava por cima das roseiras. E o vento frio embalava as palmeiras redondas. Manhã que ele nem via satisfeito como das outras vezes, quando Isaura não era a moleca safada que desgraçara Leôncio. A freguesia esperava por ele. Era bom andar mais depressa. Tocava a corneta. A casa da cabra estava bem junto. Encontrou-a com aquela mesma boca aberta com um sorriso grande. Quis fazer cara feia e não pôde, entregando os pães, conversando de outros assuntos. Estava combinado que naquela noite os dois sairiam. E saiu satisfeito. Leôncio era uma besta, um namorado sem ventura. Que culpa tinha Isaura da besteira de Leôncio? Era obrigada a gostar do barbeiro? E foi ficando feliz outra vez, puxando uma conversa com o balaieiro:

— É uma pouca-vergonha aquilo, Ricardo. Quando o patrão vira as costas, entra um sujeito para dentro de casa para tocar violão. E fica com a mulata numa vadiação danada. O galego está com um par de chifres que não tem tamanho, pois o sujeito vive de cama e mesa, não querendo outra ocupação.

Paravam pelas portas e a conversa partia-se no meio. A vida era assim mesmo. A mulher do seu Alexandre, uma santa, morria em cima da cama, de tanto ter trabalhado para o marido. Fora uma besta de carga. Para quê? Para que seu Alexandre gastasse os cobres com a mulata, para que o homem do violão comesse os pirões, deixando o sobejo para o galego. O negro Ricardo via tudo assim muito errado. Pensava nele também. Quem sabe se não faria um dia o papel do patrão? Ser corno era o diabo, ficar na mangação do povo. Quando chegou em casa, o português estava urrando no quarto num choro alto:

— Ai, minha rica mulher!

A venda fechada. Viu seu Francisco de mãos abanando, sem fazer nada. D. Isabel tinha morrido naquela hora e ninguém vira. Seu Alexandre entrando no quarto notou os olhos dela, abertos, sem pestanejar. Mexeu e viu que a morte chegara de vez. E agora estava urrando daquele jeito. Ele sabia que a mulher estava morrendo aos poucos, mas a morte era mesmo uma coisa com que nunca a gente se pode acostumar. Chegaram lágrimas nos olhos do negro mas não quis ir ver a defunta. Foi para o seu quarto, amolecido. Um dia atrás era outro Ricardo. Mudara num instante, sentindo-se outro.

Quem poderia supor que seu Alexandre urrasse tanto com a morte de d. Isabel?

13

O PRIMEIRO TREM DE RECIFE não tinha descido. O povo acordava mais cedo e os comentários se sucediam sem certeza de coisa nenhuma. Uns tinham ouvido por volta da meia-noite uns estrondos como se fossem de canhão. Outros perceberam uma descarga de fuzilaria lá para as bandas do Pires. A primeira pessoa que apareceu vinda da cidade foi cercada por todo mundo. Não sabia de nada. Vira somente muitos soldados pela rua da Aurora. E ninguém podia passar pela ponte da Boa Vista. Os bondes parados. Quem falava era um sujeito, que não podendo passar para Olinda por causa dos piquetes, viera por ali. Que diabo teria havido pelo Recife? Florêncio naquela noite não viera para a padaria. Ricardo saiu para distribuir o pão pela manhã, com receio. Falava-se de tanta coisa, que ele temia o tiroteio por qualquer estrada. E foi sabendo do que havia de fato pela cidade. O Exército saíra para atacar os operários do *Diário do Povo* e houve muita morte. Não se sabia ao certo o número de mortos, mas a assistência trabalhava desde manhã atrás de feridos. Ricardo não quis ir até o fim de João de Barros. O quartel da cavalaria estava cercado. O Exército não respeitava ninguém. Um camarada contava que estivera dentro de um tiroteio de mais de hora. E não sabia como escapara. Outro vira o Exército matar polícia sem conta. Os trens não trafegavam. Os operários da Tramway não botaram os bondes na rua. Uns afirmavam que tinham visto o dr. Pestana preso. Outros que o *Diário do Povo* ficara em cinzas. Um número do *Diário de Pernambuco* que apareceu na Encruzilhada deu 10 mil-réis. A um passo do Recife ninguém ao certo sabia de nada. Ricardo chegou na padaria. Seu Alexandre bufava com o prejuízo. Os pãozeiros não quiseram sair. Só Ricardo; este mesmo chegara com a boia. Os empregados que moravam distante ficaram por ali mesmo. Simão dizia que estava convencido que aquilo fora o movimento esperado. Levava na certa que o pessoal do dr. Pestana dominava tudo. O fato, porém, que o *Diário* contava, era bem outro. Ainda pelas oito horas ouviam-se descargas de fuzil. E o alarme continuava. Na delegacia parou um caminhão com soldados de polícia. E a notícia foi correndo. De dentro do *Diário do Povo* tiraram três mortos e seis feridos. O Exército ocupava o centro da cidade, mas os operários e a polícia resistiam dos sobrados. A estação da rua da Aurora era um quartel e a cavalaria se aprontava para uma carga, à noite. Estavam esperando um ataque de cangaceiros da Paraíba por Olinda. O povo não saía mais na rua. Mulheres, meninos, os homens, não iam mais para o trabalho. De vez em quando passava um automóvel levando gente para o mato. Famílias que desciam com receio da luta. Vinha gente do Arruda, do Fundão, para saber o que havia. Rapazes querendo mostrar coragem exibiam-se para as moças. Convidavam uns aos outros para irem ao Recife. E estes comentários e os rebuliços continuaram assim até a noite. E de noite ainda foi pior o alvoroço. O gás não acendeu. A Encruzilhada era um mato de escuro. Ricardo foi conversar com a namorada. As notícias alarmantes fizeram esquecer as mágoas dos dois dias anteriores. Isaura não quis sair com medo:

— Sei lá, pode aparecer uma bala doida por aí.

E ficaram mesmo no escuro do portão. Não havia ronco de trem, nem luz, nem gente. Os dois se amaram ali mesmo, até alta noite. Ele quis perguntar qualquer coisa dos boatos que ouvira na padaria, mas não teve coragem. O amor, as carícias de Isaura não deram tempo. O negro se derretia nas mãos da moleca. Por que procurar saber de histórias? Só queria saber que Isaura agora era dele. E ficou feliz. Na volta para casa encontrou gente falando das brigas do Recife. Contava-se o sucedido com mais verdade. Um caixeiro de uma loja que fora ver a mãe que morava nos Coelhos narrava a coisa com mais exatidão. O ataque fora somente ao *Diário do Povo*. Depois foi que forças do Exército saíram tiroteando às doidas pela rua

Imperial, atirando em quem passava. Também em Santo Amaro os cangaceiros da fundição fizeram fogo para a delegacia. Não ficara uma telha inteira da casa. Os soldados resistiram até de manhã, fugindo depois pelo mangue. Ninguém sabia do dr. Pestana. Chegaram ordens do Rio para prendê-lo. E ele fugira não se sabia para onde. Contava-se que estava com mil operários em Jaboatão, esperando a hora do ataque. Um homem que ouvira a história abriu-se:

— É por isto que não quero saber desta história. O chefe é o primeiro que corre. Olhe aí, o seu doutor Pestana preparou a encrenca mas quando o negócio estourou, danou-se no mundo. Quem não tivesse vergonha que se metesse com ele.

O caixeiro defendia:

— O senhor está enganado. Ele não fugiu. Na hora eu lhe garanto que ele chega.

— Chega nada, chega coisa nenhuma. Este doutor Pestana é um prosa. Tinha lá a minha vida para estragar assim.

No outro dia de manhã os trens desciam com regularidade. A cidade recuperava aos poucos a sua tranquilidade. As forças do Exército se recolheram. E o nome de Florêncio na lista dos feridos. "Florêncio de Tal, pardo, nacional, 35 anos. Ferimento grave no tórax." Os camaradas da padaria se abalaram. Seu Alexandre mesmo chegou a lamentar, mas depois não se conteve:

— Era o que ele queria com esta história de política. Operário que se mete com isto não me serve. Se ficar bom, não o quero mais aqui. Se quiserem é assim, senão rua.

Ricardo ficou com ódio de seu Alexandre. Respeitasse o pobre. Ele com os colegas da padaria precisavam aguentar o pessoal do Florêncio. Pois aquele portuga ia ver que a família do colega não morreria de fome.

Ricardo foi ao hospital e Florêncio lhe contou o ataque ao *Diário do Povo*. A irmã pediu para que não falasse muito. Fora um milagre o masseiro não ter morrido. O pobre estava na sala enorme, estirado na cama, com um lençol de morim até o pescoço. O cheiro de iodofórmio recendia das feridas abertas. Irmãs passando para lá e para cá, a fazer rumor com o hábito preto. Gemia-se, gritava-se. Perto da cama de Florêncio dois doentes jogavam cartas sem se incomodarem com os outros. De camisão comprido, pareciam dois defuntos amortalhados. Aquele rumor de sofrimento para eles era de todas as horas. Florêncio, quando viu Ricardo chegando para perto dele, não o reconheceu logo. Fixou os olhos e riu, mas com tanta amargura que a visita teve vontade de chorar. No meio de toda aquela desgraça o masseiro ainda tinha na boca um lugar para sorrir:

— Quase que morria desta vez, Ricardo.

O moleque sentou-se na cama para que ele não precisasse falar alto. E o amigo foi contando tudo, parando para se ajeitar melhor com as dores, de olhos fundos, amarelo como Francisco. A irmã voltou para pedir que não falasse muito. Florêncio queria, porém, contar tudo como foi:

— Clodoaldo me tinha mandado levar um recado para Dente de Ouro, no *Diário*. Encontrei lá o pessoal que ficava à noite tomando conta. Só estava demais Filipe Néri, um do Centro dos Carroceiros. O recado de Clodoaldo era para que eles se prevenissem. A coisa não estava para brincadeira. E fiquei conversando com o pessoal, quando ouvimos uma descarga. Fecharam a porta grossa de baixo e fomos olhar do primeiro andar. Quando a gente chegou lá em cima, com as portas abertas como estavam, deram uma descarga bem de perto. Dente de Ouro caiu logo, ferido. Começou-se então a atirar também. O sangue corria da perna de Dente de Ouro como um rio. Mas ele atirava sem se importar. As balas atravessavam as tábuas da porta como se fossem de papelão. Embaixo dois operários faziam fogo com a porta meio cerrada. Eu não dei um tiro. Eu nunca na minha vida atirei, Ricardo. Via os outros no aperreio, corria de baixo para cima. Com a luz apagada quase que não se via a cara um do outro. A luz da rua era que chegava até onde a gente estava. Junto de Dente de Ouro era uma poça de sangue. Havia mais pessoal ferido. Um caiu com um tiro na cabeça, esticado. O tiroteio cada vez mais crescia. Filipe Néri subia para ver o pessoal como andava. Só quem atirava era Dente de Ouro e mais quatro. Os outros deitados pelo chão, gemiam. Eu não podia fazer nada. Fiquei como tonto. Foi quando me levantei como besta defronte de uma janela. Senti uma tijolada na caixa dos peitos e caí. Passei as mãos e senti sangue. Deu-me uma tonteira. Só ouvia o suspirar das balas e os homens respondendo. Filipe Néri perguntou pelas dinamites. Dente de Ouro quase que nem podia falar. As bombas se guardavam na cozinha do prédio. Só um homem nosso respondia ao fogo. Agora eu me sentia melhor, sem a tonteira. A dor dos peitos respondia nas costas. Filipe Néri chegou-se para perto de cada um de nós dizendo: "O negócio está preto, mas não esmoreça. É preciso botar aqueles soldados para correr. E chamar a assistência. Aqui tem gente morrendo de sangria. Vou espantar os soldados." Dente de Ouro lhe disse com a voz arrastada: "Você morre, Filipe." Ouvimos o primeiro estampido. Foi um tiro que estremeceu o sobrado. Filipe tinha saído para a rua sacudindo uma bomba no calçamento. Depois estourou outra que doeu nos ouvidos. A madrugada vinha entrando pelas janelas. Conheci que um operário que estava junto de mim passara para o outro mundo. O tiroteio tinha cessado. Néri tinha saído para buscar socorro pra gente. E às seis horas mais ou menos a assistência parou na porta. Me sentia sem forças, com a roupa ensopada de sangue. Três estavam mortos e seis feridos. No Pátio do Carmo não tinha nem uma pessoa. Me botaram no carro. Ouvia ainda de longe como se fosse um barulho de tiroteio. O homem da assistência dizia: "Vocês são uns heróis." Mas eu era como se não ouvisse nada. Os ouvidos zuniam, e sede, uma sede danada. Parecia que minha boca queimava, Ricardo. A freira pediu à visita para sair. Florêncio, porém, queria dizer mais alguma coisa. E pediu para que ele mandasse alguma coisa para a mulher. Ricardo deixou o hospital reduzido a nada. Pensou naquele pessoal morrendo sem saber por quê. Pais de família metidos naquilo como numa brincadeira. Nas ruas encontravam-se soldados de carabina nas mãos, correndo todo o mundo que passava. Pouca gente saíra de casa, só mesmo os que precisavam. Na estação da rua da Aurora só se falava no ataque ao *Diário do Povo*.

— Que gente tinha o Pestana – dizia um. — Nunca pensei que houvesse homens com aquela coragem.

Felipe Néri era o herói da cidade. Sozinho deixara os companheiros trancados e espantou mais de trinta soldados. Saíra rastejando pelo chão com duas bombas preparadas. Sacudira a primeira para o meio da praça. E foi um verdadeiro pânico na Força. O estampido reboou pela cidade. Muita gente pensou que fosse um disparo da fortaleza do Brum. Na segunda bomba não havia nem um só atacante nas proximidades. E o operário saiu correndo até a assistência. Chegou lá às cinco horas da manhã com um braço ferido, só descansando quando o carro saiu para socorrer os companheiros. Falava-se de Filipe Néri por toda parte. O carroceiro virou um herói. Os jornais traçavam o necrológio de Dente de Ouro com cores de um mártir da autonomia do estado. O dr. Pestana reaparecera. O

Exército recolhido voltava outra vez aos preparativos. Chegava mais gente do interior. No trem a conversa era a mesma. Apenas um sujeito bem-vestido dizia horrores do dr. Pestana:

— Cadê o chefe? Na hora procurou-se ele por toda parte. O valentão tinha corrido. Bom chefe. Insufla os pobres operários e quando a coisa estoura, pernas para que te quero.

— O doutor Pestana não fugiu, não senhor. O senhor está enganado. O doutor Pestana não corre. O senhor não se lembra do *meeting* da avenida Mariz e Barros? A bala cantou perto dele e ele não correu. O senhor está enganado.

— Não estou não. Conheço o Pestana não é de hoje. O que ele sabe é iludir a vocês todos. Em tudo isto o que é que ele quer? É a deputação, mamar os 100 mil-réis por dia.

Outros protestos surgiam no vagão:

— Pois bem, saia o senhor e pergunte aos operários quem é o doutor Pestana. Se um só falar mal dele, dou a minha cara a bofete.

— Ora, é muito boa esta! Perguntar ao operário... Em tudo isto o operário é quem está enganado. Estão morrendo para botar o Borba por cima.

Outro sujeito de branco protestava:

— O Borba era um homem de bem. Estava encarnando a bravura dos pernambucanos.

— Que bravura! Você ainda vai atrás disso? O que eu vejo por aí são uns ambiciosos atrás da gamela.

Na estação de João de Barros o homem revoltado saltou. E os outros caíram em cima dele:

— Tudo aquilo porque o Lima Castro não consegue o governo. Quem visse ele falar, não sabia quem enriqueceu fornecendo à prefeitura. Só ele mesmo para falar do Pestana e do Borba.

Ricardo saltou na Encruzilhada. Ouvira toda aquela conversa, entendendo pela metade. Mas ficou-lhe a convicção que Florêncio estava iludido. Na padaria contou tudo ao pessoal. Simão não tinha mais dúvida. Desde o dia da safadeza de Clodoaldo que desconfiava. Não tinha mais fé. Morrer por quê? Deixar os filhos no oco do mundo para moleque Clodoaldo andar palitando os dentes por aí afora? Pergunte se ele estava com Dente de Ouro no *Diário*? Presidente de coisa nenhuma. Aquilo o que era, era um goela de marca maior.

O forneiro acreditava ainda. A paixão dele era pelo dr. Pestana, um fascinado pelo homem.

— Pois, Simão, eu ainda acredito nele. Não é possível que o doutor Pestana faça marmota com a gente. Um homem tão dado, tão distinto. Digo a você com toda a franqueza: no dia que ele precisar mesmo de mim, eu vou.

O masseiro que entrara no lugar de Florêncio já tinha trabalhado noutra padaria na Várzea. Lá todo o pessoal era do dr. Pestana. Tinha até saído gente para brigar no sobrado. Ricardo não sabia no que pensava. Simão dizia uma coisa, o forneiro outra. Todos dois lhe pareciam homens de palavra. O que ele não via era nenhum benefício para operários naquela luta. Se Florêncio tivesse morrido, o que teriam lucrado a mulher e os filhos? Se eles não mandassem o que estavam mandando todos os dias, os pobres estariam na desgraça. Seu Lucas dizia sempre que operário metido em Sociedade só fazia perder. Se Florêncio se levantasse, seu Alexandre não queria mais o infeliz no trabalho. Ia cair por aí, morrer de fome. Fazia raiva um homem assim como o patrão. Só dava importância mesmo às coisas dele. Operário valia para ele como boi de carro. Cansou, pegava outro. Que fosse morrer de velho, com os ossos furando o couro pelo cercado. Podia tratar melhor. Por causa de meia dúzia de pães que faltavam de algum balaio, vinha com desaforo, com gritos. No dia mesmo em que morreu a mulher, com os olhos ainda vermelhos do choro, dera um esporro no pobre do caixeiro Francisco, por engano nas contas. Se o dr. Pestana ganhasse a questão, seu Alexandre deixaria os gritos, murcharia para um canto, era nisto que Florêncio pensava.

No hospital a febre devia estar com ele fervendo em seus sonhos. O que não devia sonhar aquele pobre masseiro, que tinha uma filha de perna seca, filhos ciscando no lixo, mulher reclamando a vida a todo instante? A dor da ferida não era nada. A freira lhe chegava o lençol aos pés e a febre vinha para lhe mentir, encher-lhe os sonos de miragens. Acordava. A sala enorme com outros gemendo e aquelas sombras pretas andando, andando sem parar. Então caía outra vez no torpor daquela meia loucura. Não morreria não. Ouvira isto do médico, a freira mesmo dissera que fora um milagre. Seu Alexandre agora era quem carregava o balaio de pão na cabeça. A padaria pertencia a eles todos, a perna da menina cheia de carne outra vez, o curtume não dava mais sinal dele. Um doente gritava mais alto: "Me acuda." Florêncio via que era de perto dele que chegava o grito. Mas ia diminuindo. Seu Alexandre pedindo para que não lhe fizessem mal. Por Deus que não lhe fizessem mal. O dr. Pestana ganhara tudo. O povo todo atrás dele dando viva. Seu Alexandre dando viva também. Todos os bondes cheios de operários. A mulher com os filhos dando adeus para ele que marchava com o povo, atrás do dr. Pestana. Começava a dizer palavras para o povo. Era um discurso.

A freira chegava para o remédio. Florêncio abria os olhos outra vez. Estava era no hospital. O remédio, a freira, tudo era do hospital. Ricardo estivera com ele. Mandaria ajuda para a sua gente. Então ele compreendia as coisas. A febre dava-lhe uma treguazinha. Dente de Ouro morrera de deitar sangue. Fora Filipe Néri que saíra para buscar a assistência. Dormitava com estas coisas na cabeça. As janelas abertas deixavam que os olhos de Florêncio olhassem o céu. Havia muitas estrelas no céu. Sentia por dentro dele uma dor diferente das que tivera tido. Parecia que lhe haviam atravessado o peito de lado a lado. Uma agulha fina furara o seu peito. As estrelas do céu pinicavam de muito longe. Florêncio virava os olhos para o outro lado. A mesma coisa. As estrelas mais de longe. O torpor vinha chegando. Seu Alexandre de barriga grande pedindo perdão aos operários. A filhinha doente saltando com as duas pernas pela rua. O povo estava queimando a Usina Beltrão. A chaminé da usina caindo por cima do povo. Os operários correndo. Filipe com uma bomba para sacudir na ponte da Boa Vista. Florêncio gritava para ele.

— O senhor se acalme – dizia a freira.

O camisolão pingava de suor.

— Vou chamar o enfermeiro para lhe mudar a roupa. O senhor nem está com tanta febre assim.

Eram bem três horas da manhã. Ouvia o barulho do bonde, até desaparecer. Há cinco dias que entrara ali. Não morreria. A venda agora era de Francisco caixeiro.

14

O SACRIFÍCIO DOS HOMENS do *Diário do Povo* irritou bastante o grupo de José Cordeiro. Em casa dele se reuniam alguns trabalhadores e estudantes. E um manifesto denunciando a monstruosidade foi redigido com energia. O dr. Pestana era apontado como o responsável maior. Dizia-se mesmo que a demagogia revolucionária dele não passava de um subterfúgio para subir. Operário era escada para os seus pés de solerte aventureiro. Falava-se de Lenine, da revolução russa, elaborada com o sangue dos trabalhadores mas pela libertação do proletariado. Os operários que iam à casa do estudante eram de um nível mais alto. Um trabalhava como linotipista, outro estivera no Rio nas oficinas da Leopoldina, e dois alfaiates. Todos estavam senhores mais ou menos do que queriam. Cordeiro é que vibrava nessas reuniões, mas logo depois, no silêncio dos seus estudos, ele esfriava nos seus entusiasmos, sentindo que a revolução que encontrava nos livros não podia ser construída sem uma minoria, sem que as classes que se preparavam para a luta se firmassem na realidade, num conhecimento verídico dos fatos. Uma coisa curiosa: ele que sonhava com as massas libertas, não podia suportar o contato do povo em comício ou em qualquer parte. Sempre que se dirigia a multidões, a grupos, era para sofrer decepções. Lembrava-se da reunião da rua do Lima em que quisera denunciar as manobras mesquinhas do dr. Pestana. Fora um fracasso. Ele vendo-se fortalecido pela verdade, com a consciência de que estava defendendo o proletariado, e no entanto, enxotado da sede da União Geral como um malfeitor. Aquilo lhe doeu como uma facada. Era preciso que existissem nas classes operárias homens que por eles mesmos se impusessem aos seus companheiros, sem que para isso fosse necessário trair miseravelmente a classe como Clodoaldo e muitos outros. Cordeiro lia os mestres da revolução, decepcionado com o meio em que vivia. As grandes correntes que deviam se desencadear pelos seus leitos naturais mudavam de curso. Não era que faltasse aos homens que conhecia coragem para agir. Faltava-lhes a consciência da ação. Deixavam-se manobrar como bonecos por mãos de empreiteiros, de mestres de obras desonestos. O que ele assistia no Recife desenganaria a qualquer um que pensasse em construir obra séria. O manifesto que saiu publicado nos jornais que combatiam o partido do senador produziu verdadeiro escândalo. Na verdade foi recebido com hostilidade quase unânime. Mário Santos gostou e leu em voz alta, chamando outros para ouvirem. Antônio Campos mandou perguntar a Cordeiro quanto tinha ele recebido ou por que emprego fizera aquele serviço. Cordeiro se riu da afronta do colega. Disseram ao Campos que o alugado era ele. A polícia, porém, começou a investigar a sua vida. Alguns operários que iam à sua casa tiveram chamado à chefatura para inquéritos tolos. O fato, porém, é que dentro dos centros operários o manifesto provocou o seu efeito. Em Jaboatão um grupo se separou da Frente Única. Clodoaldo andava de sede em sede convocando gente, prometendo um fim de mundo. Terminado que fosse o movimento, o operariado teria o amparo do governo para uma melhora geral no salário. Dizia isto pelas padarias, pelas oficinas, pelas fábricas. O candidato do povo levaria em conta os sacrifícios que os humildes estavam fazendo pela causa de Pernambuco. Podia o operariado ficar descansado, que o dr. Pestana estaria ao seu lado. Em Paulista a polícia confraternizara com os grevistas. A primeira greve vencedora naqueles domínios fora aquela. Era que os industriais tinham ficado com a oposição. A greve vencera assim fulminantemente. Esta notícia fora um acontecimento. Operário vencendo greve em Paulista. Só em sonho. O dr. Pestana entrara nos feudos como um libertador. Impôs condições, exigiu compromissos formais dos donos da fábrica. O povo da cidade escravizado saiu para as ruas para aclamar os libertadores. Nunca se viu tanta cara risonha, mulheres, meninos, homens, velhos, tirando um dia de sua vida para pensar que tinham vencido. Na padaria, Francisco caixeiro se esqueceu de São Paulo para se rejubilar com a derrota de seus inimigos. Os galegos da fábrica não deram muito tempo para o júbilo. Forças do Exército foram enviadas para garantir os bens dos industriais. Operário agora que botasse a cabeça de fora, para ver o que era fuzil. Os jornais do Rio exploravam a situação. Falava-se até de uma república socialista em Pernambuco. O prof. Pestana criava fama por fora. Ele também pouco era visto nas ruas. Agia pelos cabras de confiança. A mulher é que aparecia por toda parte, enquanto o marido se escondia porque o governo federal queria prendê-lo. O senador dispunha do chefe para o que quisesse. Nas mãos dele, Pestana era mesmo que Clodoaldo. Só fazia o que ele mandava. Os outros centros operários se transformavam em quartéis de polícia. Às vezes o dr. Pestana saía de noite, correndo o sobrado com a sua gente. Ia animar, entender-se com os seus auxiliares de confiança. O senador acompanhava-o sempre. E quando d. Laura exigia que o marido desse uma demonstração pública que não temia as ameaças, o político se opunha. Não. Pestana não podia se arriscar. Em casa estava fazendo mais que na rua. D. Laura, porém, queria ver o marido na frente de tudo, manobrando, dirigindo. Via, contrariada, que a coisa era outra. Era mais do nome do Pestana do que dele mesmo que o senador precisava. Clodoaldo procurava as ordens do senador. Era isto o que Zé Cordeiro sustentava no novo boletim. Os dirigentes dos trabalhadores haviam reduzido os centros operários em centros de capangagem. O próprio dr. Pestana não passava de um capanga titulado, um instrumento da política burguesa. A coisa chegou até no meio das classes. Ferroviários, tipógrafos assinaram um protesto convocando os companheiros para uma reunião. A polícia cercou-lhes a casa e deu com eles na cadeia. Operário só podia se reunir para defender a autonomia do Estado. O próprio dr. Pestana foi procurar o pessoal na chefatura. Falou com todos, chamando um por um para conversar:

— Vocês estão iludidos com a campanha que se faz por aí contra mim. Tudo isto é obra de exploração política, de gente interessada em me colocar mal. Fiquem certos de que só estou nisto, porque existem interesses de vocês em jogo. O Borba me ofereceu grandes vantagens no benefício dos trabalhadores. Vocês procurem os seus colegas de Jaboatão e deem essas explicações que eu mando.

Os homens deixaram o xadrez na mesma hora. O chefe fora somente soltá-los. Alguns se abalaram com a bondade, mas os outros estavam mesmo com a coisa assentada. O dr. Pestana queria traí-los.

A imprensa do senador não se cansava de lisonjear o povo que reagia até as últimas para defender Pernambuco. O retrato de Dente de Ouro aparecia quase todos os dias nas folhas. Fora um homem do povo que dera o seu sangue na reação heroica contra os compradores da honra pernambucana. Todos os dias e todas as tardes jornais vibrando pelos brios da terra. Na faculdade, Cordeiro aumentava de adeptos. Filhos de figurões adversários do senador passavam-se para ele. Era preciso combater por todos os meios o prestígio do dr. Pestana. Um chefe da oposição mandara até oferecer ao estudante o que ele quisesse para a luta. Cordeiro compreendeu que seria em breve envolvido também pela politicagem. E deixou de ir à escola, não aparecendo mais nas conversas. O seu nome aparecia no jornal que combatia o senador como de um verdadeiro líder da classe acadêmica. Com pouco ele era

O moleque Ricardo • 123

a mesma coisa que Pestana. Recusou, não procurou mais se comprometer com colegas interessados somente na vitória dos pais. Carlos de Melo e Mário Santos não deixaram, porém, de ir a sua casa. Iam vê-lo sempre. E conversavam horas seguidas. Mário Santos dizia na escola que Cordeiro fugira alarmado da lama. Cordeiro não era homem para se perder com espoletas da marca de Antônio Campos. Socialismo no Brasil só mesmo para Pestana. Os colegas respeitavam as irreverências de Mário Santos. Ninguém queria cair nas suas unhas.

As reuniões do Centro Acadêmico redundavam em descomposturas. Os amigos do senador contra os amigos dos Pessoas. Falava-se em dinheiro distribuído de lado a lado. Um dia Mário Santos apareceu de chapéu novo. E foi logo dizendo:

— Quem me deu este foi o Borba, mas as botinas os Pessoas me mandaram por um discurso.

O fato é que estudantes pobres andavam endinheirados, gente fazendo roupa nova, gastando nas pensões de raparigas. A autonomia de Pernambuco dava para muita coisa. Falava-se de um Bezerra, de um mulato sabido que comia dos dois lados. Comprara até o anel de formatura com este jogo. Bandeira andava de dentista, se embelezando, um Fonseca da Paraíba seria promotor. Antônio Campos nem se falava. Com o bolso cheio, se animava mais ainda para os desaforos. A faculdade se vendera. Mário Santos não perdoava um chapéu novo, uma gravata bonita:

— Borba está gastando, hein, menino? Os Pessoas desta vez se arrasam. É um dar de gravatas sem conta.

Os rapazes pouco se importavam. Os comitês pró-candidatura se sucediam. Faziam *meetings* por todos os lugares. Do interior voltavam estudantes com noivas. Os discursos atraíam as moças tolas das cidadezinhas. Os coronéis acreditavam em discursos e as filhas se encantavam com os oradores. Os mais sabidos traziam presentes. Uma caravana em Palmares fizera estragos no comércio. Cordeiro fugia de tudo isto. Ele devia humilhar-se com estas misérias. Para que pensar em agir? Era uma decepção aquele material apodrecido antes de tempo. Melhor é ficar em casa. Operários fanatizados, estudantes vendidos, mocidade incapaz de tudo. Só mesmo fugindo do meio deles, ficando para um canto. E viver com a revolução pelos livros. Estudar somente, como se ele estivesse em um país estrangeiro, exilado. A agitação crescia. Na Encruzilhada, bem perto da padaria de seu Alexandre, os estudantes fariam um *meeting*. Esperava-se barulho. Viriam uns cabras da fundição para perturbar. Era no que se falava. O Lóia da farmácia não aguentava deboche com os seus amigos. Podiam fazer o seu *meeting* em termos, mas se botassem as manguinhas de fora, iriam ver. O comércio logo cedo fechou as portas. Os amigos do Borba contavam com o sucesso na certa.

Às cinco horas os estudantes foram chegando de automóvel. O povo enchia a praça. Francisco caixeiro saiu para ver. Os discursos estrugiam no ar com bombas de retórica. O Leão do Norte sempre enraivecido não se deixaria espezinhar. Pernambuco seria dos pernambucanos, custasse o que custasse. Os negocistas não negociariam com a honra do heroico povo dos Guararapes. Falava agora um homem do povo. Falava pelo operariado. E dizia com a maior simplicidade deste mundo que o povo estava disposto a morrer com o dr. Pestana:

— Ele é o nosso protetor, quem for contra ele está contra nós.

— Cala a boca, burro! – gritaram.

— Fala! Fala! – E um tiro pipocou.

Via-se gente correndo, tropeçando, gritos, bater de portas e a bala assoviando. Os automóveis dos estudantes romperam em disparada. Bala que não se sabia donde vinha. Depois parou. Um homem caído de bruços, mais adiante o operário que estava falando, com as mãos no ventre, estendido na calçada. Na porta de uma casa um menino chorando, de perna partida. E Francisco caixeiro arquejando na estação.

— É o caixeiro da padaria.

Pegaram nele.

— Vamos levar o homem para lá.

Botaram na sala de seu Alexandre. Não se via sangue correndo, mas Francisco não manobrava os braços e as pernas.

— O homem está muito ferido.

Francisco estendido no sofá de seu Alexandre. O portuga olhando para ele com medo da morte. Ricardo quando chegou em casa já sabia da notícia. Viu Francisco só com os olhos vivos. Só buliam nele os olhos. O moleque não podia acreditar naquilo. Há duas horas estivera conversando com ele, vira o amigo no balcão da venda cheio de vida, e agora ali estrebuchando, quase no fim. Chegou-se mais para perto do amigo. Estava verde, a boca meio aberta. Saía um fio de voz de dentro, um gemido rouco, mas tão fraco, que era preciso chegar os ouvidos de bem perto para se ouvir. As mãos abandonadas, nunca mais que aquelas mãos pesassem a carne e o sabão de seu Alexandre. Falavam na sala:

— Veja só. Veja só. Quem não tinha culpa é que se vai. É sempre assim. Besta é quem sai de casa para ouvir estas coisas. Gostava até dele. Coitado! Agora que estava melhorando de saúde!

Um sujeito comentava para uma velha:

— A senhora viu quando começou? Pois eu vi. O primeiro tiro partiu da casa de seu Lóia. A casa dele estava cheia de cangaceiros.

E Francisco deitado no sofá, nas últimas. A viagem de São Paulo, o cafezal, os dez mil-réis por dia, tudo com que o pobre calculava satisfazer a vida, ia-se embora. Os olhos dele caíram em cima de Ricardo, que estava pegando na sua mão, chorando. O moleque não se conteve, não pôde reprimir-se, perdeu a vergonha e chorou na frente do povo.

Com pouco a assistência apareceu na porta. Desceu o médico:

— Vamos levá-lo somente porque é a nossa obrigação, mas não chega no meio do caminho.

Levaram o rapaz. Noutro dia seu Alexandre chamou Ricardo para lavar o sofá. O caixeiro deixara sangue na palhinha do móvel.

— Sujou-me a mobília. Dizia todo o dia àquela besta que não se metesse com esta história de leituras. Tinha lá que ir ouvir discurso?

Dentro da mala de Francisco encontraram cartas, uma história de Carlos Magno e 80 mil-réis em dinheiro. Seu Alexandre chamou o delegado e entregou o espólio. Só queria em casa o que era dele.

15

Mãe Avelina mandou uma carta pedindo dinheiro para comprar umas botinas para o menino, que estava na escola. Todo mês o moleque não se esquecia dos 20 mil-réis da mãe. Seriam aquelas botinas para Rafael? O irmão estaria pequeno para a escola. Outro como ele sairia do engenho, de manhã, para o Pilar, andando a meia légua até a vila. Sem dúvida que chuparia os cajás maduros do chão, ouvindo debiques dos moleques na estrada. Ricardo sentia saudades do engenho com aquela carta. O Recife era bom, ele era livre, ganhava muito, mas uma coisa lhe dizia que não terminaria bem por ali. Sem Francisco para conversar, ele tinha medo de ficar sozinho atrás da venda. Do sítio de perto vinha-lhe a voz mansa das fruteiras ao vento. Saía de casa para andar. Brigara com Isaura por uma besteira. Há mais de oito dias que ela lhe virava o rosto quando o via. O moleque afundava em desespero. Outro teria se metido na zona, bebido cachaça para espairecer as mágoas. Ricardo não sabia o que era o amor. Conhecia moleques como ele que não davam importância a mulheres. Quis, quis; não quis, dane-se. Era assim que eles argumentavam com as namoradas. Ele, porém, só sabia amar, viver de amor como de pão. Faltou--lhe o pedaço, gemia à toa como cachorro com fome. A moleca mangava dele. Conhecia o fraco do trouxa e vadiava com o coração de Ricardo. A briga fora por nada. Ela quisera entrar num clube do Espinheiro e ele se opusera. Não conhecia ninguém por lá e não ia meter-se num clube de estranhos:

— Pois eu entro. Ninguém me empata. Nem pai e mãe, quanto mais você.

No outro dia não quis falar com o moleque. E há oito dias que era isto. Ele saía da padaria para rondar o portão da namorada. Ela não estava, mas ele voltava outra vez e não via. Em casa sofria mais ainda. Depois da morte de Francisco que não vinha dormindo como antigamente. O barulho da padaria o irritava. Chegara um padeiro novo que cantava embolada até acabar o serviço. As cortadeiras batiam nas tábuas no compasso da música cabocla, que não variava, no mesmo tom fanhoso, com as palavras correndo. Cantiga diferente daquela de seu Antônio. O que esta tinha de triste, de feita de dor, a do padeiro era de força, de impulsos, de uma alegria desembestada. Mas enfadava. O moleque gostava da cantoria do galego, morto de saudade, caindo ao peso dos ais. Ricardo queria mesmo sofrer. A saudade de casa parecia quase como um pretexto. Pensava no seu povo, de propósito. Mãe Avelina, Rafael, Francisco, todos eram instrumentos de que ele queria se utilizar por causa de Isaura. Para que se metera com fogo? Enxerido dele, que bem podia passar com as raparigas da estrada de ferro. Mas não. Perdera-se daquele jeito. De madrugada acordava para o serviço pensando nela. E de noite, com a embolada do padeiro, com ela na cabeça. Ah!, se ele soubesse cantar como o seu Antônio, se soubesse gemer como o mestre! Soltaria as suas mágoas para que fossem procurar outros pelo mundo. O retrato de Isaura na parede do quarto excitava-lhe a imaginação, a luxúria prisioneira. A freguesia notava-lhe a cara feia:

— Que tem o seu Ricardo hoje? Meu Deus, que cara!

— Isto é coisa – lhe dizia uma negra do fim de João de Barros. — Seu Ricardo não é assim sério. Buliram com ele!

E tinham bulido mesmo. Melhor que fosse para São Paulo. Francisco só pensava nisto. São Paulo era longe. Longe dali podia viver sem peso no coração. A negra estaria com outro? Podia ser. E passava a noite mais de dez vezes pela porta dela e não via ninguém. Somente a sala de visitas acesa com visitas. O piano tocando. Na Encruzilhada àquela hora os pianos tocavam sempre. Os trens passavam apitando, a sineta do cinema tilintava. Ricardo não via Isaura por parte nenhuma. Queria perguntar à criada vizinha, mas tinha medo. Há quatro anos no Recife era o mesmo da chegada, sem afoiteza, sem coragem para fazer as coisas. Não via a namorada e voltava para o seu quarto. Abria a mala, remexia no que tinha lá dentro, vendo o pacote de notas enrolado num lenço. Queria contar o dinheiro que possuía, mas ficava com medo. Já dispunha do bastante para ir para São

Paulo. Não sabia onde ficava este lugar. Devia ser longe, tão longe que nunca mais soubessem dele, nem Mãe Avelina, nem Rafael, nem ninguém. Este ninguém era Isaura. Nunca um negro fora mais cativo do que ele. Muito melhor que fosse escravo, que andasse de correntes pelos partidos de cana. Andar com rapariga devia ser bom para aquilo. Iria pegar-se com uma que fosse boa para ele. Uma que deitasse a cabeça no colo e lhe quebrasse os cafunés, uma mulher para ele dormir com ela, comer com ela. Havia raparigas que era só falar. Davam-se e pegavam até bem aos negros. Tudo que era negro tinha mulher. Ricardo procuraria uma. De repente Francisco lhe chegava com aqueles olhos grandes olhando para ele. Ouvira sempre falar em almas do outro mundo que voltavam à Terra para pedir alguma coisa do mundo. Cobria o rosto com a varanda da rede. E quando não podia mais abria a porta do quarto e ia para a padaria olhar os homens no trabalho. Simão, quebrando massa, o negro do cilindro no seu ofício penoso, todos botando a alma pela boca. Mas de Isaura no quengo, bulindo, como uma cobra dos diabos. O forneiro dormia em cima das sacas de farinha do reino. Com pouco a hora dele chegava. O mestre vestindo o seu paletó de casimira preparava-se para sair. O que dependera dele estava liquidado. Que vontade de dormir!

Ricardo ia ficando. Os homens conversavam à vontade. Simão contando a história dum sujeito que roubara Clodoaldo. O presidente botara no Largo da Paz uma padaria de sociedade com um camarada do Rio. Foi roubado.

— Em que diabo Clodoaldo achou dinheiro? Ninguém sabia.

— Vá a gente se meter como o pobre do Florêncio no meio desses pestes – dizia o negro do cilindro. — Este negócio de Sociedade é mesmo que Irmandade, seu Simão. A diretoria enche o papo. Aquele negro da Igreja de João de Barros vive com a casa cheia. Dia de festa na casa dele vale a pena a gente ver. É bolo e canjica. Cerveja lá é brincadeira.

— Não fale muito não – respondia Simão — porque estes catimbozeiros vivem de grande. É tudo uma desgraça só.

— Quando sai Florêncio do hospital, Ricardo?

— Não sei não, Simão. Já tem mais de mês que ele está lá. Se não fosse a gente, a mulher estava por aí pedindo esmola. O galego não quer mais ele.

— Este desgraçado só mesmo levando o diabo – dizia o forneiro acordando. — Não tem pena de ninguém. Um dia Deus castiga. Me disse um balaieiro que a mulata dele só não anda com os cachorros. Bem-feito!

— Me disseram – falava o masseiro novo — que agora é que vai haver barulho no Recife.

O masseiro novo era quem trazia as novidades. Tinham varado de bala dois soldados do Exército na rua Estreita. Simão já não dava muito crédito à vitória do dr. Pestana:

— Ninguém pode com federal. Não viu? Logo que souberam da morte do soldado, foi praça à beça pela rua. Até os marinheiros saltaram. Para mim tanto faz ganhar um como outro.

O forneiro entrava na conversa:

— Não está vendo que eu não vou acreditar em prosa de Exército? No dia em que operário tiver armamento, ninguém pode. O doutor Pestana quer é isto: armar o pessoal e garantir a gente. Me disseram que ele tem um espanhol fabricando bomba que não acaba mais. Só com duas Filipe botou pra correr mais de cinquenta praças.

Ouviam dali o ronco de seu Alexandre. O bicho na cama larga se refazia. Ricardo voltava para o quarto. Pelo menos a conversa dos homens lhe tirara os pensamentos ruins. Caía na rede para acordar com mais um pouco. Com a morte de Francisco era quem contava com o patrão as cestas de pão. Se Isaura fosse boa para ele, o trabalho seria maneiro, tudo seria bom para o negro. A moleca vencera-lhe a calma. Era de outro. Outro andaria com ela pelos escuros. Não fazia mal não. Raparigas não faltavam. E tinha cama sua e fazia os seus gostos. Guiomar sim, que era outra coisa. Se fosse ela que lhe tivesse feito a desfeita, sim, que era mesmo para sofrer. Mas Isaura? Isaura não era mulher para aperrear ninguém. Nunca mais que fosse pela porta dela olhando. Cortava até a freguesia e não passaria no portão daquela negra. Leôncio bebera veneno porque era besta de verdade.

Ricardo dormia assim com este consolo de arranjo. O negro sofria como um cativo.

16

NAQUELE DIA A FAMÍLIA de Florêncio esperava por ele. Os colegas da padaria tinham mandado dizer que Ricardo levaria o masseiro para casa. Os meninos saíram para a rua dizendo. Era importante um pai no hospital por causa de luta, com o nome no jornal. Herói. Eles ouviram o funileiro dizer para outro que Florêncio e o pessoal do *Diário* eram uns heróis. Por ali não havia nenhum menino com pai herói. Em casa disseram à mãe:

— Mãe, sabia que pai era herói? Foi seu Gomes que disse à gente.

Ficaram assim orgulhosos com o título do pai. Mesmo assim, só não tinham morrido de fome porque os colegas de Florêncio iam mandando qualquer coisa. Ao maior de

nove anos tinham oferecido um emprego na rua. O cego estava precisando de um guia. Para a mãe foi um choque aquele oferecimento. Ter filho guia de cego. O cego mandara perguntar somente porque ele queria fazer uma esmola ao povo de Florêncio. O menino gostou. Sair todo o dia para Recife, ver tanta coisa. Uma semana depois não queria mais ir. Então o povo da rua censurou.
— Culpada é a mãe. Prefere ver os meninos no cisqueiro, na imundície.
Joaquim não gostara de ser guia de cego. Os pés se queimavam nas calçadas quentes:
— Uma esmolinha pelo amor de Deus.
Esperavam que respondesse lá de dentro. Havia casas onde ficavam um tempo enorme atrás da resposta. Davam sempre esmolas. Cego é mendigo preferido pela caridade. Joaquim, pegado na vara do patrão, se impacientava.
— Espera aí, menino. Que menino impossível é este?
O cego parecia que via as coisas, pois conhecia as casas que davam mais, que davam menos. Numas puxava a voz com mais ternura. E os "Deus lhe dê o reino da glória" saíam também com mais expressão. Casa que dava comida, pão velho, frutas passadas, o cego esperava pouco. Um perdão por ali não doía tanto. Joaquim às vezes via meninos com brincadeiras pelas calçadas. Queria parar para ver:
— Vamos, menino! Está ficando tarde.
Ficava danado com o cego. E na primeira casa que batiam ficava torcendo contra o patrão. Tomara que não lhe dessem nada. Cego pau. O homem conversava com ele quando ficava esperando o bonde para voltar. Vinham sempre a pé, aproveitando a manhã. O cego conversava. Não tinha nascido assim não. Cegou já grande. O pai dele fazia fogo do ar para uma festa

em Olinda, e um dia a coisa estourou. Saiu assim com a cara toda estragada. A casa pegou fogo. Tiraram ele de dentro que era uma ferida só. O pai de barriga aberta. E ele ficara no estado em que estava. Mas Joaquim não tomou gosto pela profissão. Com quinze dias disse à mãe que não voltava mais. Melhor era ser filho de herói. O funileiro dissera bem sério que o pai dele fora um herói. Os outros meninos se calavam quando Joaquim falava disto:

— Pai está no hospital porque brigou com o Exército.

Homem que tivesse coragem de brigar com soldado do Exército, ali, era grande mesmo. Polícia, não, guarda-civil, bombeiro, tudo isto para eles não valia nada. Exército, sim. Todos se calavam quando Joaquim falava do pai brigando com cinquenta praças no Pátio do Carmo. Saíam eles de mangue adentro caçando caranguejos e siris para o almoço de casa. A lama batia na barriga. Às vezes traziam até peixe. Furtavam dum curral dum homem de Santo Amaro. Traziam então camorins de três palmos. O sujeito botava vigia para guardar o que era seu. Os meninos, porém, tinham mais olhos e mãos mais ágeis do que as dos donos. Brincavam por toda a parte. Em muitas ocasiões chegavam a ir até Olinda tomar banho de mar. A praia cheia de gente folgando dentro d'água. Eles espiavam e iam andando até que encontrassem um lugar deserto. E nus caíam n'água do mar como num banho de purificação. Aquilo que era água. Água do mangue sujava, a maré vinha com porcarias, nadavam excrementos de gente e de bichos, sem que eles soubessem de onde vinham. Para eles dali só lhes mandavam aqueles presentes. Por isso quando chegavam em Olinda lá para as bandas dos escondidos do forte do Buraco, passavam a manhã toda no mar. Em casa as mães se alarmavam. Por onde andariam os meninos?

Joaquim não iria deixar esta vida pela profissão de guia de cego. O pai era um herói. Com a notícia da volta de Florêncio para casa saíram espalhando pela rua. A mãe fora ao hospital umas duas vezes. E dizia às vizinhas:

— Se vocês vissem como está o pobre. Só tem osso. Amarelo que faz pena. Florêncio nunca mais é homem para trabalho. A freira me disse: "Ele precisa de ares."

O ferimento dos pulmões fora muito grave. O médico aconselhava mudar de ares. Que ares eram aqueles da rua? E se o marido entisicasse? Havia entre eles muito tuberculoso. Duas moças que foram cigarreiras, o dono da venda, uma filha de seu Gomes funileiro. Tossiam o dia inteiro pelas janelas, o dono da venda sentado numa cadeira, escarrando no chão. A freira falara de ares para Florêncio. Só se eles voltassem para Limoeiro do Norte. Quem daria a eles a passagem? Os homens da padaria deram o que podiam dar. Fizeram até demais. Ela nunca esperara encontrar gente boa em Recife. E o seu Ricardo, que negro bom, que coração grande. Pagava a casa deles. Lá disto não tinha que falar. Florêncio se perdera porque ele mesmo quisera. Se vivesse somente cuidando das obrigações, não aconteceriam estas coisas.

Os vizinhos chegavam para saber. O marido no mais tardar estaria em casa de noitinha.

Ricardo deixara para ir buscar o amigo naquele domingo. Não tinha o pão da tarde para distribuir. E no hospital encontrou Florêncio vestido para sair. Amarelo que ele estava! Os cabelos grandes cobriam-lhe as orelhas, e os olhos do masseiro pareciam querer sair das órbitas. A cara só tinha osso descoberto. Foi logo rindo-se quando viu Ricardo. Sentado na cama, estava conversando com um doente. A freira apareceu para se despedir:

— O senhor tome cuidado. Ferimento nessa região não é brincadeira. Se pudesse, era até bom que o senhor fosse para fora.

Florêncio e Ricardo andaram pelo cais afora. Era numa tarde de regata. O povo enchia as margens do Capibaribe. Lanchas assoviavam alto. A gritaria, os aplausos do povo. Rapazes de peito de fora, de braços musculosos, se exibiam com medalhas. Ricardo e Florêncio passavam por tudo isto alheios. Um pensando em Isaura e o outro com uma vontade doida de perguntar pelo movimento. Afinal no bonde ele não se conteve. Vinham no reboque. Uns sujeitos tocavam uma marcha de Carnaval. Era um terno de pau e corda que se botava para algum ensaio. Violão, cavaquinho e flauta assanhados naquela tarde alegre de fevereiro. O pessoal da primeira não tinha aquilo. Florêncio não queria ouvir. Magro de fazer dó, dava na vista do povo que olhava para ele. Pensava logo que fosse tísico. Um companheiro de banco se encolheu com medo de pegar qualquer coisa. O masseiro, porém, só queria saber das notícias do dr. Pestana.

— Florêncio, você ainda pensa nisto? – perguntou-lhe espantado o companheiro. — Pensei que você agora mudasse.

— Nada, Ricardo, não me meto mais em coisa nenhuma. Pergunto por perguntar. Não vê que estou fora do pessoal tanto tempo?

O amigo contou-lhe da morte de Francisco, da venda e do roubo que fizeram a Clodoaldo:

— O presidente está é bem.

— E não se fala mais do barulho, Ricardo?

— Homem, para lhe ser franco eu não indago por isto não. Sei que há gente nas armas por causa do masseiro novo que está no seu lugar.

— E tem masseiro novo lá, Ricardo?
— Tem. Seu Alexandre não pôde mais esperar por você e arranjou outro.
— Quer dizer que eu não tenho mais lugar para mim?
— É, mas se arranja.
— É por isto, Ricardo, que eu me meto na encrenca. Você não está vendo que isto precisa ter um fim? Bota-se para fora um homem somente porque caiu doente?
— Não tem nada não. A gente arranja um jeito.
Florêncio ficou triste com a notícia. A freira lhe tinha falado em mudar de ares. Precisava de ares. E nem o pão o pobre teria. O bonde passava pela rua do Hospício. Em frente do Hotel do Parque havia gente gritando e as janelas cheias de homens:
— Viva o general Dantas Barreto!
O bonde parou e aos poucos foi furando a multidão entusiasmada. Ricardo disse para Florêncio:
— Não vou atrás disto não. Em que ganha o pobre com estas coisas?
O masseiro não respondia. Estava triste. Tinha vindo da morte, trinta dias na cama com o peito varado. O que não diria a mulher quando soubesse da história da padaria, do corte de seu Alexandre?
— Ricardo, você já disse isto a Antônia? Pois não diga. Sou-lhe até franco. Melhor que tivesse ficado esticado como os outros no *Diário do Povo*.
— Nada, Florêncio, a gente não deve ficar assim. Por que você não volta para Limoeiro? A sua mulher me falou. É o que ela quer.
— Volto mesmo. Questão é achar passagem. Vocês da padaria já fizeram demais. Não tenho nem cara para olhar para vocês.

Quando chegaram no poste de parada, o sol descia com toda a sua pompa de cores sobre o mangue cheio. Maré plena. Só se viam de fora os mocambos mergulhados. Havia ouro na água serena, um ouro de raios de sol, brilhando para a vista. Aquilo era como se fosse uma pilhéria de Deus. Para que gastar tanto luxo com lama, com excrementos boiando, com tanta miséria?

Os meninos foram esperar Florêncio na estrada. Correram para ele, e o masseiro nem tinha forças de aguentá-los na efusão, abaixou-se gemendo para abraçá-los. O mais moço chorava de alegria. Ricardo se comoveu com aquilo.

— Pai, pai. Onde foi a bala?

Queriam ver ali mesmo o lugar da bala e foram andando. Florêncio nem caminhava direito, com eles puxando-o para um canto e para outro.

O funileiro disse a Joaquim que o pai era herói.

O povo saía das casas para ver a chegada do ressuscitado. Todos procuravam saber a mesma coisa. E todos se espantavam da magreza dele:

— Está um cadáver. Coitado. Nem penitente.

Palavras bem tristes para o herói do funileiro. Um herói entrando na sua cidade com o povo com pena dele. Florêncio, o herói do *Diário do Povo*, sem um tostão no bolso, com os filhos rotos, a mulher em casa e a fome atrás deles, como cachorro danado. Ricardo deixou o homem em casa. A mulher chorou quando aquela figura triste entrou de portas adentro. Abraçou-se com ele:

— Florêncio está um caco.

A casa cheia. As irmãs do cego se oferecendo para alguma coisa.

— Em casa tem fruta, sinhá Antônia. Mande buscar.

Viram Florêncio e botaram as mãos na cabeça, de espanto. O homem só tinha os olhos. Deviam dar comida a ele.

Agora o herói contava o acontecido do *Diário do Povo* para todos eles ouvirem. Eram os mesmos detalhes conhecidos, mas interessavam desde que fossem contados pela própria boca do protagonista. Queriam saber de tudo. Do ferimento de Dente de Ouro e dos outros. Se correra muito sangue da perna dele. Se morrera gente na assistência. O funileiro chegou para abraçá-lo:

— Seu Florêncio, eu pouco conhecia o senhor. Sou homem da minha casa. Também o senhor pouco vivia por aqui. Senti o seu tiro e vim agora para dar o meu abraço. Um homem como o senhor só merece muito respeito.

E abraçou o masseiro com lágrimas nos olhos.

A paralítica para um canto, olhando espantada para tudo. Ninguém tivera tempo para ela. Sem dúvida que queria beijar o pai e quase que pisavam a pobre sentada na esteira:

— Pai – dizia ela.

E o pai não atendia, não podia ver. Herói era assim.

Depois Florêncio viu a bichinha no chão e botou no colo. Ela pegava no queixo dele acariciando e beijava o pai. A perna murcha não tinha governo, era um trapo dependurado. Florêncio ficou com ela enquanto ia atendendo a todas as conversas. Veio o cego também, apalpando as paredes:

— Boa noite, seu Florêncio. Meus parabéns. Graças a Deus o senhor escapou. É o diabo a gente perder a vida com família. Na cidade só se falou no pessoal do *Diário* e foi mesmo coragem muita, porque não é brincadeira brigar com Exército. Eu vi um homem no bonde dizer que a bala das armas deles atravessava as paredes brincando.

Ricardo saiu da casa de Florêncio muito tarde. Sempre que voltava dali era assim morto de pena. Aquela rua era mesmo para cortar coração. E mais ainda o moleque gostava de Florêncio. A miséria do amigo era a maior deste mundo. E seu Alexandre não queria mais o pobre na padaria. Que coração tinha o seu Alexandre? No ponto do bonde chegou-lhe de repente o pensamento na namorada. Na véspera trocara duas palavras com ela. Isaura nem parecia que há tanto tempo não falava com ele. Falou como a um estranho. Quis convidar a moleca para um passeio e teve vergonha. Ela saiu sem ligar. No escuro daquele ermo, à espera do bonde, o moleque calculava a safadeza da negra. Aquilo era na certa outro namorado. Que fosse. Mais do que ele sofria Florêncio e ria ainda para os outros. Ouvia vozes de gente por perto. Era um automóvel quebrado, com mulheres dando gargalhadas. Sem dúvida raparigas com homens. Era noite de domingo, noite de farras. Teve então uma súbita vontade de procurar uma mulher. Havia polacas na rua das Flores. Mulheres brancas, de coxas como travesseiros de barriguda, macias, mulheres que não se importavam com a cor de ninguém. Nunca andara por lá. Conhecidos seus contavam histórias das polacas. Tinha uma Regina que era um leite de branca. Fazia tudo com os homens. E não se pegavam doenças. O bonde vinha se aproximando. O moleque queria mesmo ver terras estranhas.

Quando ele voltou para casa no último trem, Isaura estava mais com ele ainda do que nunca. O trem passava na porta dela. A casa bem no escuro. O frio da noite entrava pelas janelinhas do vagão. Quase que ele vinha sozinho no trem. Apenas um camarada gordo cochilava, e o pãozeiro Ricardo sem sorte no amor.

17

AGORA NINGUÉM FALAVA MAIS de revolução, do dr. Pestana, da autonomia do Estado. Só do Carnaval se falava, se discutia, se cuidava. E o bicho ia chegando com força. Os clubes, de noite, não deixavam as ruas, visitando os jornais, espalhando-se no passo com as orquestras que se rebentavam de entusiasmo. O povo cantava. Queria lá saber que Borba era um Leão do Norte, nem de Pestana, nem de Pernambuco? O povo dançava e era tudo quanto queria. O Paz e Amor da rua de Florêncio neste ano se reforçava com elementos de fora. Umas moças novatas trouxeram conhecidos de Olinda para ele. O Paz e Amor brilharia. O presidente se animava com os ensaios. A marcha nova com a moda eles tinham arranjado por ali mesmo. O músico e o poeta cheiravam o mangue da rua do Cisco. Nos ensaios as vozes se exercitavam para o dia da saída triunfal. O Paz e Amor esperava brilhar muito. Os jornais falavam de prêmios para blocos e clubes. O presidente acreditava que como bloco eles poderiam fazer figura. E até alta noite o Paz e Amor afinava as vozes de suas molecas. Os negros eram mais para a dança furiosa. Só perna de macho aguentava aquelas reviravoltas, aquele tropel de bestas assanhadas.

Ricardo não tinha jeito de se meter no meio da alegria geral. Na Encruzilhada fugia das brincadeiras. Não pudera ainda aprender a ser como os outros. Mas naquele ano ele queria entrar na folia. O povo do Paz e Amor o convidara. O povo da rua era pobre, mas não fazia vergonha.

E assim ele deu dinheiro para que lhe fizessem a roupa. A calça azul e a blusa branca. As cores do clube não ambicionavam muito. Agora todos os sábados ele deixava a padaria para ir aos ensaios. Isaura não levava em conta. Sofrera muito por causa da negra, mas passara tudo. Também ele nem ligava a coisa nenhuma. Ele fazia de propósito quando passava pela porta dela com o balaio, soprando bem forte na corneta:

— Não tem ninguém mouco aqui não – vinha lhe responder a negra.

E de cara fechada recebia os pães. O moleque saía-se com palavras de namorado em crise. Isaura não ouvia nada. Recebia a massa e voltava de cabeça erguida cantarolando à toa. Aquilo no começo magoava o moleque. Depois foi se acostumando, que nem lhe parecia mais gente a negra por quem tanto suspirara. Às vezes ele ficava pensando em casa. Como fora que por causa de uma cabra passara noites acordado, sofrendo como um escravo? Até uma vez pensara em procurar seu Lucas. Seu Lucas dava jeito a tudo. Não seria nada para ele virar o coração da negra ingrata. Uma noite quando passou pelo muro do velho chamou para falar. A voz de seu Lucas era mansa, voz para aconselhar. Mas seu Lucas foi logo falando na desgraça de Florêncio:

— Menino, o que você está fazendo pelo masseiro ninguém faz aqui não. Branco nenhum que faça isto. Só coisa de pai para filho. O povo da padaria do Alexandre está fazendo um figurão. Era assim mesmo que pobre devia fazer. Era se unir, e não viver brigando por aí afora como cachorro. A gente devia se unir tudo. Quando chegasse a desgraça para um, era para todos. O que foi que fez por Florêncio a Sociedade? Nadinha. O pobre dá dinheiro para o chefe andar fazendo figurão.

Ricardo procurou um jeito de entrar no seu assunto. O negro velho, com a tesoura na mão, queria era prosar.

— Soube que Clodoaldo está de venda no Largo da Paz? Veja só. Clodoaldo é mestre de padaria há não sei quantos anos. Nunca saiu daquilo. Veio este negócio do doutor Pestana e o cabra tirou o seu. Menino, se este povo tomasse o meu conselho, a coisa era outra. Eu não digo que pobre não procure a sua melhora. Isto não. Tudo tem termo. Que serve a gente andar gritando, fazendo esparrame? O melhor é o pobre se unir. E agaranto que se a gente toda estivesse unida, estava mais garantida. Mas negro é bicho besta, menino. Não vê Florêncio? Vão morrer por aí à toa. Negro que pisa no meu terreiro do Fundão não cai nesta esparrela.

Ricardo não teve coragem de contar o seu caso. Ele desejava de seu Lucas uma reza que abrandasse a cabra que ele amava. E o pastor o que queria era mais uma ovelha, mais uma garganta e duas pernas para o seu culto. Seu Lucas gostava de Ricardo. Precisava do pãozeiro para o seu deus. O deus de seu Lucas fazia santo na Terra. Os santos entravam nos homens, ficavam de carne e de osso, dançando e cantando. E Ricardo estava bom para ser um. Seu Lucas sabia de tudo e foi ele mesmo quem procurou o moleque para o assunto:

— Me disseram que você acabou o namoro com a empregada do doutor Pedro. Fez bem. Aquela menina não tem jeito não. Ontem mesmo vi ela com outro. A negra tem o mal dentro. Homem é uma coisa besta. Estou crente que você gosta dela ainda. Olhe, faça força para pensar noutra coisa.

Ricardo negava a seu Lucas. Não tinha mais nada não. Mas o velho conhecia que o moleque era capaz de fazer besteira:

— Se você fosse ao Fundão, eu fazia uma coisa que tirava isto da sua cabeça. Fique certo. O diabo desta negra não lhe atentava mais. Aqui mesmo na Encruzilhada tinha um português que vivia fazendo papel safado por causa de uma crioula. O homem era uma pamonha nas mãos da mulata. E um bichão forte de corpo, chorava como menino quando ela deixava ele. Todo o mundo dizia que o marinheiro estava perdido. Um dia aí mesmo donde você está chegou uma filha dele, casada hoje com um doutor, e me falou para fazer uma coisa para o velho. Só foi preciso duas vezes. A mulata ganhou o oco do mundo, foi se desmanchar com o diabo, e ele está ali na loja que nem parece. Do Recife me chega gente aqui para essas coisas. Até um desembargador me procurou. Me alembro de um que me mandou chamar em casa. Quando cheguei lá, o homem de cama. Quem me levou foi um oficial de Justiça meu conhecido. Me deixou sozinho com ele no quarto. O velho me contou tudo. Tinha-se engraçado de uma rapariga da rua Estreita e agora a mulher fazia horrores. Ele não podia mais. A mulher puxava por ele demais. Depois deu para afrontar o doutor. Obrigava o homem a ficar no quarto, com ela andando com outro. O velho sofria que só perseguição do demônio. Pois Ricardo, levantei este homem da cama. Anda por aí no Recife trabalhando bonzinho. A rapariga sumiu-se. Mulher assim é obra de coisa-feita. Precisa a gente desmanchar.

 O trem passava roncando por perto das grades do jardim. Ricardo deixou seu Lucas, satisfeito da vida. Faria o possível para fugir de Isaura. E de fato com os dias foi melhorando. O português, o desembargador tinham ficado bons. No Paz e Amor se curaria de vez. Aos sábados se reuniam. A diretoria não dava confiança de resolver os problemas da Sociedade na frente dos sócios. O presidente, o vice-dito, o secretário e o tesoureiro eram de fato senhores das suas atribuições. Seu Genaro, o presidente, orgulhava-se do seu grau maior. Chamava todo o mundo de menino e menina. As meninas para um canto, os meninos para o outro. Não eram permitidas bebidas no ensaio. Quem quisesse fazer sua zona, saísse. Ali dentro havia era respeito. Tinha ali moças donzelas com responsabilidade dele. E batia palmas para chamar atenção e começava o ensaio. Quase sempre parava-se para concertar uma voz que desafinava. Depois se recomeçava. Ricardo no começo dera trabalho ao presidente.

— Para, menino, que encabulação é esta? Quebra como os outros.

O moleque encabulava com o negócio. O clube parava. Seu Genaro ia lhe ensinar o passo, como se devia fazer na rua. As meninas se riam dele. E por fim pegou, a música entrara dentro dele e Ricardo dançava. Botava os ouvidos na música. O mestre gritava para todos:

— Atenção, gente, olha o compasso!

A música entrava de corpo adentro. Vinha para o sangue, para a alma do povo. E só paravam quando não se podia mais. O presidente dava as suas impressões:

— A coisa está ficando boa mesmo. Duvido quem bata este ano a rua do Cisco. Eles podem ter mais luxo, também andam aí pelo comércio tirando dinheiro. O Paz e Amor é pobre, mas é da ponta.

Depois do ensaio ficavam conversando na rua. O presidente ia levar as donzelas em casa. Os meninos batiam boca até tarde.

Ricardo ficava esperando pelo bonde das duas horas e ainda teria que gramar a pé até a Encruzilhada, onde o balaieiro esperava por ele às cinco horas. Nem se lembrava mais de Isaura. Quando Guiomar morreu, ele passou mais tempo pensando nela. Quis, quis; não quis, dane-se. No ensaio havia meninas e tanto. Podia até pegar namoro com uma e quem sabe podia até se casar. Com esta história do ensaio o moleque estava mais com o povo de Florêncio.

O moleque Ricardo • 145

Ficava na casa do amigo esperando pela hora da dança. O masseiro não se consertara ainda. A mulher é que falava em Limoeiro do Norte. A paralítica nem parecia que tinha perna murcha. Saltava numas muletas como os outros meninos. Os filhos de Florêncio faziam festa a Ricardo. Joaquim queria entrar no clube. Outros meninos estavam lá.

— Que clube, menino, tu pode entrar no clube, tu pode comprar fantasia?

Uma noite Ricardo trouxe o pano para Joaquim. O menino saiu correndo para dizer aos companheiros. A mãe se comoveu:

— Seu Ricardo, o senhor está gastando dinheiro à toa. Precisava lá fazer isto?

Joaquim era do Paz e Amor. Florêncio, na esteira, se queixava de fraqueza.

— Logo que me levante, vou cuidar das passagens. Antônia quer ir e é mesmo melhor.

— Não é, seu Ricardo? – dizia a mulher. — Que quer a gente fazendo aqui? Não se tem nem o que comer. Se não fosse o senhor e os colegas da padaria, só se tinha um jeito, que era pedir esmola. Em Limoeiro a gente vive de qualquer jeito.

— Estou vendo é que desta não me levanto mais – respondia Florêncio. — Desde que vim do hospital que é isto. Esta moleza, suando frio de tardinha.

Ricardo animava:

— Qual nada! Isto passa! Ferimento de bala não é para menos. Com o tempo você vai indo. Vai indo até ficar bom de vez.

— É. Pode ser.

A mulher ajudava:

— Fica bom, Florêncio. Para que ficar assim tão triste? Se a gente pudesse sair daqui, você via. Este ar daqui é empestado.

Urubu não sai do quintal. A gente não vai a uma casa desta rua que não encontre uma pessoa tossindo. Dou pra viver isto não. As meninas que foram cigarreiras, coitadas, não sei como elas ainda vivem. O irmão é empregado no matadouro. Dizem por aí que está também atacado. A filha do dono da venda tosse que não para. Não sei, seu Ricardo, como o povo desta rua se lembra de Carnaval. Só sendo mesmo para esquecer a desgraça.
Joaquim veio chamar Ricardo para o ensaio. O presidente estava medonho porque o pessoal não tinha chegado todo. Falava:
— Quem não quiser, não se meta. Começando assim, não boto o clube na rua. Só boto o clube na rua alinhado.
A sala já estava cheia. O vice-dito, o secretário, o tesoureiro confabulando. Havia um caso dependendo de solução. Devia ser grave, porque a diretoria se dividia. O presidente dizia bem claro:
— Só fico no clube, se me respeitarem. Moleque que venha praqui pensando anarquizar, pula.
Um pai de moça reclamara de umas pabulagens de um mata-mosquito. Ficou assentada a expulsão do rapaz:
— Aqui a gente não admite safadeza. Sai agora um atrevido falando mal das meninas. Aqui não entra mais. No Paz e Amor não voga destas coisas. Ninguém venha para cá tirar pedaço de moça donzela, que se estrepa.
E o ensaio entrava forte. Cada dia mais forte o coro das vozes e mais ágeis os pés nos passos para o frevo. No outro sábado seria o ensaio geral. O carnaval cercava a cidade por todos os cantos.
Ricardo nunca se sentira com tanta vontade de brincar. Até por perto da padaria um clube fazia ensaio quase todas as noites. O caixeiro novo da venda assoviava a marcha da moda. Seu Alexandre não gostava:

— Cuide o senhor das suas obrigações. Vive por aí a assoviar o dia inteiro. Não permito isto no meu estabelecimento. Homem sério não vive de bico arrebitado. Cuide do seu serviço, seu Severino.

O rapaz se esquecia das ordens e quando dava por si estava outra vez na marcha. Seu Severino era alegre. Não tinha as histórias tristes de Francisco, a vida miserável da fábrica lhe envenenando as memórias. Era dali mesmo de Encruzilhada. Deixara muito moço os estudos porque os pais não podiam. Morava no Espinheiro. Severino não dava também para os estudos. O pouco que aprendera servia somente para as contas e a escrituração de seu Alexandre. De noite o caixeiro fazia os seus passeios com os amigos. Ricardo preferia o pobre do Francisco. Viviam os dois trocando palavras, olhando a lua cada um com as suas saudades. O novato só falava de pastoril, de artista de cinema. Carão de seu Alexandre para ele era o mesmo que nada. Pouco lhe dava o patrão, venda, serviço. Ricardo e Francisco eram do mato. Se criaram diferentes do outro, sem esta desenvoltura da gente das cidades, sem o cinismo que animava Severino para tudo. O moleque se media com ele. Via o caixeiro mais moço do que ele, quase da mesma cor e andar com mais coragem, mais segurança por toda a parte. Seria bom ser assim.

O carnaval encorajara Ricardo. A música lhe fervia no sangue quando ele ouvia na rua um clube passando. Caía no frevo, instigado sem saber por quem.

— O senhor ontem estava quebrando, seu Ricardo – lhe dizia uma preta na entrega do pão. — Gostei de ver. Animado que só ele. É melhor assim do que andar emburrado como o senhor andou um tempo deste.

Outras lhe perguntavam de que clube era ele ou se ia ver a passagem dos Vassourinhas. Entregava assim o pão, contente.

De madrugada arranjava os balaios com o patrão. Seu Alexandre puxando conversas. Um dia lhe perguntou por Florêncio:

— Era um empregadão. Foi pena ter adoecido. Nada pude fazer, senhor Ricardo, mais do que mandam as minhas posses.

Ricardo, porém, desconversava o assunto. Tinha até nojo do galego naquelas ocasiões. E ainda lhe vinha falar naquela miséria. A freguesia de seu Alexandre crescia. Entrava mais gente para a padaria. O mestre padeiro reclamava o tamanho do forno. Não se podia atender aos fregueses sem material. Ricardo continuava com 120 mil-réis de dois anos atrás. Dava tão bem para ele, que não se lembrava de reclamar.

Os homens da padaria acharam que ele devia ir ao patrão. Era o braço direito do portuga e trabalhava de fato. Havia pãozeiro por aí ganhando mais.

Seu Alexandre recebeu a reclamação com fúria:

— Cento e vinte mil-réis com comida e dormida, seu Ricardo! Ah!, não pode ser mais não! E a farinha do reino pelo preço que está. Onde vou buscar dinheiro para tanto?

No fim cedeu para 140 mil-réis.

O Carnaval escancarava a boca por toda a parte.

Ricardo com mais 20 mil-réis, com o Paz e Amor. Não queria mais nada. Mas Florêncio gemia em cima da esteira na rua do Cisco.

18

Quando chegou para o ensaio geral, Ricardo encontrou o Paz e Amor com dificuldade na diretoria. O presidente para um canto, o tesoureiro para outro:

— Eu não embirro por besteira. Mas seu Genaro não andou direito. Eu sei que o presidente é ele. Aqui todos nós não podemos seguir outra ordem senão o que ele diz. Está direito. Agora, machucar é que eu não admito.

Seu Genaro queria saber no que havia ele machucado o tesoureiro.

— O senhor acha pouco, seu Genaro? O senhor desconfiou de mim e ainda me vem perguntar o motivo?

— Desconfiar de que, homem de Deus? Perguntei somente pelas contas, porque pensei em dar uma fantasia a um filho de Florêncio. Você se afobou porque quis. Moro nesta rua para mais de dez anos. Saia de casa em casa, pergunte se existe uma única pessoa ofendida por este negro velho.

Os amigos chegaram. Era bom acabar com aquilo: — Vamos dançar, seu Genaro, seu Abílio.

E tudo acabou bem, o presidente e o tesoureiro amigos como sempre. O Paz e Amor estava aliviado. A marcha se cantava sem um defeito. Vozes de meninos e de moças, de homens em acordo perfeito. O presidente de fora olhando a obra, maravilhado. A diretoria não dançava por enquanto, os grandes dali experimentavam os pequenos. As molecas se mostravam em ponto de passar pela rua nova. O sereno crescia. Todo o mundo da rua do Cisco vinha ver as brilhaturas da sua elite. O canto subia, alteava-se como se fosse um canto de louvor a um deus de xangô. Joaquim de Florêncio no passo, com a sua voz fina de flautim se confundindo com um roncar de trompas dos moleques taludos. Havia um que vibrava a voz como um pistão vibrante. O presidente batia palmas. Precisava-se ainda ensaiar a maneira de se entrar nas redações dos jornais. À diretoria competia ir na frente e falar com os redatores. O presidente dando as últimas demãos no conjunto. Firmavam-se princípios:

ninguém podia chamar gente de fora para o bloco na formatura. Gente do bloco com gente do bloco. Nada de namorada ou de namorado puxando os estranhos pra se juntar com eles.

— Boto pra fora ali mesmo – dizia o presidente. — Se for moça, mando trazer em casa. Relaxamento não forma comigo. Não é de hoje que brinco em Carnaval, porque se a gente afrouxar a canalha acaba na rua com o bloco. Eu já vi um clube se acabar na rua do Hospício. O presidente foi mole e, quando se viu, a canalha caiu em cima das moças que foi aquela desgraça. A bandeira saiu nas mãos dos outros no deboche. Depois disto Chico Cação abandonou o Carnaval e não se meteu mais a presidente.

Depois do ensaio Ricardo foi levar Joaquim em casa. A luz estava acesa.

— É seu Ricardo? – perguntou de dentro a mulher de Florêncio. — Entre um pouco. Florêncio, coitado, está hoje com uma aflição.

— É este calor, sinhá Antônia.

— Sei lá o que é!

Florêncio viu Ricardo perto dele. A luz da lamparina tremia com a porta aberta.

— Já acabaram o ensaio? E o bonde, Ricardo? Você não vai pegar o último?

— É ainda cedo, Florêncio.

O pobre sentia falta de ar. Abrindo a boca numa ânsia. Queria engolir aquele ar empestado mesmo. A fala saía cortada, de fôlego curto. O mangue não fedia tanto àquela hora. As estrelas dormiam dentro d'água e na rua do Cisco o silêncio metia medo. Os mocambos afogados. Só de vez em quando se ouvia um tossir alto. Gente tossindo com o frio da madrugada. Ricardo ia andando para o bonde. Numa das portas ainda

O moleque Ricardo • 151

parava um grupo conversando. Eram sócios do Paz e Amor comentando o ensaio. A maré cheia trazia água para dentro das casas. O negro foi andando sem pensar em coisa nenhuma. A estrada para o bonde só tinha mesmo o caminho para uma pessoa. A maré cobria tudo. Mais adiante encontrou-se com um homem que vinha aos tombos. Um bêbado da rua do Cisco voltando para casa. No poste de parada ainda esperou muito. Passavam automóveis com gente cantando. Ricardo não queria pensar em Florêncio, mas era em quem pensava naquela hora. Via o amigo morto. Aquilo seria para pouco tempo. E os filhos e a mulher? O que seria deles, soltos por aí? Agora ouvia ainda de muito longe um canto. Com pouco vinha chegando. Saiu para olhar no meio da linha. Era um clube voltando de Recife. A voz das mulheres se ouvia melhor. Passaram por ele cantando, a bandeira gloriosa empunhada com orgulho. Os Lenhadores de Olinda tinham ido brilhar em Recife, encher as ruas da cidade grande com a alegria deles. Olinda era pequena demais para os seus Lenhadores. Passavam eles cantando sem desfalecimentos. Os Lenhadores de Olinda não respeitavam a clube nenhum. Os Toureiros podiam levar bandeira bordada com fios de ouro, os Pás podiam ter cinquenta números na orquestra, mas eles não respeitavam. Todos os clubes se consideravam. O Paz e Amor também. Nenhum botaria os pés na rua pensando em não fazer figura. O Carnaval dava este orgulho e esta confiança ao povo. Todos eles eram grandes. Corriam para a rua com a mesma alegria.

    Ricardo começava a sentir-se cheio de seu clube. O que tinham aqueles Lenhadores tão falados de melhor que o Paz e Amor? As negras do Paz e Amor cantavam até com mais alma. Do meio do mangue as vozes das negras vibravam como se a terra em que estivessem pisando fosse a terra melhor deste mundo. O curtume fedia bem pertinho, os urubus dormiam nos coqueiros, mas elas cantavam, as negras do Paz e Amor cantavam sem pena dos pulmões e da garganta. Depois ficariam tossindo como as cigarreiras. A tuberculose esperava mesmo pelo Carnaval para completar os serviços da fome. Ricardo sentia-se do Paz e Amor. Passavam por ali agora mesmo os Lenhadores de Olinda, clube de fama. E o negro não via nada demais. Já iam longe dele. A música quanto mais longe, mais saudosa ficava. Não era mais aquela força arrastando os homens e as mulheres para o passo. Ficava triste com a distância. O bonde vinha chegando, e ele tomou lugar junto dum preto vestido de verde e amarelo. Outro que voltava de bloco. O reboque em que ia carregava operários da Tramway para render as turmas cansadas. Tocavam violão no carro-motor. O domingo entrava com foliões acordados. E a madrugada vinha dourando as nuvens. Mesmo por cima dos coqueiros rasgavam-se pedaços de céu para o sol apontar. Bem quatro horas. O moleque iria chegar atrasado na padaria. Até com sorte que quando chegou na estação da rua da Aurora pegou um trem. Moças vestidas de baile de fantasia, brilhando de pedrarias, enchiam os carros. Tocava também uma orquestra. O enfado das danças cansava todos. Cochilavam, com a cabeça pendida. Vinham das danças de gente rica. Os homens aconchegados nos sobretudos, de corpo machucado. Com pouco mais se espalhariam nas camas para curtir o álcool e o sono. Todos dormiriam. Banho frio de manhã e lá para as dez horas o café com pão e queijo, a fruta boa para corrigir os estragos.

 Ricardo quando saltou na Encruzilhada já se ouvia corneta de pãozeiro tocando. Correu para a padaria. Seu Alexandre não estava com cara satisfeita:

 — Já estava com cuidado no senhor.

O balaieiro ia saindo sem ele. A freguesia não queria saber que o moleque Ricardo estivera no ensaio geral do Paz e Amor. Pão fresco. Queriam pão fresco. A corneta do moleque saiu acordando as criadas, aborrecendo os dorminhocos dos domingos, do dia que Deus deixara para que os homens descansassem. Os donos de padaria não sabiam disto não. Pão fresco antes de tudo. Naquela manhã Isaura quis falar com Ricardo. Por que não falaria com ela? Que homem mau!

— Você, que orgulho!

O moleque se riu. Isaura perguntou com quem ia ele quebrar.

— Vamos hoje? Saí do Bloco do Espinheiro. O presidente de lá se meteu a besta comigo. Dei o fora daquilo. Vamos quebrar hoje, Ricardo?

Recusou. Tinha o bloco dele, o Paz e Amor da rua do Cisco.

— Carnaval de bloco não presta, não presta não. É colégio. Ninguém pode sair de forma.

Mas Ricardo não queria. E ficou pensando na cabra. Por que diabo aquela negra lhe viera falar? Sem ter dormido um minuto o moleque entregava os pães por João de Barros afora. Muito longe encontrou um automóvel de papo para cima. E muita gente por perto. Havia feridos. Tinham voltado do baile e esbarraram ali em cima dum poste. Havia gente ferida. Uma moça de vestido verde estendida no chão, correndo sangue da cabeça. Aquela não escapava, dizia um.

— O chofer está um bagaço.

O moleque acabou o serviço mais tarde. Precisava mesmo dormir um pedaço. Mas seu Alexandre estava mesmo na porta esperando por ele. Era um servicinho que tinha para Ricardo fazer. Ir somente ao Chapéu de Sol levar umas coisas para a rapariga.

— Faça-me este favor, senhor Ricardo.

E o moleque se foi, bêbado de sono, levar um mimo de seu Alexandre para a mulata. Por várias vezes fora ele à casa da amante do patrão.

Naquele domingo de carnaval a mulata já começava a brincar. De dentro de casa gemia um violão caviloso. A criada veio saber quem era:

— É gente de seu Alexandre, dona Josefa.

O violão deixou de gemer. E d. Josefa apareceu de *peignoir* de bolinhas vermelhas:

— Ah!, é o senhor Ricardo.

— Não é nada não. Vim somente trazer uma encomenda que seu Alexandre mandou.

— Diga a ele para mandar o carro cedo. As meninas vão para Recife às quatro horas e o carro deve estar aqui às três.

Carro para mulata. Só a luxúria daria aquela coragem ao português. Não haveria no mundo força maior do que aquela. Seu Alexandre gastando os cobres naquele cortar. Alugara automóvel para a amante fazer corso com os ricos. Sem dúvida com a sua boa fantasia de seda, o seu saco de confete para as meninas, que aproveitavam as gentilezas da rapariga. E d. Isabel que nunca soube na vida o que fosse um domingo de Carnaval, guardando os tostões. Na beira do fogo, na beira do tanque, para que seu Alexandre fizesse o pecúlio, criasse as banhas que tinha. A mulata botava fora todos estes tostões que a d. Isabel recolhera. E ainda por cima com um violão em casa, deixando as sobras para o galego.

O moleque chegou em casa para dormir umas horas. Deu o recado a seu Alexandre, que estava puxando os bigodes e puxando os bigodes ficou. Fosse-lhe pedir 10 mil-réis para Florêncio, que a casa cairia. Não podia ajudar o masseiro com a família na precisão. Carro para rapariga sabia pagar. Ordinário. Bom mesmo o que Josefa fazia. Era pouco até. Devia era encher a casa de machos, tomar o dinheiro dele todo. Tudo isto era pouco para aquele portuga sem-vergonha. Era assim que Ricardo media a cachorrada de seu Alexandre. Os homens gemiam na padaria, ele cansava as pernas batendo ruas e ruas, e o portuga muito do seu, pagando luxo de raparigas. Todo este mundo era assim mesmo.

19

Era aquele o primeiro Carnaval em que Ricardo se metia. Passara os outros ali em Recife, de fora, fora de tudo, do povo, da música. No engenho se falava dos mascarados, mas ninguém deixava a enxada nos três dias. Eram dias como os outros. Pela estrada apareciam mascarados que todo mundo sabia quem eram. Vestiam-se de negra e estalavam os chicotes, procurando pegar os moleques, que corriam se mijando de medo para as saias das mães. Na casa-grande, às vezes, quando havia gente de fora, sacudiam água uns nos outros. E o coronel na calçada rindo-se das raivas e dos sustos que faziam as negras com as bacias d'água sacudidas com força. O Carnaval ali era só aquilo. Raramente vinha clube do Pilar dançar no engenho. Aí a alegria era grande. Seu Fausto maquinista era quem arranjava estas visitas. O velho não gostava por causa dos trabalhos que davam. A casa se enchia dum povão contente. Abriam a sala de visita e o clube fazia as piruetas com o baliza na frente. Festão para os meninos e os moleques. Acontecia pouco um sucesso daqueles. Quase sempre o Carnaval passava pelo Santa Rosa como num dia útil. E então depois do casamento das filhas, o velho engenho nunca mais que abrira os seus salões para os Douradinhos do Pilar. Há quatro anos no Recife, Ricardo não tivera conhecimento do que fosse mesmo o Carnaval. Nos outros anos ficava numa porta de sobrado, vendo passar o povo de pé no chão, no frevo, os automóveis com mulheres enfeitadas, caminhões cheios, o povo doido na rua. O moleque como tinha saído de casa, chegava, um pobre espectador da alegria de todo o mundo. Ele não sabia, não avaliava mesmo como se podia fazer aquelas coisas no meio da rua. Aqueles saltos, os gritos, as piruetas. Tudo lhe parecia impossível. Viu negros velhos, meninos de três anos, mulheres feias, bonitas, brancas, pretas, tudo no frenesi se servindo de um prazer que lhe escapava. Não havia branco e não havia preto quando a música de um clube passava assanhando tudo. As moças de dentro dos automóveis, os que iam a pé, os homens importantes e os iguais a ele, todos como se fossem de uma mesma casa. Todos se conheciam. A música era de todos. Gente cantando, gente de gravata e de pés no chão. Os maracatus roncando e o cheiro das negras suadas, dos lança-perfumes. Os cafés cheios de bêbados engraçados, de sujeitos querendo brigar com todo o mundo. As brigas, os pontapés, porque um atrevido pegara nos peitos de uma moça acompanhada. O povo ficava outro, inteiramente outro. De dia mesmo, nos trens carregados, nas portas das casas, por toda a parte a cara do povo era outra. A freguesia dos seus pães, o balaieiro, os homens da padaria, tudo mudava, melhorava a vida, subia de condição. O moleque Ricardo não sentia o Carnaval. Ia para ele como fora à festa do Carmo, da Santa Cruz, por influência somente. Moleque sozinho, sem amor, sem dor grande para sarar, ficava alheio, sem saber o que fizesse de sua vida. A vida para ele era tão sem preocupações e sofria tão pouco, que se esquecia dele mesmo. Agora não. Ele era do Paz e Amor. E dentro dele entrara música, a marcha do seu clube. Ricardo orgulhava-se de uma coisa que era dele, e dos companheiros da rua do Cisco. Esquecera mais depressa Isaura. O povo da rua do Cisco queria bem ao negro que vinha de longe gozar com ele. O Paz e Amor não era triste. Os sócios podiam ser, mas o Paz e Amor vibrava duma felicidade inexplicável. Ricardo sentia a felicidade quando o mestre batia palmas e a dança entrava. As negras abriam as goelas no mundo.

No seu quarto, vestindo a fantasia branca e azul, ele criava outra pessoa. Seu Alexandre quando viu o pãozeiro formalizado se escandalizou:

— O quê? Até o senhor, seu Ricardo?

Severino da venda foi logo tirando uma pilhéria. O moleque via que todos os que olhavam para ele olhavam diferente. Encabulou. Teve até vontade de tirar a roupa e voltar para o seu quarto. No trem olhavam também. Tanta gente para se olhar, para que aquela história de estarem a reparar no moleque encabulado? Quis voltar, mas foi. Na rua da Aurora o povo já não via ninguém. Subiam todos para a rua da Imperatriz, calçada cheia de baixo acima. Mulheres vestidas de homens, e homens vestidos de mulheres tirando graça. Às três horas, e o Carnaval já se desembestando. Ricardo chegou na rua do Cisco, na hora para a marcha sobre o Recife. A rua quase toda ia com o clube. Podiam lá deixar que as suas meninas, os maridos, as mulheres fossem brilhar sem que eles vissem? Joaquim de Florêncio:

— Pai me disse quando o senhor chegasse fosse falar com ele.

Florêncio queria somente que Ricardo não tirasse os olhos do filho.

— Eu só não vou, seu Ricardo, para não deixar Florêncio sozinho. Está tão fraco – dizia a mulher do masseiro. — Bem que eu queria ver Joaquim no clube. Lá de fora chamaram. O mestre impaciente reclamava toda a atenção. E bateu palmas. A orquestra rompeu a marcha e o Paz e Amor deixava os seus mocambos e os seus doentes tossindo para fazer o bonito na cidade grande. Sol bem quente ainda por cima do mangue de esqueletos de fora. A lama brilhava, brilhavam as tarlatanas e as medalhinhas de ouro que as negras haviam pregado nos vestidos. Os mais importantes iam na frente: o presidente, o vice-dito, o secretário e o tesoureiro. As mulheres da diretoria com as mesmas regalias dos maridos, a mesma importância. Agora o Paz e Amor ia atravessando o mangue em silêncio.

Sinhá Antônia chegou na porta para ver o clube se sumindo na estrada. A mancha azul ainda estava bem visível. A rua do Cisco entregue aos inválidos. Só os que não tinham podido se arrastar ficaram. Florêncio, o dono da venda, as duas cigarreiras. O cego e as irmãs não perdiam essas coisas. Sinhá Antônia se lembrava do Limoeiro do Norte, das famílias, das festas que davam no Carnaval. Lembrava-se de tudo que podia mais ainda lhe machucar a alma murcha. A filha aleijada chorando porque queria ir também. Os irmãos andavam sem ninguém saber por onde. Florêncio na esteira se sentava com esforço. O mal dele era falta de ar, dizia a mulher. Tirando isto, não tinha nada.

O seu sono se cortava de vez em quando, e era um sono de quem estivesse com um peso nos peitos. A mulher então começou a falar:

— Eu bem dizia: Florêncio, não te mete com isto, deixa isto, deixa aquilo. E você nem como coisa. Está aí no que deu. Depois se vem falar em mulher. Se homem fosse atrás de conselho de mulher, não sucedia muita desgraça. O pobre nem ouvia nada. Aquele repicar era de todos os dias. A filha se chegava para a esteira do pai. Vinha se arrastando como um bicho. E passava horas com o pobre, alisando-lhe a cabeça. Donde moravam ouvia-se muito bem a tosse cavernosa do homem da venda. Agora as sombras da tarde vinham caindo na rua do Cisco. Só no mangue se podia ver a luz do sol se pondo. Um ventinho frio balançava as folhas dos coqueiros. A mulher de Florêncio chegou na janela do mocambo e ficou olhando a tarde. Ficou muito tempo assim de olhos minando água. Depois voltou-se para dentro de casa e disse com uma melancolia de acabada:

— Para nós não tem mais jeito não.

Florêncio era quem tinha ainda força para repelir tanto desengano:

— Cala a boca, mulher. Tu tens saúde e é o que basta.

O homem da venda chegou na porta e deu boa-tarde. Estava tão só em casa, que viera para ali trocar duas palavras. Os ombros lá em cima. Ele falava quase sem voz:

— E de saúde como vai passando, seu Florêncio?

O masseiro explicava a doença, parando de boca aberta. Faltava-lhe o ar. A doença dele era esta somente. O outro se queixava mais. Desde que levara uma pancada de vento, que era aquilo. Aquela rouquidão, aquela tosse pau. Não tinha mais fé na vida não:

— O senhor vê o Carnaval, está solto no Recife e para mim é como se não houvesse nada. Estou é me concluindo. Estive em Canudos com a polícia do Amazonas e não morri. E veio uma pancada de vento e me aleija deste jeito.

Com o silêncio da noite chegavam até ele os cantos dos clubes passando pela linha do bonde. Ouviam-se na rua do Cisco restos de música que o vento trazia. Sinhá Antônia, o tísico e Florêncio se calaram. A menina dormia nas pernas do pai com a cabecinha repousando nas carnes sumidas de Florêncio. A esta hora o Paz e Amor devia estar se partindo pela rua Nova.

Ricardo nunca pensou que Carnaval fosse aquilo. Quando eles entraram na Imperatriz com a marcha e as negras cantando, a canalha caiu em cima como se fosse para tirar o pedaço:

— Aguenta, pessoal – gritava o presidente para os cabras —, aguenta firme!

O moleque sentiu que o Paz e Amor arrastava o povo. Vinha gente grande dançar com a música que ele estava dançando. O Paz e Amor fazendo vibrar na rua Nova, na Concórdia, o povo atrás pedindo para a orquestra romper na marcha. As negras. Os cabras de seu clube se danando todos na folia. Nas redações dos jornais o presidente falou com o homem que estava lá somente para receber os clubes e tomar nota dos nomes:

— Paz e Amor – lhe dizia o presidente, com orgulho —, quarenta figurantes, sendo dez da orquestra.

Na rua ficavam os admiradores esperando que descessem. Não era só o povo da rua do Cisco. Muita gente estranha assim se incorporava ao Paz e Amor. A rua Nova tinia de gente. Os clubes e os blocos quando passavam, parava tudo que era carro e automóvel. Os cabras quebravam na frente numa impetuosidade de furiosos. As pernas entravam umas por dentro das outras, depois ficavam com a bunda quase que rente no chão e as mulheres sacudindo para a frente tudo que tinham de bom. E peitos e ventres que pouco ligavam à surra das umbigadas. Era uma alegria que atingia os últimos recursos. De repente paravam. A orquestra se calava. Esperava-se então que rompesse o fogo outra vez para que eles pudessem se despedaçar:

— Música! música! – gritavam.

E mal a marcha abria na introdução, o povo pingando de suor, cheirando a cachaça, a inhaca de negro, voltava para o passo com a mesma força.

O moleque Ricardo se embriagava somente com aquilo. Nunca em sua vida soubera o que fosse gente com o diabo no corpo. Agora ele via, ele estava também com o diabo no corpo. Aquilo era bom de verdade. O presidente, depois de andarem por uma porção de ruas, chamou os homens para uma bicada, cousa leve para espalhar o sangue. As moças iam para um refresco na geladeira. O passo dava uma sede danada. O pessoal do Paz e Amor se rejubilava com o sucesso. Abílio tesoureiro gozava o triunfo:

— Fique certo, seu Genaro, que a gente não fez vergonha. Ouvi um sujeito de azul dizer que o Paz e Amor deu a nota.

E saíram cantando pela rua Nova, para quebrarem pela Aurora e se recolherem. Era mais de hora. Mas mal chegavam na Helvética, ouviram um roncar de porco gigante. Era uma coisa mais forte e mais grande que o barulho do Carnaval. O maracatu do Leão Coroado entrava na Imperatriz abafando tudo. Os bombos, os instrumentos de xangô calavam tudo. O canto do maracatu era triste. Os negros se entristeciam com aqueles lamentos de prisioneiros, de algemados, de negros gemendo para Deus, rogando aos céus. O maracatu rompia a multidão como uma avalancha. O Paz e Amor se encolheu para deixar o bicho passar com a sua tristeza. As vozes das negras de lá eram umas vozes de igreja. O Leão Coroado entristecia o povo mas passava, ia-se embora. A canalha queria o passo, botar para fora todas as doenças na dança, beber e cantar, que isto de sofrer não era para agora.

O moleque Ricardo quando chegou na rua da Aurora era como se tivessem passado por ele pisando-lhe as carnes. Estava morto de corpo, mas satisfeito como nunca. Não acompanharia o Paz e Amor até a sede porque queria pegar o trem para voltar para casa. O presidente deu ordens e ele ficou vendo o pessoal de rua afora sair cantando como viera. Cansaço não era para o Carnaval. Passava gente de toda a qualidade, automóveis recolhendo famílias do corso com as moças cantando, dando com as mãos para desconhecidos. O moleque do Santa Rosa conhecia outro mundo, outra gente. Havia agora para ele esta coisa boa. Dentro do trem, com moças e rapazes cantando o *Borboleta não é ave*, ele sentia-se mais alguma coisa do que fora. Só se cantava, só se ouvia o *Borboleta não é ave*. Vinha um homem fantasiado de morte, com a roupa desenhada em esqueleto. Sem máscara e com as vestes rasgadas, era uma morte desmoralizada.

Na padaria encontrou Ricardo o pessoal no rojão, com o serviço atrasado. Faltavam uns quatro. Simão estava, o seu Antônio, o negro do cilindro. Seu Alexandre, estourando de raiva. Tempo de Carnaval não se podia contar com ninguém. O povo não queria trabalhar.

— Depois vêm se queixar. Que estourem por longe! – grunhia o portuga desapontado.

Eram duas horas, e a massa não estava no forno. O moleque teve que dar um adjutório. Simão e os outros não tinham ido ao Carnaval. E Ricardo pensara que tudo que fosse negro saísse para a rua. Simão e os outros estavam ali e seu Alexandre ainda danado com eles. O pão sairia mais tarde. Outras cornetas tocariam antes da sua. Para o patrão seria o cúmulo, uma corneta de concorrente tocando pela Encruzilhada antes da sua. A mulata se arreganhando no frevo, enfeitando o besta de galhos com os cabras sabidos. Ricardo não dormiu nem uma hora porque às cinco chegou o balaieiro para saírem. Faltava gente da distribuição. Pãozeiros e balaieiros que não eram bestas como eles para deixarem a vida, o Carnaval, e virem entregar pão de manhã. O prejuízo da padaria era grande. O pão secaria. Por onde ele ia passando, ia encontrando o Carnaval, o povo voltando a pé do teatro dos acontecimentos. Bêbados, mascarados aos pedaços, índios sem penas, baianas de saias rasgadas. Destroços que procuravam a casa para se recomporem. Com pouco mais começariam outra vez com o mesmo vigor.

Em casa o moleque encontrou Severino no balcão ainda de rosto sujo. Saíra de negra. Seu Alexandre indignado com ele:

— Boto este leguelhé para fora de meu estabelecimento. Chega-me em casa fora de horas e ainda me vem mascarado. Não admito esta bandalheira!

Mas o caixeiro nem estava ligando.

— Meia garrafa de vinagre – lhe pedia um freguês. E ele dava a garrafa de vinagre.

— Meio quilo de bacalhau.

— Eu não pedi erva-doce, seu Severino, eu pedi foi pimenta-do-reino.

O caixeiro trocava os pedidos.

— Dois pães de tostão.

E o caixeiro voando para um canto e para outro a despachar às tontas a freguesia.

Só ficaria até as três horas.

Iria para o passo, que não era de ferro.

— Depois de fechar o estabelecimento quero que o senhor me venha contar umas garrafas – lhe dizia de cara trombuda seu Alexandre.

Só mesmo Severino. Fechada a casa, pernas para que te quero. Se quisesse, o botasse para fora. Não estava vendo que ele não podia perder o Carnaval para contar garrafas vazias?

Ricardo caiu na rede com vontade. Um sono de justo pegou o moleque até as três horas. Acordou com o clube cantando na rua. Pensou logo que tivesse perdido tudo. Mas viu logo que o sol estava ainda alto. Vestiu-se às carreiras, sôfrego para chegar à rua do Cisco e tomar o seu lugar no clube. Pela porta da venda passavam mascarados. Uns paravam para insultar o vendeiro:

— Galego ladrão!

Desabafo de algum freguês. Seu Alexandre ria-se. O mascarado passava gozando a desforra. Verdade no Carnaval não ofendia a ninguém.

Na rua do Cisco o povo do clube já estava formalizado.

O presidente combinava algumas inovações. Havia umas coisas a corrigir, o baliza precisava não se adiantar tanto do clube. E passava carões. O presidente tinha visto moça do Paz e Amor pegada com moleque de fora:

— Só não mandei para casa porque era a primeira vez.

Florêncio estava pior. Sinhá Antônia não se conformava com aquilo. O marido estirado na esteira e todos de casa vivendo assustados com a morte:

— Só vou mandar Joaquim – dizia a mãe —, para o bichinho não ficar em casa vendo o pai neste estado. Ele tem mais noção do mundo. Para sentir o sofrimento, basta eu.

A situação do amigo compungiu a Ricardo. Naquele momento Florêncio ressonava com a boca aberta. O moleque viera tão satisfeito para o clube e lhe aparecia o amigo assim. E quando deixaram a rua do Cisco, na alegria absoluta de todos, o negro vacilou se devia ir ou ficar. Foi. A música tentava a qualquer um. Uma moça do Paz e Amor gostava dele. Não era como Isaura. Não tinha a fala, a boca da outra, mas era com ela com quem Ricardo se grudava nos ardores do passo. Chamava-se Odete, filha do tesoureiro. A voz dela estalava como de pássaro, os peitos pulavam no corpinho, quebrava os quartos na dança. A moleca era quem puxava por ele. Nem pensava nela. Depois foi vendo que Odete queria se botar para ele. Outras também puxavam. No fim Odete ganhou. Falavam das coisas, tirando deboche. A mãe da moça gostava da história:

— Tem cuidado com Abílio, menina. Teu pai é encrenqueiro.

Ricardo, porém, namorava no manso. O Paz e Amor marchava para o Recife, sem medo de fracasso. Vencera no domingo e venceria nos outros dias. O presidente nem podia esconder os dentes de contente. Os bondes de Olinda passavam grudados. Reboques empilhados. Não havia mais esta história de primeira classe. Brancos e negros bem juntos pagando a mesma coisa. Os blocos e os cordões desciam cantando. Os violões, as clarinetas se uniam, confraternizavam nos quebrados, nas harmonias mais doces deste mundo.

O Paz e Amor ganhava pela estrada para o Recife. A rua do Cisco tinha fôlego de sete gatos:

Borboleta não é ave,
Borboleta ave é,
Borboleta só é ave
Na cabeça da mulher.

20

TERÇA-FEIRA POR VOLTA DAS 11 HORAS, Joaquim chegou na padaria atrás de Ricardo:

— Mãe mandou dizer para o senhor ir lá. É porque pai ficou pior.

Simão e os outros souberam da notícia. Ricardo embrulhou a fantasia e saiu com Joaquim. Seria que Florêncio morresse mesmo? Em todo caso ele levara os preparativos para se vestir mesmo na rua do Cisco. A noite da véspera fora um colosso. Mais gente nas ruas, mais frevo, mais animação. O Paz e Amor dançara na casa do patrão do presidente, um comerciante da rua do Bom Jesus. A família botou cerveja e dançaram a valer. Foram depois cantar por ruas sem povo por onde houvesse conhecidos dos sócios. Então no passo fora ainda melhor que no domingo. Odete grudara-se a ele de vez. Que negra fogosa. Não se largava mais dele e sentia as pernas dela quando o passo aumentava. O chamego era gostoso. Viu a negra Isaura vestida de homem, quebrando com os brancos. A negra tirava de limpo. Chamou por Ricardo:

— Vem para cá, broxa, deixa o colégio.

Ele fez que não viu nada. Os peitos dela chegavam a dançar na camisa aberta. Viu o alfaiate da rua do Arame, o seu Policarpo com as filhas e a mulher no passo. Na rua da Concórdia houve rolo dos Toureiros com os Vassourinhas. A faca botou barriga de gente abaixo. Um automóvel esbagaçara um menino do Bloco das Flores. Mas ninguém parava para ver. Viu o Carlinhos do Santa Rosa com uma porção de mulheres e rapazes. O companheiro da bagaceira abraçou-se com ele, dançando com as negras do Paz e Amor. O presidente expulsou um sócio porque estava querendo fazer safadeza com uma moça. O Paz e Amor era sério:

— Se quiserem fazer patifaria, não faltam marafonas. As raparigas debochavam do bloco. Aquilo parecia irmandade de procissão. A bebedeira fazia arruaça.

O moleque banhava-se vendo tudo aquilo. Odete aproveitava-se dos apertos para chegar-se para ele. Ninguém via nada. A mãe da moça botava os olhos para outro lugar. Ricardo nunca pudera imaginar coisa melhor. Os maracatus pobres passavam soturnos com a boneca na frente. Maracatu gemia demais. Bom era a marcha. O ritmo que vibrava nas pernas dele. Bom era dobrar o corpo, encontrar as coxas de Odete nas suas. Bom gritar, secar as goelas acompanhando as orquestras. O Carnaval era todo bom, tudo bom no Carnaval.

Mas Florêncio estava morrendo. E Joaquim viera para ele ir ver o amigo nas últimas.

Na rua do Cisco ninguém sabia de Florêncio. As negras estiradas nas esteiras recompunham as forças para de tarde, os homens conversavam falando dos fatos da noite anterior. Ninguém estava sabendo que Florêncio contava as horas. Sinhá Antônia abraçou-se com Ricardo chorando:

— Não há mais jeito, seu Ricardo, não há mais jeito.

A paralítica de olhos compridos, os molequinhos murchos para um canto. Florêncio roncava, a boca aberta, os olhos cerrados. Que podia o moleque fazer por Florêncio? Só fez chorar como uma mulher, ficou para um lado prendendo os soluços. Naquela manhã o curtume fedia. Os urubus rondavam os quintais com aquele andar infeliz. Um sol bonito cobrindo tanta desgraça. Depois o povo começou a invadir a casa de Florêncio. Todos queriam olhar de perto, ver de perto a morte chegando, e comparavam:

— Fulano quando morreu fez uma cara horrível; sicrano nem parecia, ficou mais sereno que em vida. Não ensinavam remédio, porque ilusão nenhuma podia haver. Florêncio se passaria a cada instante para o outro mundo. Com o calor do sol o teto de folhas de flandres era mesmo que o forno da padaria. Suava-se ali dentro como no frevo. Sinhá Antônia cogitava da viagem, do enterro. Como seriam estas coisas? Mulheres chegavam para saber se não precisava chamar padre. Os homens foram contra:
— Para quê? Florêncio nem fala mais.
Odete veio chamar Ricardo:
— Você não vai com o clube? É por causa de Florêncio? É besteira sua. Não foi ontem? Vamos, Ricardo. Ele não morre esta noite não. Vamos. Não faça isto não.
— Não vou não. O pobre está nas últimas.
Outras moças animavam também:
— Que besteira, Ricardo. Não acredito. Ele vai. Logo no dia de hoje! Na noite melhor!
Ricardo não ia. Não tinha mesmo vontade de ir. Sinhá Antônia veio chamar o moleque para conversar:
— Seu Ricardo, mande Joaquim com o clube. Não quero que ele veja Florêncio morrer.
— Ele vai, deixe estar que ele vai.
Cantava-se nos outros mocambos no último dia de Carnaval. Cantava-se, ninguém queria perder. Os meninos botavam papel no rosto e saíam de máscara, correndo um atrás do outro. Os filhos de Florêncio, na porta, bem que estavam com vontade de fazer o mesmo. A paralítica olhava o pai com tristeza. Nas pernas dele ela ia botar a cabeça e Florêncio nos outros dias passava as mãos.

Ricardo não queria ir com o clube. Odete pedira. Agora bem pensado, Florêncio não morreria. O moleque não quis continuar com a tentação. A orquestra do Paz e Amor experimentava os instrumentos. A rua do Cisco se assanhava para o último dia do frevo. Odete veio chamar Ricardo outra vez:

— Vamos, Ricardo, vamos.

E puxava pelas mãos, vendo se arrastava o moleque tímido:

— É a última noite.

— Não posso não, Odete. Não está vendo Florêncio como está? O pobre não tem ninguém.

Quando a negra saiu desapontada, o namorado ficou abalado. É. Até podia ir um bocado, depois voltaria. Mas não faria isso não.

Simão e Deodato tinham chegado para fazer quarto ao masseiro. Na padaria não haveria bolacha naquela noite. O galego devia estar com os diabos.

— Nós ia trabalhar, mas Deodato se lembrou de Florêncio, e a gente veio para cá. O portuga pode se danar.

Viram o amigo estirado na esteira, olharam bem para ele e saíram para fora. O Paz e Amor deixava a rua do Cisco rompendo na marcha. Só se ouvia a clarineta vibrando alto. Joaquim não queria ir. A mãe fez tudo para isto, até que o moleque cedeu. Agora a rua do Cisco ficou silenciosa, murcha, com os mocambos vazios. O curtume abrandava a catinga, de tarde. A maré enchera, levava sem dúvida para outros lugares os pitéus dos urubus. Simão, Deodato, Ricardo conversavam baixo no terreiro. Falavam de Florêncio:

— Você vê o que é um homem caipora. Teria de Florêncio levar aquele recado do Clodoaldo para suceder o que sucedeu. Amanhã eu vou falar com Clodoaldo. Ele tem que dar algum adjutório para mandar este povo embora daqui.

— Nada. Não vá, Simão. Você não foi lá uma vez? Pois a gente vai é ouvir desaforo.

— Não tenho medo daquele safado.

Deodato achava que eles é que deviam arranjar as coisas. Mais 5 mil-réis menos 5 mil-réis não queriam dizer nada.

— O mestre dá também. Nunca pensei que aquele galego fosse camarada.

— A Sociedade – afirmava Simão — tem obrigação de fazer o enterro. A mulher quer ir para Limoeiro. É até bom. Lá ao menos ela tem o que comer. Ficar aqui sem homem é um perigo.

Dentro da casa as mulheres rezavam em voz alta. A reza saía pelo nariz e era triste de verdade. A noite chegou. Florêncio ia chegando ao fim. A mulher aos pés dele, a paralítica dormindo e os outros moleques na casa da vizinha para não verem as coisas. Joaquim não quisera ir, voltando do meio do caminho. Estava ali com a fantasia do Paz e Amor, chorando com a mãe. Depois as mulheres todas se levantaram respeitosamente para beijar a mão de um negro que entrava. Ricardo não reconheceu logo quem era. Seu Lucas. Tinha vindo ver o masseiro. Era a primeira vez que ele via seu Lucas fora das grades do jardim. Em pé, ali junto da esteira de Florêncio, o negro velho parecia mais alto do que era. O sacerdote viera preparado para o seu ofício. Pediu um caco de panela, deitou incenso nas brasas, e o cheiro de igreja encheu o mocambo, saiu para a rua do Cisco, foi bater na casa do tuberculoso da venda, que chegou logo para saber o que havia. Seu Lucas em pé olhava a morte. Seu Lucas conhecia de perto todos os passos do monstro:

— Ainda vai até de madrugada – dizia ele.

Sinhá Antônia falava com o pai de terreiro:

— Não sabia que o senhor conhecia Florêncio, senão eu tinha pedido um auxílio de remédio. O pobre está se concluindo. Veio do hospital e nem se levantou mais. Ferimento de bala não é brincadeira não.

Ricardo chegou para falar com o negro. Seu Lucas tinha sabido do estado do masseiro, porque passara pela padaria e o Alexandre estava com o diabo no corpo. Ninguém tinha ido ao trabalho.

— Soube que Simão e Deodato tinham vindo fazer quarto a Florêncio. Coitado. Por causa dessa história de Sociedade não gostava de mim. Besteira somente. Ele foi que estragou-se.

Agora seu Lucas era dono da casa. Não faziam nada sem falar com ele. Viera ajudar o masseiro a morrer. Ele sabia fazer isto muito bem, aproximar os outros da morte. Vestia defunto, defumava, fechava os olhos com as mãos macias. E cantava para adormecer os últimos sonos. A voz de seu Lucas enchia a rua do Cisco de pavor. O homem da venda com a morte lhe rondando, lá de seu quarto devia sofrer calafrios com aquilo. Perfume e canto, seu Lucas havia trazido para Florêncio. A Sociedade dava o enterro e o jardineiro viera para agradar os restos de sentidos do pobre Florêncio. Não fosse ele para o fundo das coisas com aquele curtume fedendo e com o rosnar dos urubus. O incenso de seu Lucas e o canto do sacerdote davam esta ilusão à rua do Cisco. Ricardo ouviu o negro velho nos cantos dele, com medo. Medo. Bem que fazia medo aquele gemido de alma botando-se para Deus. As mulheres fanhosas acompanhavam tímidas a voz grossa, compassada, do feiticeiro. Aí é que sinhá Antônia chorava. Mas no íntimo devia estar mais consolada. O marido não morreria sozinho. Incenso e bendito seu Lucas trouxera para ele.

Às quatro horas fecharam os olhos de Florêncio. A mulher começou a gritar se abraçando com os filhos, a paralítica no chão aos berros. Ricardo, Simão, Deodato saíram para tomar as providências. A rua do Cisco nem parecia. Muda, com os mocambos impassíveis na beira d'água. O Paz e Amor vinha voltando das glórias, de bandeira arriada e o povo falando. Tinha-se acabado como Florêncio. Agora era cheirar outra vez o curtume, tossir e menino morrer de caganeira, e os urubus enfeitarem de preto os telhados de zinco. Alegria só para o ano.

Os três amigos foram seguindo de mangue afora, cada um que levasse o seu pensamento amargo, o seu ranço de dor na garganta. Simão iria prevenir a Sociedade. Ricardo comprar a mortalha. Deodato trazer umas botinas que ele tinha ainda novas para Florêncio apodrecer com elas. Vinham tristes. Naquela manhã a freguesia de seu Alexandre não teria pão fresco para o café. Por isso o portuga recebeu Ricardo com quatro pedras na mão. Não se continha:

— Quem não foi para o Carnaval inventou esta história de fazer quarto para vadiação. E os outros que me passem a perna e os fregueses que esperem, que se aborreçam. Todas as padarias trabalharam. Somente aqui em casa sucedeu isto.

Pela porta passavam restos do Carnaval, mulheres e homens ainda às gaitadas. Um bêbado parou bem defronte de seu Alexandre e veio pegar no queixo dele. O portuga exasperou-se:

— Ponha-se daqui para fora, seu cachorro!

E deu com o homem no chão. Juntou gente na porta:

— O portuga deu no homem.

E insultavam:

— Galego ladrão! Vem dar outra vez no homem para ver!

Aí seu Alexandre fechou a porta e eles foram embora. Ainda se ouviam automóveis carregados de gente cantando. Na sua rede Ricardo pensava em Florêncio e em Odete.

21

— É O QUE LHE DIGO, Ricardo. Não boto mais os pés e nem dou mais tostão para a Sociedade. Operário está é sendo roubado. Você deve sair também.

— Só estava lá, Simão, por causa de Florêncio.

— Sociedade é bom – dizia outro — com gente direita dentro. Negaram o enterro para Florêncio porque o pobre estava atrasado num mês. Aqueles pestes não sabiam que o pobre estivera no hospital. Se não fosse a gente, Florêncio teria ido no caixão da caridade. Clodoaldo esculhambou a Sociedade. É porque não existe um homem na nossa classe. Deixe aquele safado vir para cá pedir para se fazer greve. Eles ainda batem por aqui.

Deodato nem discutia:

— Simão, você quer condenar a Sociedade somente com vista no Clodoaldo. Amanhã ele sai. O pessoal de outras padarias está reclamando também. Se o doutor soubesse destas coisas botava aquele cabra para fora.

— Anda é de carro com ele – respondia Simão. — Vi ontem Clodoaldo e o doutor Pestana num automóvel. Sei não. A gente acredita numa coisa e dá outra. O que digo é que não vou mais atrás de conversa. Quando me lembro de Florêncio, nem até é bom falar. O homem vivia comendo bolacha pelos sobrados, levando recados e fizeram o que fizeram com ele. Isto é lá brincadeira?

Depois do Carnaval voltava-se a falar outra vez de cheio na política. Mesmo na terça-feira começou uma briga de polícia com Exército na rua Estreita. A Força Federal saiu embalada para os centros. E os marinheiros do cruzador tinham sido recolhidos para bordo. O povo gritava feliz pela rua sem saber o perigo que corria. A quarta-feira de cinzas amanheceu debaixo de apreensões. Capangas de ambos os lados eram convocados para os seus postos. O Tiro de Guerra dos Pessoas fazia exercícios em Santo Amaro. A fina flor do cangaço, de cáqui e botinas. O senador arregimentava por outro lado os meninos do coronel José Abílio do Bom Conselho e do velho Américo do Brejão. Os cangaceiros gingavam pelas ruas, com os pés apertados nas reiunas. Só sabiam andar nas caatingas. O dr. Pestana se fortalecia nas Sociedades. Borba e Pestana de braços dados. A polícia e o operariado em aliança, dispostos a tudo. Jornais do Rio faziam heróis.

O presidente da República por sua vez invocava os princípios da autoridade. Conspirava-se contra a ordem. Pernambuco seria um foco de perturbação contra o regime. E os batalhões baixavam do Ceará, subiam da Bahia. Nos meios dos trabalhadores perdurava a ilusão de que com a vitória do senador viria para eles boa recompensa. Ficariam armados e teriam garantia, conquistando-se assim muito nas reivindicações. Salários melhores e outras vantagens. Era o que prometia o chefe. No entanto eles estavam trabalhando contra eles mesmos. Era isto o que diziam boletins que corriam pelos Centros falando de uma exploração miserável do dr. Pestana e Clodoaldo. O sangue do povo servindo para a conquista de posições políticas. Mesmo no sobrado da rua Nova quatro operários chegaram a se retirar senhores da situação. Na faculdade o Carnaval também amortecera os entusiasmos. Agora, porém, os grupos se reuniam para discutir. Todos tinham a certeza do desfecho armado da luta sangrenta. Antônio Campos falava dessa possibilidade sem medo. Pestana dispunha de dois mil homens e só com essa gente faria o Recife saltar pelos ares. Os adeptos da autonomia falavam dos dois mil operários do dr. Pestana com orgulho. Era gente que morria sem se importar pelo motivo, visando somente as ordens do chefe. Mostravam o *Diário do Povo*.

— Para onde o doutor Pestana manda o operário, ele vai. Também seria uma monstruosidade desta gente não morrer pelo seu chefe, porque tudo que o Pestana tinha era do povo. Na casa dele o povo andava por ela como na sua. Aquilo é que era um homem com que eles podiam contar.

Tinham d. Laura como a mãe do operariado. A própria vida expunha pelas ideias do marido.

Os estudantes do lado dos Pessoas não diziam a mesma coisa. Referiam-se a mercenários, a negócios concluídos com a boa-fé dos trabalhadores. Mas na faculdade as discussões não passavam disso. A mocidade só queria gozar. Estava na política porque rendia alguma coisa. Bandeira mostrava dentes novos. Boas casimiras alisavam os bancos do templo do Direito. Enquanto os operários se matavam, os rapazes se vendiam, se davam por bugigangas. Zé Cordeiro nunca mais botou os pés por lá. Somente pela manhã era visto subindo para a biblioteca. Os empregados consentiam que ele tomasse as suas notas mesmo na secretaria. A grande sala de estudos servia para a conversa dos estudantes leitores de jornal. Cordeiro não dispunha de força para lutar e nem para impor opiniões. Era apesar de tudo um tímido, uma consciência que sofria, uma inteligência capaz de muita coisa, desprovida porém de capacidade para a ação. Aquele discurso na sede dos operários na rua do Lima aleijara-o para sempre. Alheou-se de tudo.

Ficou um expulso de sua geração. Um homem inútil para o momento. Operários ludibriados e estudantes venais. Outro teria empenhado a vida para salvar qualquer coisa ainda. Ele compactuava com a miséria, com a sua indiferença. E apesar de tudo era o melhor de todos. O Recife daquele tempo era mesmo uma lástima. Os partidos políticos só faziam corromper. Operário era a mesma coisa que capanga, e estudantes como as raparigas.

Na padaria de seu Alexandre, Simão via as coisas como elas eram de fato. Negaram auxílio ao companheiro doente. Depois o enterro. Clodoaldo com a venda no Largo da Paz. Os homens de seu Alexandre não eram sabidos mais do que os outros. Eram bons somente. Simão, Deodato e aquele negro grosso e estúpido do cilindro tinham conquistado o pãozeiro Ricardo. Florêncio morrera para que eles soubessem que o sacrifício do masseiro fora inútil. Que lucrou Florêncio com a morte? Nem um enterro lhe deram.

O masseiro novo andou falando a Simão e a Deodato para darem uma ajuda num dos sobrados:

— Não vou não. Não é medo não, menino. Você vá, você gosta dessas coisas. Melhor é a gente abaixar o fogo, que pobre só serve para bucha. Eu sei que por aí falam da gente. Deixa falar. Até aquele pãozeiro da Leão do Norte veio me dizer que nós aqui não ia para o sobrado porque a gente era de bagaceira de engenho. De bagaceira eu só conheço aqui o pãozeiro. Quisera ele chegar nos pés desse negrinho. Esse negrinho é uma pérola. Pois quem sustentou o pessoal de Florêncio e deu dinheiro pras passagens? Me mostre de lá quem faz uma coisa destas? Eles só têm língua. Estão muito anchos com a polícia. Deixe estar. Um dia o pau ronca nas costas deles. Você já viu soldado querer coisa com paisano? Está tudo muito bem agora.

De com pouco estão tocando fogo no operário. Operário que se fie nessas marmotas. Bato a minha massa e vou pra casa dormir o meu sono. De azucrim basta este portuga em cima da gente como um chato. Vou lá morrer pra sair nome em jornal! Vai ver a filharada de Dente de Ouro o que está comendo? Ricardo dava muito pelo o que Simão dizia. Deodato falava quase nada. Ouvia o colega descascando a Sociedade sem abrir a boca. Antigamente o forneiro ainda defendia o dr. Pestana. A fé no homem se fora. O masseiro novo, não. Esse era todo do operariado, cego pelas promessas:

— Vocês vão ver no dia com quantos paus se faz uma jangada. Não discuto porque não vale a pena bater a boca em seco, mas o que o doutor Pestana dizia era verdade. Fico triste em trabalhar numa casa onde os operários não se unem com os outros.

Era porque os homens de seu Alexandre não queriam ir às reuniões. Fossem lá para sentir o que era uma força, uma vontade de vencer. Agora, não saíam de casa e queriam botar tacha nos outros.

Ricardo acreditava em Simão. Vira-o no começo defendendo como um adepto fervoroso a Sociedade. Perdera, porém, a confiança. Ninguém botava mais a mão no fogo ali na padaria de seu Alexandre pelo povo que mandava em Recife. Ele mesmo esfriou, convenceu-se da safadeza do presidente no dia em que saiu de casa para falar com Clodoaldo um auxílio para o colega e que o cabra se negou. E depois a história do enterro. Deodato terminou se convencendo também naquele dia quando eles viram o pobre Florêncio na esteira e que souberam da resposta da Sociedade se negando a dar o caixão somente porque o masseiro passara um mês sem pagar a mensalidade. O masseiro novo propriamente não era do círculo deles. Estava ali por estar, sem ligar com os colegas. O homem do cilindro nem se falava. Vivia no xangô, satisfeito, com o pescoço pendendo de bentinhos, muito certo das rezas, das proteções de seu Lucas. Ricardo ele mesmo nunca sentira entusiasmo pelas conversas de Florêncio. Não acreditava no que o amigo acreditava com tanto coração. O moleque da bagaceira não compreendia o que Florêncio procurava com o seu sacrifício. Dias melhores para os seus. Florêncio tinha razão nisto. Sofria tanto, as coisas para ele corriam tão mal que tudo que desejasse para si era justo. Se Ricardo pudesse, os filhos do amigo, a mulher, teriam a vida boa. Mas Ricardo não sentia como devia sentir pelos outros. Não se inflamava de ódio contra os donos, os senhores. A verdade é que seu Alexandre fazia raiva a qualquer um. Mas era seu Alexandre. E ele não conhecia os outros patrões. Se lhe viessem pedir uma ajuda para um colega necessitado, ele dava. Não sabia porém acreditar, não acreditava nos sonhos que ferviam na cabeça de Florêncio. Não acreditava no dr. Pestana. Ele vivia somente. Trabalhando, achava que estava fazendo uma obrigação. Via os outros. Os balaieiros suando e doentes no trabalho, reclamando com palavras feias na boca a vida que levavam. Havia nas palavras dos companheiros ódio aos ricos, aos brancos. Damião, que carregava o balaio dele, quando via um sujeito importante, descansando, tomando a fresca da manhã, dizia sempre uma safadeza qualquer:

— Olha aquele peste como está cheio.

Ou então com as moças bonitas, com as brancas que ele encontrava no portão esperando namorado. O balaieiro não perdoava uma. Ricardo ria-se com as coisas do homem. Eram uns desabafos. Naquelas conversas de Simão com o masseiro novo ele estava sempre com o amigo. Que tinham eles que ver com o dr. Pestana? E ainda mais para que este negócio de pegar em armas, de matar? O negro tinha medo da morte. Espantava-se de ver operários como aquele Filipe Néri que iam para um barulho sem se importar com o que lhes acontecesse. Estes homens valentes pareciam gente com outro sangue, com outra carne do que os outros. Morrer brigando. Passar a faca no outro. Sentir a bala, tudo isto Ricardo olhava com pavor. Podia ser que fosse covardia. Que tivesse o sangue-frio. E Florêncio era como Néri? Não era não. E no entanto não teve medo de morrer, vivia no meio do perigo, inocente, sem cuidado de espécie alguma. O masseiro alimentava a ilusão de uma reviravolta na vida. Ele falava no mundo onde os filhos dos pobres não precisassem andar com os urubus no cisqueiro. O moleque do Santa Rosa ganhava 140 mil-réis por mês. Dormia de rede. Sonhava com namoro. Não podia querer morrer por coisa nenhuma.

Todos os sábados, agora, ele ia para a rua do Cisco. A generosidade com a família de Florêncio dera a Ricardo popularidade por ali. Ele ia por causa de Odete. Depois de Guiomar veio Isaura. E agora Odete. Todas bem diferentes uma das outras. Guiomar quase que fora do outro mundo. Só tinha mesmo de gente aquele sorriso. A lembrança dela ficara no coração do moleque como a de uma aparição de sonho. Já Isaura deixara-lhe o corpo marcado de recordações. Aquela sim, que lhe arrancava a alma para pisar. Lambuzou-se com ela de luxúria. Amou a negra com vontade, com toda a tesão. Odete era outra coisa. Era mesmo um amor de donzela. A mãe ficava de espreita, seu Abílio não via nada e a rua do Cisco falava em casamento:

— Quando pede, seu Ricardo? – perguntavam-lhe.

— O Paz e Amor este ano amarrou gente, hein!

Por aquelas terras gostavam dele. Via a cara do povo, os agrados que lhe faziam. Ele também quase que já era da rua do Cisco. Sabia de tudo; dos acontecimentos, das doenças, da infelicidade, dos prazeres da rua. A cigarreira mais velha morrera. A irmã nem saía mais de casa. O homem da venda se fora embora. Um filho dele que viera do Amazonas levou o pai para tomar ares. Agora ali na rua do Cisco quem quisesse comprar farinha e bacalhau, que fosse até a linha do bonde de Olinda. O presidente do Paz e Amor se mudara. Seu Abílio seria eleito. Era ele ali quem tinha mais gosto pelo bloco. Falava-se de tuberculose na casa da negra Fausta, numa filha que desde o Carnaval que se apresentara com tosse, tossindo, até que um dia o sangue golfou pela boca. Mais uma para tossir de madrugada. A cigarreira mais velha deixara substituta. Ali nunca havia vaga para tísico. A tísica não podia desfalcar-se de um elemento. O povo tinha horror à tuberculose, mas quando a bicha chegava dentro de casa, se acamaradavam. Comiam no mesmo prato, bebiam no mesmo caneco.

A mãe de Odete falava sempre da vida:

— Digo a Abílio todo dia para arranjar casa fora daqui, mas o homem gosta é disto mesmo. Então agora com esta história de presidente é que não arreda o pé. Ele só tem de família eu e Odete. Podia se arranjar uma rua mais decente. O senhor não calcula o que a gente passa por aqui. Água pra beber tem-se que ir buscar longe, pra lavar roupa a gente anda pra morrer. Só tem mesmo o peixe e o caranguejo. Estou aqui, seu Ricardo, há bem cinco anos. Quando já vejo caranguejo na mesa, me arrepio toda. E até o peixe tem gosto de lama. Depois o senhor pensa que eu não me preocupo com Odete? Pelo meu gosto, Odete teria se diplomado. Abílio trabalhava e eu até nem fazia questão de ir para alguma cozinha alugada. Viemos parar aqui. Abílio atrasou-se. Fez uma asneira por causa de discussão. E nós tivemos que aguentar o diabo até ele se livrar. Abílio é um homem genioso. Mas que coração ele tem! Não bulindo com ele, é um carneiro. E o bem que ele quer a esta menina. Não lhe toque nela!

Odete chamava Ricardo para passear, dar umas voltas, ver a lua.

— Toma cuidado com Abílio, menina!

A lua vagava pelo céu da rua do Cisco bem de longe do fedor do curtume, espelhando-se no mangue silencioso. Ali não cantavam sapos como nas lagoas do Santa Rosa, a água era imunda e serena. Os namorados na verdade não queriam ver a lua e nem o mangue. Precisavam eles de amor. Queriam lá ver a lua e o mangue? Demoravam-se um pedaço por fora de casa, vagando pelos arredores da rua do Cisco. Depois Odete advertia:

— Vamos voltar, Ricardo, senão o povo fala.

E falava mesmo. Os mexericos na rua do Cisco, as intrigas corriam depressa:

— Se Abílio visse aquilo, o moleque cortava uma volta cruel.

— É por isso que filha minha não namora. Eu deixava filha minha fazer o que Odete está fazendo?

A mãe de Odete não gostava de certas perguntas:

— Quando é o casório, sinhá Ambrósia? O rapaz pede? Não pediu ainda não? Qual, ele pede.

Ricardo compreendeu que o negócio esquentara de fato. E no domingo de manhã foi falar com seu Abílio. Ficou sem jeito na frente do homem. Arrependido de se ter metido naquilo. Enfim animou-se. Queria casar com Odete. Seu Abílio ficou quieto, não demonstrou ter tido surpresa nenhuma:

— Está direito. É do gosto dela. E você tem por onde sustentar casa?

Tinha pouco, mas tinha. Ganhava 140 mil-réis por mês na padaria, com comida. Podia pagar casa. Odete fazia a boia dele e com mais tempo melhorariam a vida. Seu Abílio achou pouco:

— Que diabo é quatro mil-réis por dia? É bom que você espere mais tempo pra o casório. A menina é muito moça e eu não tenho vontade que ela vá embora não. Podem esperar mais um pouco.

O moleque chegou na padaria e contou a Simão. Era noivo. O companheiro lhe deu parabéns:

— Não sei se é vantagem não. Pra muita coisa casamento é bom. Pra outras não. Se não tivesse gente nas costas, eu não aguentava o azucrim deste galego. Todo o dia no pé do ouvido da gente, com "esta massa está dura", "estragaram a farinha". Sei não. Quando se cai doente, mulher serve. É um chá, é uma coisa, é outra. Você é quem sabe. É filha do Abílio? Será um que passou a faca na rua do Lima num dono de carroça? É um cabra alto, cheio de corpo, assim por volta dos 45? Ah!, eu conheço ele.

Deodato conhecia também:

— Por muitas vezes ele veio trazer farinha do reino aqui na Encruzilhada. É até um cabra bom. Aquele, eu posso garantir. Não tem medo de nada. Peitou com ele, ele peita mesmo. É o Abílio carroceiro. Hoje, se não me engano, ele é dos armazéns dos Pessoas. Você foi se meter com filha de brabo.

O moleque aborreceu-se com a notícia. O sogro, homem de brigas. Bem que a mulher falara em prisão. Mas gostava até da prosa dele, com a fala tão mansa, tão sem arrogância. Simão na certa aumentava as coisas. Seu Abílio era capaz de não ser o que diziam. Mas aquilo não era uma vergonha. Era ladrão? Tinha tirado cadeia por safadeza? No fundo o pãozeiro se abalava. Agora seu Abílio era empregado dos Pessoas. Seu Lucas também o conhecia:

— É um cabra muito respeitador, só tem mesmo ser avoado demais. Abílio estando com raiva é um perigo. Eu conheci até o pai dele, que foi boleeiro dum ricaço do Poço da Panela. E se não minto, respondeu júri por morte.

O preto Januário fora muito conhecido. O moleque manso do Santa Rosa estava metido numa fuma de tigres. Passou a noite preocupado com a situação. Não havia mais jeito. Era casar. Era verdade que gostava da negra. Não se casaria à força, mas saberia lá o que fosse mulher para sustentar e mais ainda metido numa família de valentões? O melhor que ele fazia era fugir. Sim, fugir, tomar um trem e ir para um engenho qualquer da Várzea. Fugir dali do Paz e Amor. Bem que Isaura chamara para quebrar juntos na safadeza. Amor com Isaura era que era bom. Quem lhe vinha falar de casamento?

De madrugada Ricardo saiu com os pães com o espírito atravessado. Deu para entristecer, emburrar pelos cantos. Lembrou-se da Mãe Avelina precisando dele. Nada mandaria mais para ela. E se aleijasse como a tia Galdina? Se a Mãe Avelina gemesse, chamasse por um filho e ninguém aparecesse para consolar? Ele não poderia mandar mais coisa nenhuma, casaria, teria filhos, o sogro, a sogra mandariam nele.

Simão um dia chamou-o para saber o que ele tinha:

— É o casamento? Se não quer casar mesmo, dane-se no mundo e não case.

— Não é não, Simão. É, e não é. Estou com receio de casar com a filha de Abílio. Homem assim de pancada pode um dia querer mandar demais na gente.

— Por isto não. Abílio só tem mesmo aquele negócio. É acomodado. Se você está gostando mesmo da moça, case.

Junto de Odete a coisa era outra. Agora, noivos, a liberdade permitia passeios mais demorados. Iam ver o luar por muito tempo. Odete se preparava para receber o noivo. Ricardo botava a roupa branca de alfaiate, tirava o pituim no tanque de seu Alexandre. Vinha faceiro. A negra não fazia por menos. O cabelo se esticava para trás como se fosse quebrar. Cheirava a brilhantina que se vendia na porta, com vestido melhor. O pó de arroz acinzentava-lhe o rosto. E as vizinhas ficavam atirando pilhérias:

— Esperando o coió, hein?

Ela botava um tamborete na porta e ficava cismando. A rua do Cisco se mantinha em reservas naquela hora. As mulheres em casa, os homens no trabalho. Só os meninos, os menores, os que engatinhavam, pequenos, na terra mole, porque os grandes iam desaparecer por longe. Odete cismava. A mãe, dentro de casa, trabalhava em qualquer coisa. Odete só fazia esperar o noivo, pensar em Ricardo. Quando o sol ia-se pondo, a rua mudava de cara. As mulheres começavam a debulhar os comentários. Era sempre da miséria do que mais elas falavam.

— Fulano tossiu a noite toda. Uma filha pequena não parava de obrar verde. O irmão da cigarreira lançara sangue. A irmã do cego, a mais velha, se amigou com um vendedor de bicho.

E até desconfiavam do cego com a irmã mais moça:

— Aquele cabra não me engana não. Não vê como ele fica na rede deitado com a menina? Quem sabe lá o que ele está fazendo?

Havia uma velha temida por todas da rua. Sinhá Nanoca. Infeliz de quem caísse na mania dela. Era sistemática na destruição. Desfiava um por um. Uma semana tirava para saber coisas da casa da vizinha tal. Sabia de tudo, de comida, das brigas, das doenças.

Odete sentada no seu tamborete nem ouvia as mulheres conversando. O mocambo de Abílio era dos melhores, um dos únicos que tinha ladrilho. Dava-se por ali a ares de palacete. Sinhá Ambrósia impunha mesmo um certo respeito. Ela e a filha não davam muita confiança à ralé da rua do Cisco. Por isso gemia na língua das outras. Para todos ela vivia apanhando do marido, e a filha namorando com Deus e o mundo. Odete nas tardes de sábado subia mais ainda de importância. O sonho dela era com o marido que lhe levasse dali para onde ela pudesse acordar sem o cheiro do mangue, passar o dia sem ver urubu e lama. Quando o moleque Ricardo chegava em visita nas tardes de sábado e nas manhãs de domingo, Odete respirava mais largo. Inchava de amor. E o mangue era logo um lago azul. E do curtume vinha-lhe um cheiro gostoso de jardim. A negra amava. E era tudo.

22

Seu Abílio contou a história dele a Ricardo. O pai tinha sido boleeiro dum rico do Poço da Panela. Lembrava-se bem, moravam no fundo do casarão. Pegado com a estrebaria era o quarto onde viviam. O negro Januário tratava dos cavalos, do carro, do jardim, levava menino para escola e quando vinha visita na casa, ele, de casimira preta, servia a mesa. Era escravo de estimação:

— Meu pai – dizia seu Abílio, com certo orgulho — era negro de confiança. Ainda me lembro da senhora da casa chamando ele pra pedir opinião. Nasci e me criei no Poço. O Poço da Panela daquele tempo fazia gosto. Os homens grandes deram o fora de lá. Me criei solto por aquelas bandas. Em tempo de festa o povo do Recife acudia por lá. Meu pai Januário fazia figura na boleia do carro. Só sei dizer que a senhora só confiava nele pra levar o menino pra cidade. Me ensinaram a ler, me agradavam muito. Quando meu pai se livrou, fizeram tudo pra ele ficar. Não quis não. E veio morar no Recife, se empregando na casa do Agra. Fui ficando também junto dele. Tratava dos cavalos com ele. Um dia levou um coice na barriga e foi a conta. Nunca mais teve saúde. Se queixava, se queixava e morreu daquilo. Fiquei no mundo com minha mãe. Ela lavava roupa, engomava e me botou pra vender tabuleiro duma velha nossa vizinha. Nós morava no Pombal. Levei muito beliscão de mãe por causa do tabuleiro. Os meninos do ginásio me enganavam. Só sei que uma vez peguei uma briga na estação da rua da Aurora com um moleque que me mexeu nos bolos. Rolou tudo no chão. Tirei sangue dos dentes do safado. Não quis voltar pra casa naquele dia com medo da surra. E fiquei pelo Recife, dormindo nas pontes, até que me empreguei numa casa de pasto no mercado de São José. Aí passei mais de um ano. Corri seca e meca. Já tinha os meus dezesseis anos, quando me alistei para Canudos. Nem cheguei a ir para o interior. Fiquei de praça mais dois anos, servindo na Paraíba e no Rio Grande do Norte. Me deram baixa com quatorze mil-réis no bolso. Logo depois me casei no Recife. E para lhe ser franco, até hoje não me arrependo. Ambrósia me aguentou. Entrei no ofício de carroceiro. Primeiro trabalhava para um pardo que morreu rico ali na Mangabeira. Ele tinha muita carroça. Depois me chamaram para o serviço de capim da Companhia dos Bondes. Trabalhei mais de dez anos. Lá um dia um galego muito do atrevido me deu uns gritos. Eu até tinha razão. Estava descarregando a carroça e ele veio com história pra meu lado. O diabo pensou que calma era medo e se botou pra onde eu estava. Tive até muita paciência: "O que é que o senhor quer, seu Manuel?" E o homem gritando e me chamando de ladrão. O meu sangue foi se esquentando, se esquentando, que quando vi, passei o cabo do relho na cabeça. O galego caiu roncando nos meus pés. Fui pra cadeia. Gramei três meses. Odete neste tempo era uma coisinha. Achei logo lugar pra trabalhar quando saí absolvido. Fui para os armazéns do seu Loureiro. Lá demorei um pedaço e só saí para não fazer uma desgraça com o filho do homem, que era um brabo. Ambrósia andava com vontade de botar Odete pra estudar. A gente estava até se aprumando, quando sucedeu o meu caso com um dono de carroça na rua do Lima. A minha sorte nisto foi que muita gente viu a coisa como foi. O bonde tinha pegado a minha carroça. A culpa foi toda do motorneiro. Mas seu Gerôncio, o meu patrão, quando chegou que viu o burro esticado no chão com a perna quebrada, veio gritar para mim. Disse a ele a coisa como aconteceu. Não quis ouvir nada. Me chamou de relaxado.

— Seu Gerôncio, não tive culpa nenhuma.
— Não teve culpa o quê? O que você é, é um atrevido.

E começou a gritar. Juntou gente e o homem descompondo. Eu estava ajeitando a carroça. E ele me mandou embora:

— Deixe isto aí e suma-se da minha vista.

Aí eu respondi:

— Não sou cachorro para se dar com os pés.

E o homem medonho:

— Não é cachorro? Pois eu mostro.

E se dirigiu pra meu lado. Vinha danado. Passou-me as mãos nas ventas, que o sangue correu. Enterrei-lhe a peixeira até o cabo. Também não arredei o pé. Me pegaram ali onde estava. Estive preso e vim pra rua. Mas levou dois anos. Quando saí, Odete estava se pondo moça. Andei marombando por aí afora até que vim trabalhar para os Pessoas. Seu João é homem que sabe tratar com pobre. Para onde ele me mandar, eu vou. Agora estou feito vigia do armazém. Muita vez vou passar a noite na casa dele. O pessoal anda falando de barulho, de encrenca. Está aí. É uma coisa que eu queria ver. Por que eles não vão experimentar? Este doutor Pestana o que é um prosa de marca. Vive aí a dar fogo ao operário. Na hora, operário que morra, que deixe filho chorando. Você não viu aquele amarelo Florêncio como terminou? Só me encosto em homem que eu veja com jeito de gente. Olhe, você vá aos armazéns e fale com os trabalhadores de lá. Se encontrar um só que não diga o que eu digo, pode me chamar de mentiroso. Menino, tome o meu conselho. Só se meta com homem que sustente a razão.

Ricardo compreendeu. Seu Abílio não era mais do que guarda-costas dos patrões. Do engenho ele conheceu de vista Manuel Félix, cabra do dr. Quincas do Engenho Novo. Quando ele passava pela estrada, os meninos olhavam com admiração o homem que fazia os mandados do senhor de engenho:

— Aquele mata um brincando – diziam.

Manuel Félix tinha cavalo de sela, gado no cercado. O dr. Quincas tratava o cabra com regalias. No Santa Rosa não havia gente daquela. O velho José Paulino andava sozinho pelas estradas, não precisando de guarda-costas atrás, seguindo os passos dele. O sogro de Ricardo era como Manuel Félix.

O moleque voltou naquele sábado pensando na coisa. Que vida tinha o seu Abílio! A noite inteira acordado rondando a casa do patrão, fazendo companhia aos cachorros soltos no sítio. Se aparecessem estranhos, os cachorros latiam e seu Abílio engatilhava a arma. Mas era um bom homem. A história que contava se parecia com a de muita gente. Seu

Abílio não aguentava desaforo. Se todos fizessem como ele, muitos patrões teriam morrido. Ali mesmo na padaria, seu Alexandre já teria levado o diabo. Só mesmo aqueles homens para sofrer as descomposturas do galego. Simão, Deodato e os outros nem ouviam mais de tanto ouvir. E o pobre de Francisco era de sem-vergonha para baixo. Bom era ser mesmo como o pai de Odete. Fazer tudo direito, e quando o sujeito chegasse com absurdo, absurdo com ele. Agora ir ser capanga era outro negócio. Seu Abílio ganhava para matar, se preciso fosse. Isto não ia com Ricardo. Por que o sogro não ficara na carroça levando para casa o ganho honrado? Fosse carroceiro. Se comparava nunca com aquela outra profissão, aquele sistema de vida? Teve pena de sinhá Ambrósia. Um dia o marido encontrava a morte sem esperar. Um cabra do outro lado se encontrava com o seu Abílio. Vinha desaforo. E faca pra lá e faca pra cá. E o homem ia dar com os costados em Santo Amaro. E o que deixava para a mulher? Mulher de guarda-costas não tinha valia. O que se levava em conta era a coragem do marido. Era preciso mesmo que ele se casasse com Odete. Que culpa tinha ela da coragem do pai? Seu Abílio no fundo era bom. Dera para capanga. O dr. Pestana também queria que todos os operários fizessem o mesmo. Clodoaldo mandava recados para eles irem dormir no sobrado de armas na mão. Dar guarda, ficar como seu Abílio esperando quem aparecesse. Devia haver diferença. Florêncio não era homem para mentir. Os operários faziam tudo pensando na melhora deles. Os chefes prometiam:

— Vocês estão lutando para vocês mesmos.

E era mesmo? Por que Simão dera o fora? E Deodato? Por que eles abandonaram Florêncio na miséria, lhe negaram o caixão? Esse Pestana e os outros só queriam homens para encher sobrado. Ricardo não seria de nenhum. Ouvia silencioso as conversas do masseiro novo:

— Vocês não ajudam o doutor Pestana a levantar o operariado. Na Rússia foi assim. Ninguém queria saber de Lenine. E hoje quem manda na Rússia é ele. E sendo ele, é mesmo que ser operário.

O moleque lembrava-se do engenho mesmo nos seus aperreios. Quando falavam da Rússia, vinha-lhe na cabeça os "marujos" do engenho. Mané de Ursa, mestre da Nau Catarineta, gritava de espada na mão para o estrangeiro:

— Que soides tu?

— Sou dom João de Alencar, comendador da Rússia, governador de Portugal.

E o mestre d'Ursa, imponente:

— Os teus trajes são da Turquia e não do que me dizes.

Era naquela Rússia onde o masseiro dizia que mandava o povo pobre?

— Vocês não querem ajudar o doutor Pestana. Amanhã se arrepende muita gente.

Seu Antônio não falava de Rússia. Com a cabeça baixa o mestre padeiro chamava o pessoal para o serviço. Conversa fiada não temperava o pão de manhã. Ricardo se lembrava de seu Abílio. O sogro não lhe vinha falar de operário ganhando mais. Não. Era só:

— Seu João disse isto, disse aquilo.

A verdade era que as coisas andavam pegando fogo. Soldados do Exército fazendo arruaças no Pátio do Carmo. Soldado de polícia não podia passar pela fundição de Santo Amaro. Se passasse, era pela última vez. A cidade inteira assombrada, com o comércio de portas fechadas, sem garantias. Esperava-se somente a hora de romper a guerra.

O dr. Pestana lançava as proclamações, os últimos incentivos aos seus homens. Morressem todos eles, que ficando o chefe com a deputação estaria tudo muito bem. Viera um cabra ameaçar o povo da padaria. Se não fosse pelo menos um ou dois para a Sociedade, eles saberiam o que era pau. Simão, Deodato, o negro do cilindro sairiam arrastados. Mas o recado de Clodoaldo deixou o pessoal apreensivo.

— O que é que a gente deve fazer? — dizia Simão. — Isto é uma desgraça, obrigar os outros a brigar sem vontade. Já se viu disto?

O masseiro novo foi e levou o caixeiro. Severino só vivia falando de ir para o sobrado. Queria brincar de valente, pensando que aquilo fosse coisa de Carnaval. A mãe quando soube, bateu na venda chorando:

— O senhor não devia ter consentido. Coitado de meu filho metido com cangaceiro. Meu marido não sabe pra que sobrado ele foi. E mesmo ele não vai buscar ele não. O filho não tem mais valor.

Seu Alexandre meteu o pau no povo da padaria:

— É o exemplo. A senhora não conhece esta gente. Só vive pensando em arranjar um meio de não trabalhar. Vão lá para os sobrados porque passam os dias de braços cruzados. Daqui saiu um tal de Florêncio que levou o diabo. Mas eles se arrependem. Deixe chegar o tiroteio.

— Ah!, pelo amor de Deus não me fale nisso – respondeu a mulher. — Deus me livre de tiroteio com meu filho lá dentro. Não fale nisto não, seu Alexandre. Pelo amor de Deus, não fale nisto.

Tinha vindo ali somente para ver se na padaria não se sabia para que sobrado fora Severino. Se ela soubesse, iria buscar:

— Este doutor Pestana tem feito a infelicidade de muita família. Quem quer ter o seu filho e o seu marido pra morrer à toa?

A mulher chorava. O português procurou consolá-la, com palavras bestas.

Ricardo ficava pensando no que não sofreria sinhá Ambrósia com o emprego do marido. Ela mesma nunca falava das ocupações do seu Abílio. Parecia que não ficava bem se referir ao futuro genro do gênero de vida do chefe da família. Só fazia dizer:

— Abílio está dormindo fora. O patrão pediu para ele tomar conta dumas coisas.

Na rua do Cisco todo o mundo sabia. Para eles ali era uma alta patente o posto do tesoureiro do Paz e Amor. Aquele povo moído de miséria admirava a coragem. Um homem valente ficava lendário entre eles. Nascimento Grande era apontado como um valor. Um homem extraordinário. Os feitos do grande valentão se repetiam, se gabavam. A família de seu Abílio gozava deste prestígio. A própria língua da velha Nanoca cortava o couro deles com mais brandura. Agora, com os barulhos do Recife, a rua também fazia os seus comentários, elegendo os seus preferidos. Mas ali os acontecimentos desciam para os comparsas. Falava-se mais de Dente de Ouro, de Filipe Néri do que do dr. Pestana e do senador. A bravura do carroceiro saindo do *Diário do Povo* a sacudir dinamite fora assunto de muitas conversas. Eles temiam o encontro de Abílio com Filipe. As velhas falavam dos feitos de João Sabe-Tudo com Nascimento Grande. Naquele tempo sim, que os cabras brigavam mesmo. Diziam que se Abílio pegasse Filipe, todos dois virariam troço. Sinhá Ambrósia é que não gostava de ouvir falar das brabezas do marido:

— Abílio é homem como os outros. O mais é invenção. E cortava as conversas. Queria lá ter marido tranca-ruas? Ela não dormia sossegada. Bem que desejava o seu marido na cama com ela, nos frios da rua do Cisco. Ele chegava sempre às seis horas da manhã para trocar a noite pelo dia. Pedia ela a Deus para lhe dar um jeito naquele viver. E com este tempo de lutas, de tiroteios, é que sinhá Ambrósia se assustava. Por isso nem botava a cabeça de fora para não ouvir as conversas:

— Hoje vão atacar a cavalaria. Na noite de hoje vão tocar fogo nos armazéns dos Pessoas.

Todas estas coisas contrariavam a mãe de Odete. Maldizia-se da sorte. Melhor que tivesse casado com o Pomba Lesa. Pelo menos viveria sossegada:

— Odete, reza para o teu pai deixar este trabalho.

Quando o marido apontava na estrada do mangue, sinhá Ambrósia dava graças a Deus. Ele vinha voltando. Daquela vez ainda escapara.

Seu Abílio entrava de olhos quebrados de sono, trancando-se no quarto até horas altas. Não chamassem por ele. Um dia botariam tocaia para ele pela linha de bonde. Havia tanto operário em Santo Amaro! O marido estava se arriscando demais! E para quê? Para ganhar seis mil-réis por dia. Arriscar a vida para morar numa rua daquela, comer caranguejo de manhã à noite, de inverno a verão, cheirar lama. Felizmente que não tinha filhos pequenos para ver os bichinhos ciscar com os outros no monturo. Mas logo que Odete se casasse, arrastaria o marido dali. Lembrava-se com saudade do tempo em que morou no Arraial. Era bem mais salubre. Havia, é verdade, muita pobreza, que pobreza havia por toda parte, mas não se tinha aquela fedentina. Abílio dera para aquela rua e quando Abílio botava a cabeça para um canto, ninguém fazia nada. Do povo não podia se queixar. Mexerico se encontrava por toda a parte. A língua da velha Nanoca não era somente da rua do Cisco. Só se desgostava do lugar, daquela podridão. O noivado da filha consolava um pouco sinhá Ambrósia. Ela também esperava Ricardo, preparando com gosto o seu doce de coco para ele. Aquele negro era para a velha mais que um marido para a sua filha. Vinha ser uma espécie de libertador. Sinhá Ambrósia, por intermédio dele, deixaria aquelas ruas de maruins e de lama. Podiam todos juntos ir morar na Encruzilhada. O emprego de Ricardo era lá. Precisava que ele estivesse por perto da padaria. Abílio não teria razão de se opor. Ricardo tirava a família daquele buraco fedorento. Filha e mãe sonhavam com Ricardo. Um pãozeiro somente e tanta felicidade dependendo dele.

23

UM DIA DE CHUVA na rua do Cisco era um horror. A lama entrava por dentro de casa. O mangue fedia mais. As casas gotejando pelas folhas de zinco furadas. O inverno ali era duro. Ainda com sol a miséria podia contar a sua história. O céu, à noite, cobria-se todo com as suas estrelas. A lua tinha um mangue para se derramar por cima dele. Uma noite de verão na rua do Cisco não fazia vergonha. As mulheres conversavam mais tempo pelas portas das casas, os meninos brincando o "Coelho sai" até tarde:

— Que lua bonita! – diziam elas olhando a lua com orgulho.

Eles ali também tinham lua. Era mesmo que barriga cheia. Mas quando o inverno batia, enfurnavam-se todos, iam-se valer dos molambos, dos sacos velhos. Chuva e vento frio que chegavam a zunir no zinco enferrujado. Tempo infeliz para mocambo! Os tuberculosos tossiam mais e dava muito anjo. A água amolecia o fio da vida. Às vezes as vertentes das enxurradas se juntavam com as marés altas. E tudo aquilo ficava parecendo um mangue só.

Odete nestas noites desejava mais ainda que o noivo viesse. Naqueles dias fazia medo andar por aquelas bandas, porque as notícias de barulho espalhavam-se por toda a parte. Os bondes de Olinda passavam vazios. Ninguém se arriscava a sair de casa. Praças embaladas pelo centro da cidade. De um sobrado da rua Nova fizeram fogo para a guarda que vinha da cadeia. O tiroteio durou pouco, mas quatro mortos ficaram estendidos na praça Joaquim Nabuco. Na rua Imperial, força do Exército atirara para um automóvel, matando um rapaz que nada tinha a ver com a luta. Ninguém via transeuntes pelas ruas de mais movimento. O dr. Pestana não saía do automóvel, combinando, insuflando os adeptos. Um coronel do Exército fora alvejado pelas suas próprias Forças.

Naquele sábado de tantas preocupações, Odete esperava ansiosa pelo noivo ao mesmo tempo que temia por ele. Melhor que ele ficasse em casa. Que viria fazer por aqueles esquisitos? Ela se sentia por um lado com necessidade do noivo. A mãe se lastimando, cheia de sobressaltos com as lutas que corriam. E a rua do Cisco sem sol, sem céu bonito para se ver. Só água e lama. Tudo isto fazia com que a noiva, apesar de todos os perigos, esperasse Ricardo naquele sábado triste e sujo.

O moleque em tardes assim, quando por lá chegava, molhado e porco como um trabalhador de engenho, sinhá Ambrósia dava-lhe uma roupa de seu Abílio para vestir enquanto a dele ficasse enxuta. Dentro de casa o amor criava o seu ninho. Ricardo e Odete, sozinhos na sala, e a mãe lá por dentro, cuidando dos trabalhos, e os noivos nos beijos. Ninguém via. A velha Nanoca ficava inofensiva com a chuva. Toda a rua do Cisco era cúmplice daqueles dois apaixonados. Isto ia até tarde, quando o pãozeiro aprontava-se outra vez para voltar. E Odete ficava sonhando com o domingo de manhã.

Sempre que vinha uma manhã após uma noite daquela, o sol esquentava a pobre rua do Cisco, engelhada. Os mocambos recebiam a quentura e a luz como visitas reais. Abriam as janelas, botavam os molambos para enxugar. E o céu claro e o mangue espelhando.

Seu Abílio vinha dormir. A casa dele pisava em ovos para não lhe perturbar o sono. Sinhá Ambrósia quebrava as patas dos caranguejos em cima de panos para que o marido não ouvisse as pancadas. E Odete, até Ricardo chegar, não tirava os olhos da estrada. O povo da rua do Cisco naquelas manhãs camaradas de sol aproveitava as horas de generosidade do céu para aquecer os ossos.

No mocambo de seu Abílio a chegada do noivo era tudo. Dia de domingo, Ricardo trazia sempre qualquer cousa de comer. O chefe da família roncava na rede, sinhá Ambrósia se esforçando para um almoço melhor. E o sol entrando de portas adentro, secando a lama das biqueiras. Os urubus também se rejubilavam com o sol. Na chuva os bichos ficavam ainda mais nojentos. Encolhidos para um canto, ou com aquele andar manco de aleijado. Não voavam com o céu escuro, com nuvens se derramando. Nas manhãs gloriosas da rua do Cisco os urubus evoluíam por sobre os seus camaradas de bairro. O cego nos domingos não saía para o serviço, e os homens estiravam o corpo, as mulheres se preparavam para mais um filho. O domingo era para isto.

No último sábado Ricardo não fora. Havia saído para o pão da tarde com chuva. E chovera até que botou para casa. Ainda quis se preparar, tomar o banho no tanque, se enfeitar para a noiva. Chovia tanto. Mas não era pela chuva. As notícias da cidade não animavam a botar os pés fora de casa. Simão viera para o trabalho com a certeza de que o negócio estouraria aquela noite. Conversara com um cabo de polícia que morava perto dele. E o homem lhe contou tudo. Deodato, o negro do cilindro, o mestre, os outros todos ouviram a conversa de Simão, sem susto. Já se tinham acostumado com os boatos. Sabia-se que Filipe Néri andara pelo Fundão conversando com os carroceiros combinando as coisas. O cabra agora crescera, articulava os companheiros. O dr. Pestana o promovera por atos de bravura. A chuva roncava. Seu Alexandre na venda contava o dinheiro do apurado, enrolando os níqueis e as pratas em cartuchos. O dinheiro dos operários sairia dali. A semana de Simão custava 28 mil-réis. A do mestre, setenta mil-réis. Do forneiro, trinta mil-réis e os demais para baixo. Pagamento aos sábados. Juntando as moedas de cruzado e as de dois tostões, seu Alexandre fazia os rolos escrevendo em cima a quantia. Simão teria tanto de dois mil-réis. O mestre, tanto de cinco mil-réis. O português pagava com cara feia. De madrugada, Simão saía pesado com tanto níquel. Aquilo pelo menos lhe dava a ilusão da riqueza. Seu Alexandre falou a Ricardo da revolução:

— Tudo isto só tem um responsável, que é o governo. Onde já se viu governo algum fazer o que este está fazendo com operário? Operário é para estar em seu serviço, somente para isto. Ah!, senhor Ricardo, este país só endireitava com um Sidônio Pais. Que homem enérgico, que administrador de mão-cheia.

E o dinheiro tinindo nos dedos.

— Então, senhor Ricardo, soube que o senhor vai se casar? Faz muito bem. Só fiz alguma coisa na vida por causa da Isabel. Que santa mulher! Que coração de ouro!

Depois queria saber o que o pãozeiro faria após o casamento:

— Olhe, senhor Ricardo, tenho até uma ideia que não é má. Podia o senhor ficar aqui mesmo em casa. No começo com a mulher não fazia diferença. A sua mulher tomava conta da cozinha. Eu botava para fora esta negra, que não me faz nada, e a vida se arranjaria sem mais outras despesas. Não acha, senhor Ricardo?

O moleque respondeu com um "é" desconfiado.

Na padaria gemiam. Podiam gemer à vontade, que o cobre deles estava bem-contado. A chuva não diminuía. Os trens passavam com os vagões fechados, rompendo o aguaceiro. Eram bem 12 horas. E agora só se ouvia a chuva fazendo barulho. Uma ou outra vez fonfonava automóvel rompendo a enxurrada. Sem sono, Ricardo foi bater boca na padaria. A conversa estava bem pegada. Simão e Deodato em polêmica viva:

— Não quero nem pensar nisto, Simão. Você vem com cada uma!

— Vamos lá – respondia o outro. — Estou fazendo de brincadeira.

— A gente está é conversando besteira – dizia Deodato.

— Olha, Ricardo, eu estava perguntando a Deodato o que é que ele queria se o operário tomasse conta.

— Tomasse conta de quê, Simão?

— Do mundo.

Os outros se riam.

— Pois vamos. O que é que você queria, Deodato?

— Homem, eu nem sei. Há tanta coisa boa.

— E você, Ricardo?

O moleque só fez rir.

— Vocês cuidem do serviço, que é melhor.

— Diz lá, Deodato. O que é que tu querias?

— É capaz de Deodato só querer encher a barriga.

— Você é besta, Simão.

— A barriga a gente enche com farinha e água. Nem sei mesmo o que queria.

— Isto é conversa de menino – dizia seu Antônio. — Eu vou lá botar o pensamento em vão.

Aí Deodato perguntou:

— E tu, Simão, o que é que queria?

— Eu só queria uma coisa.

— Qual é?

— Eu queria seu Alexandre para ficar com ele uma semana.

— Pra quê?

— Ora pra quê! Botar o cabresto no bicho e escanchar nele. De esporas nos pés.

Seu Antônio abriu numa risada. Todos se riram. Seu Alexandre de quatro pés com Simão em cima. O masseiro com o patrão no rebenque.

— Só coisa de doido – comentou Deodato. — Eu não queria aquele peste nem pra cavalo.

Seu Antônio intervinha:

— Vocês maltratam demais o Alexandre. Ele não é ruim assim.

— Seu Antônio, o senhor é patrício.

— Não senhores. Não é por ser patrício. Há por aí muito proprietário de padaria em piores condições que o Alexandre. E não são portugueses. O Alexandre o que é um estouvado.

— Qual nada, seu Antônio. O senhor está dizendo isto porque tem vergonha dele – respondia Simão.
— Não é verdade. Tenho patrícios por aí que não valem nada. Gente ruim há por toda a parte.
Seu Alexandre veio chegando para fazer os pagamentos:
— Estou com os ouvidos moucos de ouvir reclamações da freguesia. Todos os dias me chegam com "o pão está mole, o pão está assim", a "bolacha se quebrando". O que há de melhor eu ponho aqui na padaria. Nem podem se queixar do material. O que há é muito relaxamento.
Os homens amassavam farinha. Seu Antônio inchando para um canto. O patrão botou o salário dos homens em cima da mesa e foi-se para a cama esperar a madrugada. Aos sábados dormia mais tarde. Tinha que botar em dia as contas da freguesia, fazer os pagamentos, saber de quanto dispunha para o depósito no Banco Ultramarino. Agora, com esta história de revolução, os lucros não compensavam bastante. Sobrava pão, os pãozeiros se descuidavam. E as desculpas de pagamento eram mais razoáveis. "Tudo parado", "Ninguém faz nada", "Venha para o mês", "O Tesouro só faz pagamento no dia tal". Seu Alexandre maldizia os políticos. A mulata era um gastar sem dó. Casa cheia de moças dos arredores. Para ela era uma honra merecer confiança das famílias do Chapéu de Sol. Quando ia para o cinema do Espinheiro, era sempre com uma ou duas convidadas. O macho que gemesse. Seu Alexandre quis que ela viesse para dentro de casa para ser a senhora onde mourejara a d. Isabel. Ela rejeitou as regalias. No Chapéu de Sol se dava mais e os violões e as visitas lhe regalariam melhor a vida. Quantas vezes o vendeiro não fizera força para deixar o vício? Quantas promessas para se ver livre dela? Mas na hora não havia nada. Seu Alexandre não continha os impulsos e ia

para os seus derrames lambidos. Então a mulata castigava o marchante com agrados, cavilações, ciúmes e fingimentos que amoleciam o pobre como uma pamonha. Com seu Antônio a coisa era diferente. Simão conhecia a amante dele. Uma parda gorda. Mais uma criada que o mestre aproveitava para os seus serviços de cama. Cozinhava, lavava, engomava para o seu homem e ninguém lhe passasse pela porta para lhe fazer gatimanhas. A negra Lucinda passava por muito bem-procedida. Ricardo ouvindo falar dela se lembrava da Mãe Avelina. Tinha aquele corpo, o mesmo instinto de escravidão, a mesma fidelidade. Os homens com quem mãe dele estava, só mesmo se encontravam com ela na cama. Nunca vira homem nenhum conversando com Mãe Avelina. Só iam para lá fazer o serviço e sair. Diziam no engenho que ele era filho de José Ludovina, e o seu irmão Manuel Severino, de João Miguel. Via com naturalidade muita gente grande no quarto da "rua" espichada na cama com a mãe. Se Mãe Avelina pudesse, teria um homem como seu Antônio para trabalhar para ele. Ser criada e uma vez ou outra fazerem os dois o que todo o mundo fazia.

Ser como seu Alexandre era que era uma infelicidade. Sustentar uma mulher para os outros. Por isso Ricardo pensou logo em casar.

Naquele sábado, com a chuva roncando e os padeiros batendo com a língua, ele se considerou como as suas forças lhe permitiam. Para ele casar era bom. Ganhava 140 mil-réis por mês. E tinha junto o seu pedaço de cobre. E sempre seria bom para ele ter uma pessoa que tratasse de suas roupas, que soubesse que ele existia. Que bem lhe quis Isaura? Um bem de puta, de se esfregar no escuro, pelos cantos desertos. Rapariga só queria chupar os homens como os papa-figos. Depois soltavam descarnados pelo mundo afora. D. Isabel fizera tudo pelo marido. Dera o corpo quando era moça para que seu Alexandre se satisfizesse, enchesse o papo com ela. E depois os seus braços apodreceram de tanto lavar garrafas e receber boca de fogo. Que o mundo se acabasse, mas que o seu homem vivesse, juntasse os seus tostões, fosse sempre para a frente. Era uma que quisesse bem assim a ele que o moleque desejava. Não para trabalhar somente. Uma mulher que fosse como um pedaço do corpo dele. Nunca que desejasse que esse pedaço fosse para outro.

Odete servia. Guiomar servia. Isaura só tinha gosto, luxúria para embebedar. Ah!, tinha saudades de Isaura. Saudades e grandes. Quantas vezes não dominava os seus desejos de sair do quarto e ir atrás da moleca, danar-se com ela pelos esquisitos, gozar os beijos, as coisas boas de Isaura? Dominava-se com muito esforço. O negro tinha caráter como o diabo. Seu Lucas conheceu tanto o peso de Ricardo que um dia lhe disse:

— Ricardo, não vejo nenhum rapaz no Recife com a sua têmpera.

Seu Lucas era de Deus e adivinhava os homens.

Desde aquela manhã em que ele falou de Isaura, que o moleque ficou reparando. Ricardo se mordeu, amputou-se todo, mas deixou a cabra gostosa. Aquilo era uma coisa rara. Só mesmo um negro bem forte resistiria daquele jeito. Tudo dizia para seu Lucas levar Ricardo para a Igreja, para lhe ensinar a fazer camaradagem com Deus.

O moleque do Santa Rosa, porém, fugia do feiticeiro. Negro feiticeiro era negro danado. E ele fugia sempre dos agrados de seu Lucas. Não. O que Ricardo queria era viver como os outros, ser manso como nascera. Na padaria diziam sempre:

— Que paciência tem Ricardo! Que calma!

Que queriam que ele fizesse? Fazer zona não era com ele, ficava até encabulado na frente de muita gente. Só mesmo no Paz e Amor vencera a sua covardia. Aquilo fora por força dos excitantes do Carnaval. Uma vez saiu ele com o pãozeiro para fazer uma zona no Recife. Andou pelos cafés com o colega. As mulheres vinham para a mesa pegar pelo queixo, dar beijos nos homens. Aquilo se passara no tempo em que ele soubera da morte de Guiomar. Ele só fora mesmo para ali com o fim de se esquecer, de tirar o seu pensamento da morte da namorada. Finalmente subiu com uma mulher quase branca para um terceiro andar. A escada escura com um bafo de sujo. Desciam homens abraçados com mulheres. Quando chegou no quarto, foi se sentindo mal. Não sabia o que era não. Era uma frieza pelo corpo, o estômago embrulhado. A rapariga mandou tirar a roupa:

— Tira a roupa, meu bem.

Depois veio para ele, vendo se estava com doenças. A mulher com o corpo branco, um branco amarelado, sem sangue. E na hora não teve força. Só ouvia a música do café lá embaixo tocando. E grito de gente. O barulho da rua. A mulher então encrespou-se:

— Sai daqui, broxa! Moleque broxa!

Ele se vestiu sem saber como e a mulher gritando na porta do quarto:

— Moleque broxa! Olha este broxa!

Desceu as escadas numa carreira de doido com o grito nos ouvidos:

— Broxa!

Na rua não viu ninguém. Saiu às tontas para pegar o trem, com uma vontade medonha de chorar. Uma coisa horrível aquilo que se passara com ele. O corpo amarelado da mulher.

Aqueles gritos de uma raiva medonha. Nunca mais que ele subisse com mulher assim.

24

CORREU PELA CIDADE A NOTÍCIA do acordo. Os políticos por intermédio do bispo abandonavam seus candidatos por um terceiro. Os operários do dr. Pestana tinham sido desarmados pelo próprio comandante da região. Severino chegou na venda contando tudo. Fora uma coisa triste. A primeira notícia que apareceu no sobrado ninguém acreditou nela. Não se brigaria mais. Os operários voltariam para os seus trabalhos. Os cangaceiros retornariam às caatingas. Muitos destes já estavam impacientes de tanto esperar o dia. Depois o dr. Pestana veio com um oficial falar com os homens. Fossem para casa. Eles já tinham feito pela causa de Pernambuco tudo. Sem eles os aventureiros teriam se apoderado dos cofres públicos. Era preciso, porém, que todos se recolhessem às suas casas. Mas que deixassem as armas. Houve operário que chorou de raiva. Os mais sinceros reclamaram logo. Não haviam prometido que eles ficariam com as armas? Não. O governo prometia que os interesses dos trabalhadores seriam olhados com cuidado. Armas, não. Tudo isto provocou um pânico nos grupos de operários. Uma decepção no meio das pobres massas iludidas. Os lugares-tenentes dos chefes andaram consolando o povo. Não havia consolo que servisse. O que se espalhava pela cidade era que no conchavo ficara assegurada uma deputação para o dr. Pestana. O Borba fazia toda a questão de que ao aliado fosse dado o prêmio de seu sacrifício. Sem ele Pernambuco teria sofrido na integridade de sua autonomia.

Na faculdade os exaltados murcharam para um canto. Antônio Campos, os cabeças dos comitês não apareciam por lá. Mário Santos aproveitara o fracasso para castigar. E não escondia a verdade dura:

— Vocês estão sem correspondentes, hein? Papai não manda mais um níquel. A mesada de Fonseca foi um dia. Cadê Borba? Cadê os Pessoas?

Os estudantes riam-se da safadeza. Estudante era isto mesmo.

Os operários, porém, não dispunham da mesma sem-vergonhice para se satisfazerem.

O masseiro novo voltou para a padaria encolhido com a decepção. Os outros tiveram pena de tocar. Mas Simão foi a ele:

— O que era que eu te dizia, Leopoldino?

— É verdade, Simão. Foi o diabo. Você não calcula o choque no pessoal. Afinal de contas o doutor Pestana não disse nada à gente. Para falar com franqueza, eu já estava desconfiado. A gente e cangaceiro era a mesma coisa. Tinha um lá de Bom Conselho, um alourado, que se gabava de mais de dez mortes. Dizia ele pra o pessoal que aquilo ali não estava prestando não. Não esticava as pernas. Aquilo lhe parecia uma prisão. Foram chamar a ele para brigar e não via briga. Debochava dos operários dizendo pra gente: "Acredito lá em valentia de amarelo de Goiana!" Quando chegavam os tabuleiros de comida, os cabras avançavam em cima como bicho. Fiquei muita vez sem almoço. Mangavam de Severino todo o tempo, e até quiseram ofender o rapaz, pegando nas partes. Para ser franco, tive vontade de sair. Era que ninguém podia voltar, mesmo querendo. Caiu ali dentro, só saía pra brigar. Um operário de Jaboatão, que estava lá, ficou safado da vida, dizendo que se soubesse que era pra se meter com aquela canalha, não tinha vindo. Bem que os colegas de lá tinham dito. Ele se influíra porque a Sociedade se empenhou, e mesmo bastava o doutor Pestana estar metido na coisa pra não recuar. E agora era aquilo: iguais com os cangaceiros, com bandidos que valiam mais atenção do que ele.

A alegria do povo na rua com a notícia do acordo era visível. O pãozeiro só encontrava gente satisfeita com a paz. Os jornais falavam da confraternização dos pernambucanos. O senador aliava a sua coragem de intrépido à generosidade de coração:

— Que homem bom! – diziam. — Para não ver sangue derramado, entregou a vitória.

D. Laura ganhara a partida. Pestana subiria para a cadeira de deputado. E brilharia no Rio. Os discursos do marido seriam citados. Ela mesma iria ouvi-lo falar. D. Laura sonhava com o Rio:

— Ali, sim, que o Pestana encontraria oportunidade de mostrar o seu valor.

Na noite da paz assinada o sono do casal devia ter sido leve. O marido livre dos perigos da campanha, a mulher com a cadeira de deputado assegurada. Os operários voltariam para o trabalho. Sim, era preciso não esquecer os operários. Uma legislatura durava três anos. Eles agradariam os trouxas. Pestana sabia fazer estas coisas com arte. Na primeira greve conduziria os trabalhadores, faria *meetings*, e o prestígio era o mesmo. Enganar operário era fácil. Eles teriam as massas como um urso na corda.

Zé Cordeiro, que adoecera com certa gravidade, soubera das notícias através de Carlos de Melo e de uns dois operários que lhe frequentavam a casa pobre. O estudante adoecera repentinamente. O médico que o visitara aconselhou clima para os pulmões.

— Afinal de contas – dizia ele a Carlos de Melo —, ainda se evitou a chacina inútil. Pestana será deputado com número de mortos reduzido. É pena que não se ache um homem capaz de conduzir este operariado. Uma energia que pudesse movimentar as massas, porque eles são capazes de muita coisa. Veja o que fizeram no *Diário do Povo*. A coragem que revelaram à toa para servirem a interesses safados.

Mas Cordeiro falava como um homem que tivesse léguas para andar e lhe houvessem cortado as pernas. Ele era só um intelectual, um homem sem a flama condutora. Sabia como se devia fazer mas não sabia fazer. Ele criticava tudo com penetração, via erros, decepções, e não tinha força para construir. Peça por peça ele sabia desmontar um relógio, mas quando chegava para recompor, tudo falhava. Carlos de Melo e ele se pareciam muito, embora este fosse de um outro extremo. Ambos eram fracos para a vida e por isto tanto se davam, embora vivessem nas divergências mais fundas. Mário Santos, não. Este era da vida mesmo, deixando que a vida o levasse nos seus solavancos. Também para Mário Santos não chegara ainda a hora de ver com exatidão. Como Cordeiro, não acreditava na revolução, com Carlos de Melo se ria com os pruridos de aristocracia rural no amigo. A sua única superioridade era que não fingia. Não estudava para ser o que era. Os dois amigos, por mais sinceros que fossem, saíam mais dos livros.

Com Cordeiro em cima da cama, eles iam mais vezes visitar o maximalista. E conversavam até tarde. Às vezes só Mário Santos falava, contava histórias dos colegas empenhados na salvação de Pernambuco:

— Bandeira está de dentes novos. Pelo menos, dizia ele, o Borba fizera o milagre de uma terceira dentição para o Bandeira. Com que avidez o pobre não come os seus bifes? E o

Maia? O Maia comprou um baú novo para guardar os ternos e as camisas que o comitê arranjara. Um rio-grandense-do-norte se encheu tanto, que mandou um enxoval para a irmã noiva. Seu Cordeiro, foi dinheiro a rodo. E veja você, tudo isto à toa. O que valia Bandeira, Maia, essa gente toda na campanha? Todos eram ótimos na crítica, na oportunidade que sempre achavam de levar o adversário ao ridículo. Cordeiro achava que o dr. Pestana era um aventureiro, um vigarista solerte. Encontrava as fontes perniciosas do demagogo, mas quando chegava o momento de elaborar, o anti-Pestana fracassava. Tentara reagir, fora mesmo aos centros falar testa a testa com os operários. Fracassou e não quis ir mais adiante. Não valia a pena, aquela gente custaria um século para se perceber das verdades e dos seus direitos.

Na rua do Cisco o acordo foi encarado de uma maneira diferente. Havia os que tinham parentes envolvidos e que davam graças a Deus, e os que lamentavam o desfecho. Eles ali torciam pela briga feia. Que diabo pararem com a coisa! Brigassem, se despedaçassem, que eles estando fora era o que servia. Os boatos divertiam a rua do Cisco. Ataque da cavalaria, assaltos nos armazéns dos Pessoas, soldados mortos, cangaceiros chegando, tudo isto entrava na vida diária do povo. Era um jornal indispensável. E vinha aquele acordo e acabara tudo.

Sinhá Ambrósia deu graças a Deus. Mesmo sem o marido na cama, que sono dormiu ela! Um sono de quem se libertara dum compromisso pesado. Não se falava mais de ataques, de mortos, de tiroteio:

— Felizmente que Abílio se viu livre.

De manhã, seu Abílio chegou de cara fechada. A mulher tomou aquilo como cansaço da noite em claro. Ele acordou para o almoço, sério. Havia qualquer transtorno no seu Abílio.

Seu João o tinha chamado para lhe dizer que precisava dele no Rio. Dissera ao patrão da família que ele sustentava. Mas o patrão queria mesmo que ele levasse o pessoal todo. Era para servir de empregado do irmão dele no Rio. Iria para tomar conta duma chácara. O que ele fazia para seu João no Recife, faria para o irmão em outras terras. Os mesmos serviços. Ficara, porém, de dar a resposta depois. Mas o patrão contasse com ele para o que quisesse.

— E tu não aceitaste, Abílio? Ainda ficar pensando numa coisa destas? – lhe dizia a mulher. — Odete, menina, anda a ver o que teu pai está contando.

As duas mulheres ficaram saltando num pé só de tanta alegria. Seu Abílio não via razão para aquilo:

— Me criei por aqui – dizia ele —, para que sair? Fui por aí afora como soldado, mas só tinha o pensamento no Recife. Nem sei se vá.

— Que besteira de Abílio!

— Papai não quer ir? Ninguém enjeitaria isso não, papai.

Odete irradiava um contentamento de besta. Saiu logo para contar ao vizinho do mocambo. As mulheres se espantaram da sorte. Sair dali para um lugar maior. À tarde, na rua do Cisco, só se comentava a viagem. Sinhá Ambrósia cercada de diversas mulheres:

— Você sabe – dizia uma —, um pobre no Rio vive mesmo. Lá não existe esta desgraça da gente. Uma cozinheira ganha cem mil-réis por mês. Lavagem de roupa se paga caro.

— Qual nada – dizia outra —, pobre é pobre até no céu. Olhe, lhe agaranto que se passa mais fome do que aqui. Ali nos Coelhos mora uma mulher que foi pra lá com o marido que era marceneiro. Pergunte a ela o que aguentou? O marido morreu, ficou ela com os filhos comendo o diabo. E só veio pra cá porque o governo deu passagem de graça pra flagelado que estava voltando de São Paulo. Pra Ambrósia é bom. Ela vai pra casa de rico. Odete nem olhava o mangue naquela tarde maravilhosa. O sol se pondo se desmanchava em raios pelas nuvens grossas, tingindo tudo, céu e lama. O que ela queria era sair da rua do Cisco, do chiqueiro. Ricardo ia operar este milagre. Agora a negra nem pensava mais no noivo. Bem que gostava dele, amava mesmo. Mas o pai trouxera aquela notícia. Sair da rua do Cisco para o Rio de Janeiro. O vento que vinha do mar dobrava as folhas dos coqueiros. Os urubus já se iam agasalhando pelos seus arranha-céus. Sujavam de preto o verde das folhas. E a noite vinha chegando para a rua do Cisco. Bom que a lua pudesse aparecer, que o céu continuasse bem limpo para que a lua pudesse passear, dar de pernas por cima dos mocambeiros.

    Sinhá Ambrósia acendeu o candeeiro da sala para que seu Abílio comesse o seu pão com café. Era hora dele ir para o serviço. Os cachorros também com pouco mais se soltariam pelos sítios, latindo, uivando pelos seus donos.

    O guarda-costas saiu pensando até a espera do bonde. Podia ser que ninguém acreditasse, mas tinha amor àquela rua. Era talvez mais pelo Paz e Amor. E logo agora que ele era presidente. E quem ele conhecia no Rio de Janeiro? Ali não. As pessoas passavam por ele sabendo quem ele era. Conhecia os condutores dos bondes, era respeitado no meio deles. Tinham até consideração. Os moleques mais novos não lhe chegavam perto com graças. No armazém, quando trabalhava de dia, carroceiros e ganhadores viviam com ele, com respeito. Podia até ter saído da rua do Cisco. A velha não gostava, a filha se aborrecia tanto. Seu Abílio pegara amor àquela desgraça. O Paz e Amor. Onde poderia ele arranjar outro bloco? E chegara a presidente.

E o casamento da filha? O moleque parecia bom de verdade, trabalhador, quieto, sem enxerimento com as raparigas. Capaz de Odete com o assanhamento do Rio nem querer mais o moleque. Seu Abílio conjeturava assim até o armazém. Ainda trabalhavam, quando chegou seu João e outros empregados. Foi para seu canto o guarda-costas. Botou a arma no quarto e saiu para a rua. O Capibaribe passeava sereno. As luzes se refletiam nele boiando nas águas. Esteve no cais um pouco de tempo, sem olhar para o rio, para coisa alguma. Seu Abílio só olhava para dentro de si mesmo. Sair do Recife com mulher e filha. E se o homem não fosse do seu gosto? E se um dia viesse a se aborrecer do patrão? Bem que podia acontecer uma coisa destas. Então ele se via só no Rio, sem conhecer ninguém, sem ninguém se aperceber da sua desgraça. Este irmão do patrão queria ele para capanga também. Ficava por lá com esta capa de tomar conta da chácara. No certo era para cão de fila que seu João desejava que ele aceitasse o convite. Por outro lado, o pai de Odete se lembrava do Paz e Amor. Quem ficaria na presidência? Não encontrava um capaz. O vice-dito só figurava na diretoria em figura. Não dispunha de força. O secretário, outro banana. O Paz e Amor se afundaria. Pensou nos seus cinco anos da rua do Cisco. Se passara tanta coisa naqueles cinco anos! Viu de lá sair morta muita gente grande, muito anjo, muito menino. Mas ali na rua do Cisco voltara em seu Abílio a alegria da mocidade. O Paz e Amor ressuscitara os seus entusiasmos de outrora. Coitada de Ambrósia, ficava velha, sem dentes! Era mais alva do que ele, muito mais alva, e a boca de fogo encardira o seu rosto, tostara o que nela havia de branco.

  Seu Abílio rondava os armazéns com estes pensamentos. Naquela noite cabia a ele a parte externa. Horas inteiras rondando o cais. Virando pela praça do Espírito Santo, horas inteiras de pé, olhando para quem passava por perto das sedas e das miudezas de seu João. Cachorro bom era aquele seu Abílio. Outro pegaria suas sonecas pelos bancos. Muito guarda-costas se encostava pelos escuros e com os minutos de sono esfriava o ardor dos olhos.

Capaz da menina esquecer o moleque com a animação da viagem do Rio. Odete chegara para a rua do Cisco mocinha, crescera, tomara corpo na beira do mangue. E onde encontrar um Ricardo? Negro como ele, sério, sem as gatimanhas daqueles sebites do Recife, era raro. O vigia andava. Lá pela meia-noite o patrão tomou o automóvel com outros e chamou seu Abílio para falar com ele:

— Esteja de olhos abertos, soube que anda por aí gente do Pestana com ameaças.

— Pode ir descansado, seu João, estou de cautela.

De madrugada Abílio viu aparecer vindo pelo Café Maxime um sujeito de cabeça baixa. Depois outro. E pelo lado da praça escutou conversa de gente. Foi quando ouviu um tiro que estrondou como um trovão. E cabras disparando as armas na carreira. Fez fogo. Romperam por cima dele com umas duzentas braças de distância. Disparou o revólver. A luz da rua apagada. Não se podia ver ninguém. Procurou um lugar mais resguardado para responder ao fogo e sentiu uma pressão na coxa como se alguém estivesse com um laço apertando. Foi andando com a perna sem força. Mais adiante caiu no calçamento.

O dia vinha clareando quando chegaram com o carro da assistência. Falavam alto:

— Somente um morto. Quatro feridos. Ele sozinho derrubara cinco.

25

Ricardo veio a saber dos fatos de manhã por seu Lucas.
— Não soube, menino? Foram ontem atacar os armazéns dos Pessoas com bombas. Tem gente morta e ferida. Um rapaz aqui de casa que foi a Cinco Pontas voltou contando. Um vigia dos homens foi ferido, mas feriu uma porção. Será Abílio? Com Abílio eles encontravam.

O moleque deixou o muro do jardim de seu Lucas preocupado. Se tivesse sido com o sogro, sinhá Ambrósia mandava um portador chamar. Não dava tempo para isso não. O negócio tinha sido de madrugada. Daqui que chegasse para a rua do Cisco saber, ia muito. Mais adiante, enquanto entregava os pães, ouviu a conversa de um freguês com outro:

— Foi mesmo. Sacudiram uma dinamite nos armazéns e o vigia rompeu fogo contra os assaltantes. Morreu um cabra. Dizem que é um operário.

— E o vigia ficou ferido?

— Soube que está muito ferido. O Exército é quem está tomando conta dos armazéns dos Pessoas.

— E não fizeram o acordo?

— É. Mas não acredito que isto tenha fim assim não. O governo precisa dar cabo destas Sociedades.

— É mesmo.

— Já se viu operário com estas regalias? É este Pestana.

Ricardo voltou do serviço impaciente. E foi entregando as contas a seu Alexandre, mudando de roupa e saindo. Ia à rua do Cisco saber. No trem só se falava da coisa:

— Dizem que os operários foram se vingar do *Diário do Povo*. Não sabiam era que o vigia era macho. Foi uma bagaceira danada.

— Você sabe quem era o vigia?

— É aquele Abílio, aquele negro carroceiro que matou um sujeito na rua do Lima. — Me lembro. Que negro disposto! Matou um e feriu quatro.

Não havia mais dúvida. Era seu Abílio. Melhor seria ir logo ao hospital saber do sogro. E foi o que ele fez. Não era hora de visita, mas ele disse quem era. A freira pediu para falar pouco. Porque o homem tinha sido operado. Estava passando bem.

Seu Abílio reconheceu logo o futuro genro.

— Já esteve com Ambrósia? Pedi a seu João pra mandar prevenir, e até agora não apareceu. Foi o diabo. Não sei mesmo como não morri. Me atiraram numa distância daqui prali. Foi mesmo que ter morrido. Veja só.

E mostrou a perna.

— Me aleijaram. Me botaram na mesa, que quando dei de mim, foi aqui neste estado. Bem que seu João me preveniu. Aqueles cabras pensaram que eu corria com tiro de bomba.

Ricardo sentiu um choque quando viu seu Abílio sem uma perna. Demorou-se com ele um pedaço e saiu. Nem tinha coragem de ir à rua do Cisco. Que notícia infeliz para a mulher! O marido de perna cortada. E ficou andando pelas ruas. Era mais de meio-dia. Sem ter comido nada o pãozeiro entrou no "Chinês" da rua Águas Verdes. A conversa não era outra:

— Filipe Néri encontrou outro duro. Dizem que foi ele quem dirigiu a coisa. Encontrou foi homem mesmo. E aquele Abílio é até um negro acomodado. Dizem que andam atrás do doutor Pestana. Os Pessoas botaram a coisa pra cima dele.

— Foi nada – dizia um sujeito na cadeira do engraxate.
— Aquilo foi coisa de operário mesmo. Eles quiseram se vingar da morte de Dente de Ouro.

Ricardo viu que o melhor era voltar para casa. Se fosse à rua do Cisco, perderia o pão da tarde. De noite, então, iria consolar a velha.

A padaria gemia. Do pessoal da noite estava Deodato esperando a hora do fogo:

— Você soube do estrago? Lhe garanto, Ricardo, que aquilo foi obra de Filipe. Ele ainda faz uma desgraça por causa de Dente de Ouro. Era unha com carne um com o outro. Ele pensava que homem no mundo só é ele. Abílio velho não quis conversa.

O pãozeiro contou da visita que fizera ao futuro sogro.

— Coitado – disse Deodato. — Era melhor que tivesse morrido. Os Pessoas não deixam ele assim sem nada. Vão dar ajuda qualquer. Você vai ver.

Severino entrou para saber da história. Seu Alexandre deu-lhe uns gritos. Fosse para o balcão. Só estava ali no estabelecimento porque a mãe chorou, pedindo. Leopoldino, o patrão não quis mais.

— Operário brigador não me serve.

Os colegas ainda foram pedir para que o outro ficasse. Seu Alexandre botou o pé atrás:

— Não aceito, não. Só me serve gente certa que não me falta ao serviço por besteira. Não trabalhava de graça. Eu pago a todos muito bem pago. Para que ter um operário com quem não posso contar? Não falta padaria por aí para aceitá-lo.

Leopoldino não se importou muito. O galego teria o seu dia. Simão disse o diabo de seu Alexandre:

— Olhe, eu sou um homem acomodado, não vivo reinando, mas este peste faz a gente ficar ruim.

Seu Alexandre viu Ricardo conversando com Deodato e não disse nada. Ele sabia com quem bulia. Um pãozeiro daquele não se encontrava assim não.

Vinha chegando gente da rua para saber de Ricardo o que havia acontecido. Dizia-se que os homens do dr. Pestana tinham sacudido não sei quantas bombas, que do lado dos Pessoas havia não sei quantos cangaceiros feridos.

À tarde, os jornais traziam o retrato de seu Abílio deitado na cama. Falava-se de intervenção federal. O presidente da República não permitia que se perturbasse daquele jeito a ordem pública.

À noite, Ricardo se botou para a rua do Cisco. Ia com o coração na mão.

Encontrar uma casa com gente chorando. Lembrou-se dos dias em que saía para ver Florêncio. Encontraria sinhá Ambrósia passada. Odete sofrendo. Havia momentos em que ele se arrependia de ter vindo para o Recife. Passava-se por pedaços ruins. No engenho eles sabiam o que ia acontecer. Lá era trabalhar e morrer depois. O cabo da enxada, o eito, o cemitério do Pilar ou de são Miguel. Ali para se chegar à morte havia caminhos e atalhos. Seu Abílio podia ter sido um feitor de primeira. Criar filharada, descontar os gritos do coronel nas costas dos cabras. Ir vivendo como os outros. Manuel Félix, capanga do dr. Quincas, tinha gado no curral. O que tinha seu Abílio? Nem uma casa para morar. E Deodato ainda lhe vinha falar em ajuda do patrão.

Sinhá Ambrósia recebeu o genro no choro alto. Odete chorando também. A casa cheia. Mulheres e homens falando do caso:

— Só parece coisa mesmo do diabo. Ontem tanta alegria, hoje isto.

Aí era que sinhá Ambrósia soluçava.

— Acaba com isto, mulher. O homem escapou com vida. Você ainda deve dar graças a Deus.

— Seu Ricardo também ia para o Rio? – perguntou a velha Nanoca.

— Que Rio?

— Não sabia não? Eu pensei que soubesse. O povo de Abílio ia todo para o Rio.

— Nós ainda não tínhamos falado com ele não, sinhá Nanoca – respondeu sinhá Ambrósia. — Isto foi conversa de ontem.

Então Odete contou ao noivo a história do convite. E saíram para um canto da sala, conversando baixo.

— E você ia?

— Pai e mãe indo...

— Não casava não?

— Você ia também, Ricardo.

— Eu não. Quem foi que disse que eu ia?

Ricardo esfriou o resto da noite. Só não se fora, porque o povo estava com sentimento. Mulher era o diabo. Por uma besteira nem mais queria saber de um compromisso. Até para ele era bom que Odete se fosse mesmo. Ela não se importava com ele. Os pensamentos do moleque eram bem amargos. Só se casava para sair da rua, para se ver livre do pai, que embirrava em morar por ali. Vira ela os 140 mil-réis por mês e aceitou. Não amava não.

A dúvida ainda lhe veio roendo no bonde, no trem. Chegou com ele na padaria. Seu Antônio naquela noite abriu os peitos. As saudades de seu Antônio gemiam alto. O fado cantava a terra, o Portugal, a aldeia, os choupos de seu Antônio. O moleque na rede se aproveitava daquele fanhoso instrumento de cura. E Mãe Avelina veio chegando. As negras, os bois do engenho, os irmãos pequenos, Rafael de olhos grandes. Naquele dia da fugida o negrinho estirava os braços para ele, dizendo:

— Cardo, Cardo.

Rafael já devia estar grande. Ele se esquecera de todos. Como era infeliz o pãozeiro! Sozinho, sem um amigo, sem uma mãe, sem um irmão para desabafar. Odete, Isaura, Guiomar. Todas as mulheres fugiam dele. A mãe de Severino vinha chorar pelo filho, os moleques da rua do Cisco tinham mãe para tomar conta deles. Os negrinhos de Florêncio urravam com o pai no caixão.

Ricardo exagerava as mágoas. Odete lhe dissera coisa nenhuma? O que ela queria era sair da rua do Cisco. Fugir do mangue, pisar em terra que não fosse lama, ver outros pássaros que não fossem urubus. Era mesmo. O moleque compreendeu que estava exagerando as coisas. Aquilo era besteira de negro desconfiado.

No outro dia falaria com ela direito.

26

DE MANHÃ QUANDO ELE passou pelo jardim de seu Lucas, o negro velho parecia que estava de olho esperando, porque quando avistou o pãozeiro foi logo chamando para falar. O jardim tinha agora uma trepadeira roxa que se enroscava pelo gradil. A cássia-régia não perdia a importância com a nobreza da cor com que se enfeitava. Balançava ao solos seus cachos dourados como troféus.

— Menino – disse seu Lucas —, como vai passando Abílio? Faz pena. Me disse o Pai Anselmo que os cabras de Pestana estão com o olho no Abílio. Dizem que derrubam ele na primeira. Você quando casa, menino? É necessário. A família de Abílio com ele aleijado vai precisar. Agora é que você deve mesmo se casar.

Ricardo deu as notícias a seu Lucas e saiu pensando. Que importância tinha para o negro a vida dele? Raro era o dia que seu Lucas não vinha falar, perguntar as coisas, ensinar um remédio, pedir uma notícia. Ficou até com medo. Seria que o feiticeiro tomara ele para protegido? Contavam tanta história de gente perseguida por pai de terreiro! O pai de terreiro via um negro, gostava dele e começava a sedução, até que o pobre não era mais que um escravo para tudo que ele quisesse. Deus o livrasse disto. Uma vez se lembrara de falar de Isaura a seu Lucas. Sofria tanto com a negra negaceando, que fora ao jardim falar com o feiticeiro. Seu Lucas nem deixou que ele abrisse a boca, foi direto no caso, deu conselho, tirou a negra do caminho dele.

Mas ele estava fazendo papel de besta com aqueles medos do jardineiro. O velho gostava dele e só. Perguntava por perguntar.

Na padaria ele fazia todo o serviço, e quando não ia para a casa da noiva, dava os seus passeios. E numa destas vezes encontrou-se com Isaura:

— Ai, Ricardo, ai, Ricardo! Como vai esta importância? Quando tu te casa? Isto sim que é vida.

Falaram um pedaço e saíram andando, andando à toa.

— Para onde tu vai, Ricardo? – lhe perguntou a cabra.

— Pra parte nenhuma. Estou dando uma voltinha para depois ir dormir. Eu até já ia pra casa.

— Vamos andando assim até lá embaixo?
— Pra quê?
— Pra nada. Andando só.

E foi andando com Isaura, à toa, sem saber para onde. A negra puxava ele para os escuros, e a negra junto dele com um cheiro bom.

E quando chegou mais longe, a negra começou a mexer com ele:

— Que é isto?

E se pegaram como nas noites de antigamente. Rolaram no chão como bichos, até que um sujeito gritou de uma casa escondida atrás das árvores:

— Quem está aí?

Ficaram mudos. Ele por cima dela, sem respirar. Depois ouviram o homem fechando a porta. Os cachorros latiam no sítio. A negra encostada no corpo dele queimava como lagarta-de-fogo. Aquela Isaura era uma cobra no amor.

— Amanhã você vem, Ricardo?
— Amanhã não. Quando passar com o pão, eu lhe digo.

E deixou Isaura no portão. Agora ela trabalhava para outra casa que tinha portões para os fundos.

— A gente não precisa sair não. Fica conversando lá atrás.

Desde que seu Abílio tinha ido para o hospital, que Ricardo fazia às vezes de chefe de família. Sinhá Ambrósia chamava o moleque para tudo. O patrão do marido mandara dizer para que fosse uma pessoa de Abílio conversar com ele. Sinhá Ambrósia pediu para Ricardo ir. E ele foi. No armazém mandaram entrar para o escritório do chefe. E esperou muito tempo. Ouviu uma pessoa dizendo:

— É gente da casa do Abílio que quer falar com o senhor.

O moleque entrou na sala onde o homem de cara séria falou com ele:

— É filho de Abílio?

— Não senhor. Vou casar com a filha dele.

— Mandei chamar uma pessoa da família para conversar umas coisas. De quem é a casa onde mora a família de Abílio?

Ricardo não sabia.

— Pois diga à mulher que me mande aqui o proprietário. Quero dar de presente quando Abílio sair do hospital.

O homem tinha os olhos grandes e pretos e uma cara séria.

— O senhor é empregado em algum lugar?

Ricardo lhe disse onde trabalhava.

— Não quer vir trabalhar aqui nos armazéns? Se quiser pode aparecer. O negro Abílio conta com a minha proteção. Pois é isto, traga o nome do proprietário.

E voltando-se para um auxiliar:

— O senhor tem mandado as diárias de Abílio para a mulher?

Quando chegou na rua do Cisco, Ricardo contou tudo.

— Deus me livre de ficar enterrada aqui – disse sinhá Ambrósia.

Odete enjeitou o presente.

— Se ele quiser dar uma casa a papai, compre noutro lugar. Aqui Deus nos livre e guarde. Aqui não fico. Prefiro ir trabalhar em cozinha.

— E precisa estar afobada, menina? Tu não vais te casar? Ricardo, fala com seu João. Por aí afora existe muita casinha barata para se vender. É bom falar com Abílio, senão ele embirra e não sai daqui. Se eu tivesse tempo, eu ia procurar por aí até achar. Lá pras bandas da Encruzilhada deve ter. Mas isto tem tempo.

Odete saía com o noivo para passear pelos arredores. Ganhavam para os lados de terra firme, os dois calados. Cada um com o seu pensamento escondido. O moleque esfriara um bocado os seus ardores com a noiva. A negra era boa, ele conhecia mesmo que era boa. Uma vez ela chegou a falar:

— Você pensa que eu não noto que você não gosta de mim, Ricardo?

— Eu?

— Sim. Eu noto. Disse mesmo à mamãe: Ricardo só casa comigo porque prometeu.

— Isto é brincadeira sua, Odete. Quem me obriga a casar com você? Se quiser, caso amanhã. Só estou esperando que seu Abílio se levante para que se cuide dos papéis. Você está é com leseira. Mas por que você disse isto?

— Por nada. Desconfiei.

O moleque agradava a noiva, fazendo o possível para mostrar que queria mesmo se casar, que ela fizera mau juízo.

— Não faz nem seis meses que a gente se conhece e parece que já faz tanto tempo – dizia ela. — Eu soube uma história de você.

— De mim?

— Foi a velha Nanoca quem contou na casa da vizinha, até já faz muito tempo. Ela falou duma negra da Encruzilhada que foi sua namorada.

— Que tem isso? Já faz tanto tempo.

— Você gostou mais dela do que de mim, eu garanto.

— Vamos para casa que é melhor, Odete.

E a conversa de Odete era só aquilo: "Você não gosta de mim, você não quer casar", e assim sempre. As noites de lua passavam. E Odete perguntando histórias sem pé nem cabeça. Sinhá Ambrósia explicava:

— Esta menina agora deu para azucrim. Tu tem que ver o que Ricardo fazia antes de te conhecer? Isto é o diabo desta velha que anda rondando a casa da gente. Oh!, rua infeliz! Olhe!, amanhã eu vou mesmo aos armazéns falar com o patrão de Abílio. Ele tem que me arranjar um jeito. Eu recebo como uma esmola. Vive agora esta menina a futricar, puxar besteira. Se teu pai estivesse aqui, eu contava isto a ele.

— O que é que eu estou fazendo demais, mãe? Ninguém pode nem brincar.

E sinhá Ambrósia voltava-se para Ricardo:

— Não se importa, não. O que Odete andava atrás era de ir embora para o Rio. O pai veio praqui com aquela história de viagem. E sucedeu o que sucedeu.

E voltava-se furiosa para a filha:

— Tu tens que ficar é aqui mesmo. Te casar e criar os teus filhos. Eu é que sei o que tenho sofrido. Trata de agradar o teu noivo, que é melhor. Vão dar um passeio por aí afora. A lua está que é um brinco.

Sinhá Ambrósia procurava concertar os namoros da filha com o negro.

Saíam os dois. O povo da rua do Cisco espiava também para a lua. Homens e mulheres aproveitando ao menos aqueles derrames de ternura. Conversavam fora das casas sobre a vida dos outros. Odete e Ricardo vinham sempre para o debate:

— Aquela quando se casar vai pronta. Já se viu namoro daquele? Por que o negro não casa logo? Isto tem é coisa. Pobre com esta história de noivado é conversa. O negro está é com sabedoria. Não está vendo a negra como anda calada, nem olha pra ninguém direito. Deixa ele. Abílio vem aí.

— Qual nada! Abílio vale mais nada. Daqui que ele tome pé na vida, com aquela perna torada, vai tempo.

Os homens espichados pelas esteiras, de papo para o ar, só faziam olhar para a lua. Não tinham coragem de falar. As trabalheiras, os sacos de açúcar, os fardos de panos, os caixões de querosene pesavam ainda nos seus lombos. Queriam dormir, sentir a fresca da noite como um bálsamo.

Odete e Ricardo precisavam mesmo tomar o conselho de sinhá Ambrósia mas o moleque era outro, o amor baixara de temperatura, não dava mais força para os beijos. Odete beijava, era mais carinhosa. Sem que ninguém visse, puxava ela o noivo para perto e agradava, acariciava com a ternura de quem tivesse medo de perder qualquer coisa. O negro tinha vergonha daquelas coisas. Odete não era para aquilo. Por que Odete fazia aquelas coisas feias? Aquilo era fogo. Via ele frio, diferente, e se esforçava para lhe despertar bem-querer. A mãe lhe dissera para agradar o noivo. Noivo gostava mesmo de agrados, de menina sabendo esquentar o sangue, despertar coisa boa.

Voltavam para o mocambo calados. Sinhá Ambrósia esperava-os ansiosa:

— Demoraram tanto. Olhe a língua do povo. A negra Nanoca passou por aqui e veio logo perguntando pelos meninos.

— Mãe não mandou a gente passear?

— Não é por causa de mim não, menina. Confio no seu Ricardo. Tu não sabes que esta rua vê coisas que não se passam? Depois, Abílio não está aqui.

— Mãe, a senhora não mandou a gente passear? Pra que vem com isto? Coisa pau.

— Mandei, mas demoraram um tempão. É bem onze horas.

— A gente não sabia. O povo está todo na rua, na conversa.

Ricardo veio para casa pensando. Sinhá Ambrósia mandava gozar a lua. Eles faziam o pedido dela, e quando voltavam vinha com aquela briga. Odete fazendo o que nunca fizera antes. Tudo isto tinha o seu quê. Mas Isaura não saía

O moleque Ricardo • 225

da cabeça dele. Desde aquela noite que a cabra o perseguia. Sonhava com ela, não se continha de noite. Uma força de fora lhe chamava para ela. Então no quarto, procurando pegar no sono, era que vinha a vontade de gozar com a negra. O cheiro bom da negra, aquela quentura, aquela latomia da hora. Agora, quando ele não ia para a casa da noiva, ficava com Isaura nos portões dos fundos. Por ali não passava ninguém. E havia um sítio do outro lado com muro. Tudo ajudava o amor do pãozeiro. Ficava horas seguidas na safadeza. Só tinha Isaura de criada dormindo na casa. Os patrões eram uns ingleses que pouco se importavam com amas e com os amores dos outros. Ricardo é que chegava na padaria arriado de corpo e de preocupações. E Odete? E o casamento? Casar, casaria. Do contrário seria um papel safado. E seu Abílio de perna cortada, aleijado, com a contrariedade de uma filha abandonada? A rua do Cisco lascando Odete. Sinhá Ambrósia sofrendo horrores. Nunca mais que ele fosse à casa de Isaura. Aquela fora a última noite. Era bom mesmo acabar tudo. Viver como um ladrão pelos quintais dos outros, comendo criada como os malandros. No engenho aquilo não queria dizer nada. Mãe Avelina não tivera marido. E lá quem tinha marido não era melhor do que ela. Ninguém se importava que Mãe Avelina não se tivesse casado. Paria como as outras. As casadas não faziam luxo com ela. Sinhá Ambrósia no entanto falava tanto de rapariga, de mulher perdida. No Recife se reparava muito nestas coisas. Só as que tinham dinheiro, como a Josefa de seu Alexandre, viviam com visitas de família dentro de casa. Mãe Avelina se vivesse ali seria uma rameira da estrada de ferro. Negra de todo o mundo. Só se arranjasse um homem, se trabalhasse para um seu Antônio qualquer. O povo do Recife era bem diferente. Prometera casamento e não havia mais jeito. Agora só se casando. Seu Lucas não lhe dissera? Só se casando. E se fugisse? Não havia pensado nisto ainda. Fugir para onde? Por toda a parte era a mesma coisa. Se se engraçasse com uma cabrocha direita, se casaria. Para viver toda a vida andando de Isaura a Isaura, não prestava. Seu Lucas aconselhara. O velho devia saber da vida melhor do que ele. Era bom mesmo que ele se casasse logo. Não gostava muito de Odete como dantes. Gostar, gostava. Faltava era aquele fogo por ela. Este todo agora era pouco para Isaura. A negra tinha um mistério para ele. Seria mesmo que ela tivesse parte com o diabo? Homem conheceu mulher assim, se perdia para sempre. O visgo pegava. E ele que falava tanto de seu Alexandre, vendo com ódio o português deixar d. Isabel, tão boa, pela mulata. E criticava o patrão, o pegadio com a cabra. Homem era mesmo aquela coisa fraca. Odete era tão boa, só tinha mesmo aquela besteira de falar da rua do Cisco. Besteira de moça que queria casar. Ele se casaria com ela, custasse o que custasse. Com pouco seu Abílio deixava o hospital. Um homem daquele, cotó! Para o meio de vida que ele tinha, estava perdido. Quem queria um guarda-costas de muleta, se arrastando! Deixar a filha dele, não era direito. Vontade não lhe faltava. A rua do Cisco mataria de vergonha a moça enjeitada. Imaginava Odete sem botar a cabeça de fora, Sinhá Ambrósia sem coragem de falar com a vizinha, a filha falada, o pobre de seu Abílio para um canto, sem ação, um homem reduzido a um resto. A coragem dele era uma sombra. Um negro bom, sem ofício, incapaz de se fazer respeitar. Caíam em cima da família do aleijado. E só porque ele, Ricardo, negara a sua palavra. Não. Ele não fazia aquilo. Negar não negava que se arrependera do pedido. Mas o casamento estava feito.

Os dias se passavam assim nestas indecisões, nesses balanços de rede.

Seu Abílio já estava em casa. A vizinhança encheu-lhe a casa para ver o ferimento. O pedaço da coxa ainda com a ferida aberta. Estirado na rede, o negro devia sofrer o diabo. A mulher lhe falou no recado do patrão. Ele não disse nada. Os armadores da rede rangiam o dia inteiro. De que iria viver o seu Abílio? O emprego de seu João estava perdido. A presidência do Paz e Amor perdida. E o tempo correndo. Sinhá Ambrósia procurava conversa. Mas o marido cortava. Era só se balançando. O ordenado estava ainda recebendo. Depois veio um recado do armazém. Precisava uma pessoa ir falar com o patrão. Pediram para Ricardo ir até lá. Sinhá Ambrósia deu instruções ao genro.

— Diga a seu João que pelo amor de Deus arranje um casebre para a gente noutra parte. Abílio mesmo não quer ficar mais aqui. Pra sofrer vamos sofrer noutra parte.

O moleque deu o recado ao homem de olhos grandes e cara séria. A casa da rua de seu Abílio não prestava. A família pedia para ele arranjar outra.

— Diga a Abílio que ele procure e mande aqui o proprietário. É mais fácil para vocês fazerem isto. Eu é que não posso. Agora, espere aí.

E gritou lá para dentro:

— Senhor Chaves, mande-me aqui o senhor Lopes!

O homem chegou:

— Mandei lhe chamar para você me arranjar com brevidade uma casa que sirva para um empregado meu que adoeceu. O senhor veja se encontra uma casinha até uns dois contos e me compre.

E voltando-se para Ricardo:

— Diga ao Abílio que o que ele ganhava aqui continua ganhando. Cabra que serve bem não passa necessidade. Quando casa o senhor? É preciso fazer isto logo. E querendo um lugar aqui no armazém, pode vir.

Ricardo saiu para a rua pensando. Todos queriam que ele se casasse. Seu Lucas, o patrão de Abílio, o povo da rua do Cisco. O sogro se reformara com todos os vencimentos. Sinhá Ambrósia se encheu de alegria com as resoluções. Odete não se conteve. Sair dali era tudo para ela. Só seu Abílio não se riu, não mudou de cara. Para um homem daquele, uma perna perdida era mesmo que a vida. Pouco lhe valiam uma casa para morar, os seis mil-réis por dia, desde que ele não podia andar como os outros. Mulher, filha, tudo para ele não valia a perna que os cabras comeram na bala. Uma vez ele disse para Ricardo:

— Não sei de que serve o pegadio que o povo tem pela vida. Se eu tivesse morrido no tiroteio, era melhor pra todo o mundo.

Ricardo lhe falou do convite que seu João lhe fizera para trabalhar nos armazéns. Seu Abílio lhe respondeu:

— Homem, quer que eu lhe diga uma coisa? Não vá não, fique na sua padaria. Isto do sujeito se pegar com uma pessoa como eu me peguei a seu João não serve. Pega-se amizade. Não serve não. Fique com o seu português. Seu João está me dando de comer, me aguentou no hospital, mas a gente fica aborrecido. Não sirvo mais de nada pra ele. Vai é se confiar noutro. Pra que serve mais um cotó? Estou é de esmola. A diferença é que não vivo de porta em porta. Ambrósia vai buscar no armazém. Se tivesse morrido, Ambrósia ganhava a casa, uns cobres mais. E eu não ficava nesta rede como um traste.

Os olhos de seu Abílio mudaram de cor. E ele foi virando a cabeça para o outro lado para que Ricardo não visse a fraqueza dele.

27

Fazia um ano que Ricardo se casara com Odete. Morava a família toda na casa que o patrão dera a Abílio, em troca da perna cortada. O que encontrara ele de bom na vida nova não compensava o que perdera, a boa liberdade dos fundos da venda de seu Alexandre. Abílio se conformara bem depressa com o aleijão, se divertindo com as suas gaiolas de passarinho. Possuía ele um bicudo que era um artista raro. Enchia o pássaro de manhãzinha a casa com os seus gorjeios. O guarda-costas vivia para os pássaros. Todo o mundo de seu Abílio se limitava àquelas gaiolas. Os seus conhecidos vinham discutir valores de canários belgas, galos-de-campina, curiós, xexéus. Tudo esbarrava na grandeza do bicudo de seu Abílio. Um ricaço de Beberibe mandou-lhe oferecer duzentos mil-réis. Aquilo não era para negócio. A desgraça do velho encontrara o seu derivativo. A conversa dele só era uma. Mandavam buscar pássaros cantadores para se deliciarem com os desafios. Às vezes esperavam horas para que os concertistas se dessem ao luxo de cantar. O bicudo vencia a todos. No Fundão a casa de seu Abílio era mais conhecida pelo bicudo. Sinhá Ambrósia não dizia nada, mas aquilo já passava dos limites. Por que diabo o marido não se ocupava de alguma coisa? Quem sabe se o patrão estaria disposto a pagar o ordenado que dava? Amanhã por qualquer coisa estavam com a mão na cabeça. Havia tanto aleijado trabalhando. Por ali mesmo. O agulheiro da estação era como seu Abílio e trabalhava.

— Abílio só quer viver de passarinho, gastando dinheiro com alpiste, frutas.

Mas ela não tinha coragem de dizer estas coisas ao marido. Para que puxar barulho? Odete não se dera bem com o casamento. Era com dores. Com febre, sempre se queixando. Na rua do Cisco nunca sentira nada. A mãe não sabia o que fizesse. Até ao médico que dava consultas na farmácia foi com ela. O remédio que ele deu foi mesmo que nada. Então se lembraram do terreiro de seu Lucas e Ambrósia levou a filha e lá fizeram o serviço. O que ela tinha era morrinha, lhe disse Lucas. E as mulheres e os homens de seu Lucas dançaram e cantaram para Odete. Fecharam-lhe o corpo às investidas do diabo, deram-lhe água para tomar, coisas do céu para curar-lhe os males. Mas nem seu Lucas e nem o médico curaram Odete. Ricardo desesperou. Ela se levantava da cama. Recebia em pé as visitas das febres. Gostava de amar com uma insistência terrível, mas tinha dores nas costas, na batata das pernas. Seu Abílio botou para maleita:

— Isto se cura com jurubeba-branca no vinho.

E a jurubeba entrava e saía, e Odete com febre. Sinhá Ambrósia não tinha mais o que fazer. Recorria aos poderes de Deus. A casa deles, na rua do Cravo, com os pés de fruteira botando no quintal, coberta de telhas, fazia figura de chácara junto da outra da rua do Cisco. Também seu Abílio era o único proprietário da rua dele. Os vizinhos todos pagavam aluguel. E passavam por lá os galegos vendedores de prestação. Na rua do Cisco eles não iam. A miséria era tão grande, que nem dava para os galegos comerem o seu pedaço. Lá só dava mesmo para urubu. Na rua do Cravo do Fundão a vida merecia mais nome de vida do que na outra. O povo pisava em terra firme, dispunha de árvores para as sestas de sol quente. A miséria dali não se comparava à do mangue.

Na noite que dormiram fora da rua do Cisco, sinhá Ambrósia sentiu-se fora dum charco. Acordou mais cedo, abriu as portas, deixou que o vento frio da madrugada entrasse livre de portas adentro com o cheiro gostoso da terra e do mato. Eles tinham árvores no quintal. E eram deles, aquelas duas jaqueiras, a fruta-pão, o cajueiro novo. Ela queria mesmo sentir que a lama da rua do Cisco não fedia mais. Odete acordou alegre:

— Isto sim, mãe, que é lugar para se morar.

Se não fosse a doença da filha, sinhá Ambrósia não invejava a vida de ninguém. A casinha era pobre, mas era dela. Ricardo gostava da parda, da sogra prestativa. Mesmo, quase que tudo para ele era ela que fazia. Odete se encostava. Tudo pedia à mãe, tudo a mãe fazia como obrigação. A doença da filha lhe atormentava. Nem o médico e nem seu Lucas deram jeito. Capaz de perder a filhinha. Aquele pensamento secava sinhá Ambrósia.

À tardinha, quando a febre chegava, a velha sofria mais do que Odete:

— Entra pra dentro, menina, pra dentro, menina! Olha esta fresca do vento. Isto te faz mal.

E botava a filha na cama, dava-lhe chás, fazendo tudo para que quando Ricardo chegasse, encontrasse a mulher melhor. O negro sentia este esforço de sinhá Ambrósia. Falara até com ela para levar Odete à cidade, a um consultório de médico:

— Bom que a senhora levasse Odete pra mostrar a um doutor. Tenho dinheiro pra isto.

Sinhá Ambrósia pegou a palavra e foi com a filha.

O doutor mexeu por todos os cantos e depois disse o que ela tinha. Disse mesmo na frente das duas, porque gente pobre não tinha esta história de encobrir doença:

— A moça está com um dos pulmões bem fraco.

Perguntou onde moravam, aconselhando uma alimentação forte. Muitos ovos e leite. E depois terminou:

— Pode ficar boa. É difícil, mas se tiver cuidado e repouso, viverá muito.

— Ela está tísica, doutor? – perguntou sinhá Ambrósia, de olhos arregalados.

— Não senhora, não está, mas pode ficar. Leve a moça para tomar ares por fora. Vá para o campo.

Saíram as duas do consultório em petição de miséria. A mãe com a dor de uma filha condenada e a filha com aquela insinuação de uma morte próxima. Vieram andando de rua afora. O povo todo passando por elas sem saber que desgraças as duas levavam para casa. Tão alegre a rua, tanta coisa bonita para se ver. Foram andando. Pela rua da Aurora foram descendo. O sol da tarde caía no Capibaribe iluminando as águas escuras. Uns rapazes bonitos, de corpos robustos, remavam de rio acima.

— Viu, mamãe, o que disse o doutor?

— Não disse nada demais.

— Não sou besta não, mamãe. Compreendo as coisas. Elas já estavam na estação esperando o trem, sentadas.

— Tu só precisa de trato. Não ouviste ele dizendo? Só castigo. A gente morava na rua do Cisco e nunca se deu nada. Sai daquele chiqueiro e vem esta doença. Mas tu fica boa, menina. O doutor não disse que tu não tinha nada no peito?

— Sei lá... É bom não falar a Ricardo. Ele pode ficar aperreado. Mamãe, é bom separar os pratos?

— Menina, deixa de agouro. Quem vê esta menina falar, pensa que ela está tísica. Separar o quê, menina? Mesmo que tu estivesse, que Deus te livre, com esta moléstia, não pegava em ninguém. Lá em casa não tem ninguém mais moço do que tu. É bom a gente mudar de conversa.

Em casa Ricardo soube da coisa diferente. Odete ficaria boa.

Seu Abílio só cuidava de pássaros. Sempre com visitas em casa para conversar sobre os bichinhos dele. O bicudo andava calado por causa da muda. Uma casa alegre a de seu Abílio. De dia pendurava as gaiolas pelas jaqueiras, estendia-se na sombra, gozando a música de seus artistas. Fora-se o tempo em que não dormia de noite, fazendo companhia aos cachorros do sítio. Seu Abílio não gostava de falar nos velhos tempos. Fazia pouco mais de um ano que mudara de situação, e lhe parecia um tempo enorme. Não gostava nem que lhe viessem com histórias que lhe fizessem lembrar o passado. O pedaço do corpo que lhe tiraram levara o outro Abílio guarda-costas. O Abílio de hoje era um criador de pássaros. Ele sempre gostara de criar passarinhos. De parar na rua para escutar um canário quebrar um canto. Agora o gosto se requintara aos extremos.

Ricardo levava a vida de todos os dias. Dormir cedo. Acordar mais cedo ainda para pegar em tempo a freguesia de seu Alexandre. Agora só via os amigos da padaria na hora do serviço. E isto poucas vezes. Quando chegava lá de madrugada, eles já tinham deixado o rojão, e de tarde a mesma coisa. Simão se encontrava com ele como um estranho. Um dia Ricardo pediu para o amigo aparecer:

— Vai dar uma prosinha lá em casa, domingo.

O masseiro foi. Ficaram os dois por debaixo da jaqueira conversando, enquanto a família se distraía por outros cantos. Seu Abílio tratando dos passarinhos, sinhá Ambrósia na cozinha, e Odete lesando, despregada da vida. Ricardo se confessou ao outro. A mulher era aquilo que ele via, naquela modorra. Já tinha ido até a médico do Recife.

— Não é novidade, não, Ricardo?

— Menino? É nada. Parece que está com dormência.
— E de que ela se queixa?
— Apresentou-se com umas dores nas costas e uma febre que não se aparta dela. Toda tarde chega. Não falta. Primeiro me aperreei com isto que você não calcula. Estive com fé que ela se levantasse. Sinhá Ambrósia diz sempre que ela está melhorando. Agora ela já come mais.

Simão falou da padaria. Tinha entrado para lá um masseiro novo que era um peste para saber de coisas. Um bicho que já fora embarcadiço e sabia o mundo que voltas dava:

— Só queria que você visse ele falando de direito de operário. Deodato até acredita no que ele diz. O masseiro sabe ler. Lê sempre pra gente umas coisas. Ele é como Florêncio, falando muito do futuro de operário. E você quer que eu lhe diga, Ricardo? Esta história ainda vai pra frente.

— Sei lá, Simão... Não tenho palpite não. Isto vai assim mesmo até o fim do mundo.

— E Leopoldino, onde anda ele agora?

— Não soube? Depois que seu Alexandre botou ele pra fora, andou sem emprego por aí. Ainda vi ele umas duas vezes e até falei com Leopoldino. Me disseram que pegaram ele com roubo na feira do Bacurau. Capaz de ter ido pra Fernando.

— Será possível? Leopoldino feito ladrão? Pois eu lhe digo: não há precisão pra eu fazer isto.

— Deodato diz que menino dele não chora em casa com fome. Nao tendo o que dar, ele vai tirar dos outros.

— Isto é conversa de Deodato, Simão.

— Agora eu também lhe digo, Ricardo, chegando em casa e vendo meu povo de olho duro de fome, eu podendo passar a mão, eu passo.

— Você só tem boca, Simão.

Aí seu Abílio entrou para a conversa:

— Em que é que vocês estão falando?

— Simão está contando a história do colega nosso de padaria que está preso.

— Fez morte?

— Não. Pegaram ele na feira do Bacurau com um roubo.

— Como é que um homem faz uma coisa desta?

Depois que Simão se foi, Ricardo ficou pensando em Leopoldino. Seu Alexandre era o único culpado. Tivesse ficado com o rapaz no trabalho e não teria acontecido aquela desgraça. Roubar para Ricardo era uma cousa monstruosa. Negro ladrão era para ele a pior de todas as afrontas. Mas também nunca passara fome, nunca vira filho chorando, mulher a se lastimar. Para que então dizer que não furtaria? Podia fazer como os outros, e ir para Fernando.

Odete às vezes vinha debaixo da jaqueira juntar-se ao marido. Perdera aquela alegria da rua do Cisco. Só se encontrava a moça de vista baixa, com as mágoas recolhidas. Mulher casada só fazia agrado a marido na cama. Agora nem mais lhe pegava nas mãos, nem lhe passava os dedos pela cabeça. Tão bom que ele se deitasse no colo dela ali na fresca da tarde e que Odete lhe acariciasse o pixaim. Odete, porém, só se movia na cama. Ele ficava com medo da voracidade da mulher. Todo dia com aquela mesma vontade, com um fogo que não apagava. Devia fazer mal. E não criava barriga. Seria doença? Seria que a mulher estivesse querendo acabar daquele jeito? Ouvira falar de mulheres com fome canina para homens. Mulheres de quem não se dava conta, sempre famintas, sempre ardendo. Odete só conversava para se referir à doença, às desesperanças de ficar boa. E quando ela se demorava por fora, sinhá Ambrósia chamava:

— Entra, menina. Não está vendo o tempo com preparações de chuva?

Ou então reclamava o mormaço, o sereno. A vida da rua do Cravo só era boa mesmo para seu Abílio. Este sim, ganhara com a mudança. Os amigos novos vinham discutir cantos de pássaros, valentia, raça e outras coisas da especialidade. Ali só se falava de bicudos, de curiós, de canários. À noite, Ricardo dava umas voltas por perto de casa. Quando voltava, já encontrava a mulher na cama, chamando por ele. Sinhá Ambrósia tirando olho de milho. A mão de pilão batia fofo e o gemido da velha compassava o serviço. Seu Abílio roncava na rede, as gaiolas de pássaros dormiam dentro de casa. Às vezes um se esquecia e cantava na casa silenciosa. Aquele engano entristecia mais a casa. O que, porém, entristecia mais ali na rua do Cravo era a igreja de seu Lucas funcionando. Os catimbozeiros iam até tarde nas latomias. Ricardo se lembrava dos primeiros dias dele na rua do Arame, do xangô que urrava a noite inteira com os seus cantos. Vinha então uma saudade no negro, uma tristeza de quem estivesse prisioneiro e com a vida lá fora chamando por ele. A mulher estendida na cama de vento, os braços dela em cima dele. De vez em quando tossindo, e o povo de seu Lucas falando com Deus, os instrumentos roncando e as vozes das negras chamando pelo céu. O quarto do fundo da venda era melhor. Melhor ouvir seu Antônio nos fados, Leopoldino tirando embolada, os masseiros gemendo e ele na rede se lembrando da Mãe Avelina, de Isaura, de Odete, de Guiomar. Aquilo que ele levava era uma vida infeliz. Seu Abílio não tinha uma perna, e se consolava com os passarinhos. Simão voltava para casa e encontrava os moleques na esteira, a mulher dormindo. De manhã Simão tinha filhos para brincar com eles, a mulher fazendo o almoço. Aquela vida

da rua do Cravo matava o moleque. O amor com a mulher cansava. Cansava mais do que o trabalho nos tempos do balaio na cabeça. Abusava-se das conversas do sogro, da dedicação de sinhá Ambrósia. A vida da casa de seu Alexandre, sim. Casara-se e não havia mais jeito a dar. Então quando chegava a noite e que ele se via só com a ventania soprando os galhos das jaqueiras, com o pilão de sinhá Ambrósia batendo e a mulher chamando para a cama...
Era aí que mais lhe apertava o enfado, o nojo da vida. A casa era boa, de oitão livre, com quintal de arvoredos. A rua quieta não fedia, mas o moleque sofria como se lhe faltasse uma coisa essencial e um mal qualquer lhe estivesse maltratando. Não era luxo não. Era mesmo aborrecimento, vontade de ser o que não podia ser, de se ver livre, de chegar tarde em casa, de se meter com mulheres, de fazer coisas que não fizera em solteiro. O trabalho era mesmo que lhe ser um remédio. Enquanto tocava a corneta e entregava os pães, cobrando as contas, Ricardo se esquecia da rua do Cravo. Tinha pensamentos de doido. E se ele se danasse, fugisse de tudo, fosse para um lugar bem longe, viver como um cachorro, mas viver sem a família? Arrependia-se dessas cogitações. Com a mulher junto dele, pensava na morte dela. Seria ótimo para ele se Odete morresse. Surpreendia-se assim com este desejo facínora. Corria dele. E procurava uma coisa para agradar a Odete, fazendo-lhe uma carícia, para recompensar o mal que lhe desejara. Vinha-lhe pena pela pobre sofrendo, entregando a ele o corpo com tanto ardor, se desmanchando na cama em amor. Por que não seria feliz? O que queria mais, o que lhe faltava?
    O moleque que se criara na senzala fedorenta do Santa Rosa, com a mãe se espojando na cama com os homens, sentia nojo da rua do Cravo.

28

ELE GANHAVA 140 mil-réis por mês, não pagava casa, sinhá Ambrósia cozinhava, Odete não tinha luxo, seu Abílio com seis mil-réis por dia. Viviam à larga. Na casa de seu Abílio não se passava necessidade. Carne fresca todo dia, e até de vez em quando matava-se uma galinha. A rua sabia dessas extravagâncias e comentava. Era uma família feliz. Tudo lá tão bem-casado. Ricardo e Odete tão unidos. Seu Abílio com seus passarinhos, sinhá Ambrósia sempre na sua casa sem se ocupar com ninguém. Pelo contrário. Muitos vinham bater à sua porta, pedindo as coisas:

— Mamãe mandou pedir emprestado um pires de farinha, uma colher de azeite, uma xícara de vinagre.

Ali não se negava. A bondade de sinhá Ambrósia ficou falada. Mulher boa. Por isto era tão feliz com a família. Deus pagava bem a bondade de coração de sinhá Ambrósia. O povo agradecia assim as generosidades da casa próspera. A velha só tinha mesmo a doença da filha. A rua do Cravo gabava a felicidade do povo que viera da rua do Cisco. Até as raparigas recebiam finezas. De ponta a ponta só se escutavam elogios à gente de seu Abílio. E, no entanto, só seu Abílio ali dentro se mostrava feliz para ele mesmo. Tendo os seus pássaros, tudo ele tinha. Odete, doente. A mãe, com a doença da filha lhe roendo, e Ricardo frio, um homem sem gosto pela mulher. Para os de fora tudo corria muito bem. Barriga cheia, cama para dormir, casa para morar. Não precisavam mais de nada para que eles vivessem num céu aberto.

Ricardo fingia para a mulher, sinhá Ambrósia fingia para a filha. Sincero ali só era mesmo seu Abílio com seus passarinhos. As suas visitas se extasiavam com o bicudo, com o canto vigoroso do pássaro e isto era só o que ele queria. Os mais que vivessem por aí afora. Ele não tinha mais seu João para não dormir por ele e nem a vida de ninguém para guardar. Alpiste para os canários, folha de alface, melão-de-são-caetano. Do povo do engenho nunca mais Ricardo soubera de nada. Esquecera-se. O casamento absorvia as ternuras para com o seu povo. Ia ficando ruim, indiferente às saudades de outrora. E no entanto não gostava de ninguém. Mãe Avelina ficara de tão longe, sumira-se das suas recordações. Ele agora era um negro desprovido de coração. E negro sem coração era negro desgraçado. Em casa tinha vontades loucas que reprimia, no trabalho se esforçando para esquecer a vida. Todo o mundo desejando a hora de voltar para a casa e espichar-se na cama, dormir como bicho. Ele somente com nojo de chegar, como se um contágio perigoso estivesse por lá. Aborrecia-se das conversas de seu Abílio. O pilão de sinhá Ambrósia com uma linguagem sinistra, a mulher chamando para dormir, para amar. Que amor nojento! Que asco lhe vinha depois do ato. Lembrava-se da rapariga da rua Estreita, dos minutos terríveis que passara. A carne branca e amarela. Ah!, se ele pudesse fugir. E quem disse que ele não podia fugir? Iria para tão longe, que nunca mais saberiam dele. Para tão longe, para mais longe ainda que aquele São Paulo de Francisco, para uma terra de confins, terras de Espanha, areias de Portugal. Que iria encontrar ele por lá? Odete morreria, sinhá Ambrósia morreria e Abílio cotó, com os pássaros cantando, sozinho dentro de casa. Melhor vida teria bem longe. "Para onde foi o pãozeiro Ricardo?" Seu Alexandre não sabia. A mulher não sabia. E ele vivendo no manso, esquecido de tudo. Não teria mulher para contentar, não teria mais que ouvir sinhá Ambrósia falando de saúde, sofrendo pela filha, morrendo de cozinhar.

O mundo seria outro, o sol outro, as madrugadas gostosas como as do engenho. Fora um besta, um leseira em se casar. Perdera-se. Mas vinha a realidade e Ricardo se envergonhava dos desejos, das suas vontades. Ele mesmo procurava a infelicidade dele. Fosse viver como os outros, gostar da mulher, estimar a sogra, conversar com seu Abílio. Não era tudo tão bom? A rua do Cravo não gostava tanto de todos?

Chegava na padaria às cinco horas. Seu Alexandre fazia a relação dos balaios confabulando com os pãozeiros.

O pãozeiro Ricardo saía subindo pela Encruzilhada afora, encontrando a freguesia nas portas, as negras com cestas nas mãos ou os sacos, que ele enchia com a ração de cada um. As manhãs como as de sempre, de sol ou de chuva. Os jardins floridos, o cheiro das rosas, dos jardins fugindo para a rua, o povo passando com a mesma cara, os trens descendo e subindo.

— Seu Ricardo agora é outro homem – lhe diziam as criadas. — Seu Ricardo ficou sério depois de casado.

Seu Lucas era o mesmo chamando para as conversas, indagava pela mulher.

— Manda ela pra sessão, menino. Lhe garanto que melhora, que levanta a cabeça. Sinhá Ambrósia só foi lá duas vezes.

Ricardo para seu Lucas só servia para dar notícias da mulher. Os amigos da padaria sentiam a mudança dele. Deodato chegou mesmo a falar:

— Que diabo!, o rapaz emburrou com a coisa. Só quem não gostou da fruta.

Simão explicava com a moléstia da mulher. O fato era que Ricardo se fazia mais infeliz do que era na realidade. Não que ele quisesse, mas se deixava levar. A tristeza conduziu o pobre para aquilo. Ele chegou a pensar em feitiço. Quem sabe? Seu Lucas olhava tanto para ele. E deu para fugir do preto velho. Fosse pegar outro. O negro velho, porém, tirava a impressão do moleque com a conversa boa, com a sua voz tão mansa, tão delicada. Por que não procurava uma rapariga, não fazia a zona, não se alegrava com os companheiros? Havia pastoril aos sábados. Não era um moleque moço? A mulher não se importaria que ele andasse por fora. Capaz de fazer ciúmes e a vida ficar pior. O melhor que fazia era nem se importar mais, deixar tudo como estava.

Às tardes saía para distribuir o pão. Via mais gente na rua, as calçadas com cadeira na porta. Meninos brincando, moças se preparando para os namorados, as criadas mais falantes. Isaura não o deixava de mão. Ficou até com vergonha dela depois de casado, perdeu até a freguesia de pão para não estar parando por lá, ouvindo história. Homem casado não tinha que estar se enxerindo para ninguém. Mas Isaura esperava, brincando, soltava pilhérias:

— Olha o casadinho. Me leva de cor-de-rosa?

Intimamente bem que ele gostava de tudo aquilo. A negra ainda dominava os impulsos dele. Odete era bem diferente daquela outra que se satisfazia, que se arriava, que ficava de corpo lasso depois da coisa. Odete nunca chegava ao fim, sempre com fome, insaciável. A moleca Isaura completava-se com ele, uniam-se no amor. Ela e ele eram uma mesma coisa na hora. Bem que desejava uma mulher como Isaura. Odete valia mais do que a outra. Não faria nunca o que Isaura fazia. Esta era de um e de outro. Viver com ela devia ser uma desgraça, um tormento. Ter o destino de seu Alexandre, Deus o livrasse. Um dia Isaura chamou o pãozeiro:

— Vem cá hoje de noite, Ricardo!

— Pra quê?

— Ora pra quê!

Não foi, mas ficou doido para ir. Em casa sinhá Ambrósia na mão de pilão como num castigo. Seu Abílio roncando na rede e a mulher no quarto esperando. Bem que podia ter ido estar com Isaura. Uma vontade danada lhe dominou. A noite lá por fora escurecia tudo. O céu estrelado, a rua do Cravo mergulhada na escuridão, com as casas fechadas para o sono do povo e o vento nos galhos das jaqueiras. Ele ainda chegou na porta da rua olhando a escuridão. Se não tivesse família corria naquele instante atrás de Isaura, indo com ela para um pedaço de escuro qualquer. A mão de pilão batendo fofo e sinhá Ambrósia limpando. A mulher chamou do quarto.

— Ricardo, vem dormir. Estou com frio.

Estava com frio. Ele iria esquentar o frio da mulher. A gente da rua do Cravo só falava na felicidade da família. Estavam ali dentro: seu Abílio, os pássaros, a sogra. Todos gostavam dele e todos pensando que ele gostasse também. Tinha era vontade de que todos morressem. Se ele pudesse fugir para o fim do mundo! Para o fim do mundo fugir uma vez para sempre.

— Ricardo, vem, meu nego.

— Odete está te chamando, Ricardo – dizia sinhá Ambrósia.

— Já vou, estou aqui tomando uma fresca.

Ele ia. Era obrigado a ir. A mulher queria o moleque para a luxúria doentia dela. E sinhá Ambrósia não permitia que ele não atendesse à filha.

— Odete está te chamando.

A vida era esta. Toda noite isto. Se ele se revoltasse, Odete pioraria, a mãe desgraçava. Ele se desculpava de tudo. Como invejava a indiferença do sogro! Aquele pegadio com uma coisa que fazia o sogro esquecer o resto do mundo. Quando o bicudo cantava, seu Abílio entrava no céu, de corpo, todo no céu. Um cotó, um homem doente, um homem aleijado e no entanto mais feliz do que ele, que era moço, que tinha saúde, duas pernas boas para andar. No último Carnaval, nem parecia que estava no Carnaval. A família não saiu de casa. Odete até quis ir olhar a rua Nova.

— Pra quê, menina? Tu podes levar sereno e poeira – gritou sinhá Ambrósia.

A mulher pediu a Ricardo para não sair. Tudo tão diferente do outro ano, do Paz e Amor enchendo a eles todos de uma alegria absoluta. Ficaram em casa nos três dias com a rua do Cravo deserta. Só a família de seu Abílio não teve coragem de sair. Ali estavam todos aleijados. O velho nem falava de Carnaval, nem quis botar a cabeça de fora. O presidente do Paz e Amor se resignava por força das circunstâncias. Abílio cotó podia lá ser presidente de clube. Mas nem parecia que o Paz e Amor existia para ele. Podia sofrer por dentro, mas seu Abílio não se deu por achado. O Carnaval passou e Ricardo não se aproveitou dele. Odete não podia ir. Arrependeu-se. Se fosse agora, iriam ver como o pãozeiro corria para o povo. Não pegariam mais ele para ficar em casa feito um besta com o povo na rua brincando.

Isaura não deixava Ricardo. Pensava nela como num compromisso, numa obrigação a fazer. Mesmo quando estava com a mulher no gozo, se lembrava dela. Via a cara da negra, a cara de Isaura, na cara de Odete. Uma vez em casa falou que tinha uns negócios na padaria e foi rondar pelo portão de Isaura. Passou por lá com um frio pelo corpo. Até pedindo a Deus que ela não estivesse. Porque se pegasse com Isaura outra vez, como poderia ele se separar? Fugiu para casa como se levasse um crime nas costas. Nesta noite teve pena da mulher. Ela estava dormindo quando ele chegou, e acordou-se:

— É você, Ricardo? Demorou tanto. Estou tão abatida hoje.

O moleque sentiu um nó na garganta. Ele é quem estava matando a mulher. Deixava a pobre sozinha na cama e caía no mundo procurando perigo para se meter. E isto foi assim até que uma noite se encontrou com Isaura. Não sabia explicar que medo era aquele que ele sentiu quando foi se chegando para a moleca. Era um frio pelo corpo. Ninguém diria que ele já conhecera Isaura, que andara com ela pelos escuros, ficou um tímido. Nem parecia que Isaura lhe tivesse dado tudo que podia dar. E no entanto saiu com a amante num fervor de namorado de primeira conversa.

Traiu a mulher. O remorso chegou logo, nem deixando que ele abandonasse Isaura. Veio triste para casa. Odete naquela noite tossia tanto, que as lágrimas saltavam dos olhos.

— Estou contando os dias, Ricardo.

O negro viera de outra que lhe enchera o corpo de tanta vida.

De manhã não pensou mais naquilo. Todos os homens enganavam as mulheres, todos os homens faziam o mesmo que ele. Seu Lucas parava o pãozeiro para conversar. Havia tanta doçura na sua voz, que Ricardo desconfiava. E o assunto era sempre a doença de Odete. E sempre chamando para levar a mulher para o terreiro dele. Se seu Lucas soubesse do chamego de Isaura? O negro velho possuía reza forte. Faria mal aos dois. E junto com sinhá Ambrósia podiam fazer coisa-feita contra ele.

29

Isaura não tinha coração. Só tinha mesmo aqueles impulsos de fêmea, os arrancos de mulher para amor passageiro.

O moleque começou a sofrer em casa com o aborrecimento da vida doméstica. E sofrer muito mais ainda com ciúmes de Isaura. Fez até besteira por causa da cabra, que debochava dele brincando com as fraquezas do apaixonado. Sinhá Ambrósia sabia de tudo. Seu Lucas chamou a atenção do pãozeiro.

— Você está matando a pobre. Deixe ao menos que ela morra.

Os colegas da padaria censuraram. Simão chegou a falar:

— Que diabo tem aquela cabra pra você se enrabichar tanto?

Odete cada dia mais se consumia. Agora nem aquele ardor lhe esquentava o resto de vida. Só fazia tossir. Na noite que ela botou sangue, o povo da casa se alarmou. Sinhá Ambrósia se pôs a chorar escondida na cozinha. Estava sem jeito aquilo.

— Viu, mamãe, o que saiu do peito? Foi sangue.

— Nada, aquilo foi da força que tu fizeste.

Ricardo com medo da tísica, a ponto que a pobre notou:

— Você está com nojo de mim, Ricardo? Deixe estar que eu morro logo.

Tudo isto desesperava o moleque. Se ao menos saísse de casa e fosse cair satisfeito nos braços da outra! Mas não era assim. Sofria até mais com Isaura, com as negaças da amante. Namorava com outros. Ia para os escuros com os que lhe apareciam. Bom castigo fora este, pensava ele. Seu Lucas preparava seu feitiço com proveito. Isaura fazia tudo por força de seu Lucas. Sinhá Ambrósia não saía do terreiro do Fundão. Ricardo se sentia um miserável. Odete em cima da cama. Sem força para dar um passo, para ir ver os arvoredos do quintal e sentir que o sol era quente. Seu Abílio nem sabia de nada. Se soubesse da safadeza do genro era capaz de ir a ele. Sim. Deixaria os passarinhos de lado e conversaria com ele de coisas de casa. Tinha uma perna só, mas os braços eram de homem forte, a coragem não se lhe amolecera. Se seu Abílio soubesse que ele matava a filha aos poucos, tomaria uma desforra terrível. Deus o livrasse daquilo. E no dia em que Odete morresse, parece que ele estava vendo e ouvindo sinhá Ambrósia botando todos os podres para fora. Ouvia a velha se desabafando:

— Foi este moleque que matou minha filha. Vivia com a sem-vergonha, não se importava com a mulher.

Aí Ricardo recuava, ficava com medo. Fugir. Se Isaura fosse sua só, se danava com ela pelos cafundós de judas. Aquilo era lá mulher para um homem confiar nela? Só prestava mesmo para horas, para instantes.

Dentro de casa a vida se extinguia cada vez mais. Sinhá Ambrósia prevenida com ele era muda e mouca para o genro a quem tanto amara. Também era só da filha, aos últimos instantes de Odete que se entregava. A mãe não se consolava com aquele desfecho. E seu Lucas e as manobras religiosas do feiticeiro agiam em vão. Sempre que voltava do xangô, sinhá Ambrósia trazia de lá um raio de esperança. As rezas que seu Lucas tirava, o canto pungente de seu Lucas tocariam a Deus na certa. Deus curaria as febres, os escarros sanguíneos de Odete. Ricardo não ia nunca às sessões. A sogra mesmo não queria que ele fosse. Podia atrasar os peditórios com a presença dele. Odete era que nem mais tinha força para andar. Chegava do xangô botando a alma pela boca. O seu marido agora vivia na rua, disfarçando por fora. Ela conversava com a mãe, sentindo o fim de tudo.

— Mamãe está vendo Ricardo como está?

— Nada, menina, ele está dando ajuda na padaria, de noite.

— Eu sei, mamãe, o que ele está fazendo.

Às vezes Ricardo não estava fazendo nada. Tinha era medo de voltar para casa, horror de encontrar a mulher, a sogra e os passos que a morte dava por perto dele. Horrorizava-se do quarto abafado, da tosse insistente de Odete. Ninguém ali se importava com a tuberculose. Comia-se nos mesmos pratos, Odete cuspia pelo chão. Não pegava em ninguém porque a doente era mais moça do que eles. O moleque só chegava mesmo na rua do Cravo quando não podia ficar mais tempo em outra parte.

Ficava muito na padaria ouvindo os homens como nos velhos tempos. E ia até tarde na conversa com os amigos.

O masseiro novo sabia história de todos os lugares. Fora embarcadiço, estivera pelo estrangeiro. Agora era ele o verdadeiro chefe dos colegas.

— Vocês aqui estão atrasados demais. O operário não tem nem força para cuspir. No Rio sim. Há organização. Se o patrão abusa, a gente reage. A classe é unida. Mas aqui! Este galego pode dar na cara de um empregado e fica dado.

Deodato e Simão concordavam.

— O que é que faz a Sociedade de vocês? – perguntava o homem.

Ninguém ali era mais da Sociedade. Contaram-lhe a história de Florêncio. O masseiro achava que eles deviam voltar.

— Bota-se este Clodoaldo pra fora. Ruim era Clodoaldo e não a Sociedade. A gente precisa é se unir. No Rio a Sociedade dos Empregados de Padaria tinha médico e advogado. O sujeito caía doente, podia contar com remédio, tratamento. Se faz uma besteira, o advogado vem logo e solta.

Ele já tinha ido à casa do dr. Pestana e até gostara do homem:

— Dizem que ele enganou o operariado o ano passado.

Simão e Deodato se calaram.

— Me agradei do doutor – continuava o masseiro. — Tão camarada, tão delicado.

Os outros se encolhiam.

— Vamos, pessoal. A conversa está boa, mas a massa está aí – dizia seu Antônio.

O masseiro Sebastião pegava no serviço. Ricardo ainda ficava um pedaço dando tempo para chegar em casa com o povo dormindo. Se morasse ali como nos bons tempos, era só cair na rede e dormir descansado. Agora tinha que andar à procura de uma casa onde tudo lhe aborrecia profundamente. Tosse da mulher, cara feia de sinhá Ambrósia. Só os cantos dos passarinhos de seu Abílio falavam ali ao coração do negro, porque fala de gente só lhe dava contrariedade. Odete se queixando. Sinhá Ambrósia a resmungar e o sogro gabando o bicudo. A conversa de Sebastião da padaria bem que distraía. Ricardo queria um ser humano para repartir com ele a vida. Se Isaura quisesse, tudo estava arranjado. Mas qual. A cabra gostava de homens, de trocar com muitos os seus prazeres.

De madrugada, quando o pãozeiro acordava, deixava a casa da rua do Cravo como se fugisse de um hospital. Ele só queria se ver livre de uma vez de todos da família. Ouvia o bicudo tirando as suas matinas, acordando sem dúvida com o barulho ou com o clarão das telhas. O bicudo cantava dentro de casa. Seu Abílio na rede se mexia despertando com o romper d'alva de seu eleito. O pãozeiro recebia o frio da madrugada como um banho reparador. Era outro que ele se sentia fora de casa. Fugia da tísica, do olhar fundo de Odete, sondando nele os seus secretos desejos.

Outros deixavam as suas casas para o serviço. Ele conhecia todos. Via-os todas as manhãs. Se, quando voltasse

O moleque Ricardo • 249

para casa, encontrasse a mulher morta? Resolvia-se então tudo. Deixaria a rua do Cravo no mesmo dia. Seria o homem mais feliz do mundo. Um homem livre, um homem sem mulher doente para dormir com ele. E a rua inteira saberia então que ele fora um marido safado, porque sinhá Ambrósia mesma espalharia:

— Matou de desgosto a minha filha. Era um moleque debochado, raparigueiro.

Que lhe importavam, porém, os juízos que fariam dele, se ele estava livre, com a terra toda para pisar, para andar?

Mas seu Lucas sabia das coisas, olhava e descobria as intenções de todo o mundo. Ricardo já passava no portão do preto velho com medo de que ele descobrisse as suas intenções. E se seu Lucas compreendesse a malvadez de suas intenções? Ele só fazia perguntar por Odete. O negro velho teria mesmo força de fazer mal aos outros? O jardim de seu Lucas não perdia as cores. Era sempre bonito, com a cássia-régia rebentando em cachos de ouro. O negro tratava das plantas com devoção. Rosas e flores desabrochavam com ajuda de suas mãos sagradas. Havia gente com mão boa para plantar e colher, e outras que só em tocar desgraçavam as sementes. Havia mãos com o fado de proteger a vida, de propagar. O povo dizia mesmo: fulano tem mão feliz. O jardim de seu Lucas escapava das formigas, das lagartas, das doenças. Todo o mundo que passava por ele olhava admirado. O negro tinha força capaz de manobrar com a vida? E por que ele não curava a tísica de Odete? Era até uma grande besteira dele, aquele seu medo de seu Lucas.

A corneta do pãozeiro de seu Alexandre vibrava pelas manhãs da Encruzilhada. Ricardo com a morte de Odete ficaria o mesmo de antigamente.

No almoço, em casa, sinhá Ambrósia falava da doente:

— Está melhor, todo o mundo nota que Odete está melhorando. Ela vai escapar daquela.

Parecia uma réplica aos desejos ruins do genro. Ouvindo aquilo Ricardo se humilhava mesmo. Desejar a morte era o mesmo que matar. Não matava porque não teria coragem. E sinhá Ambrósia desconfiaria dele? Seria que ela dizia aquelas coisas para salvar Odete de seus desejos? Ia ver a mulher na cama, estendida. Os olhos se afundando e a voz fraca, um fio de voz para se queixar, falar baixinho da morte. Nem pedia mais para que o marido chegasse para perto dela. Aquela ânsia de se encontrar com uma coisa viva não a possuía. O moleque saía do quarto mais morto do que vivo. Longe da mulher, vivia a desejar que ela embarcasse. E, ali perto, vendo os ossos de fora, o fim se aproximando, lhe vinha uma vontade de que Odete não morresse.

Ficava por debaixo das jaqueiras quando o sol tinia de quente. A rua do Cravo era um forno. Só nos quintais se podia respirar. O moleque se perdia em pensamentos ali por debaixo dos arvoredos familiares. Os pássaros de seu Abílio estalavam os seus cantos fazendo duetos para o dono espichado na esteira gozando a aposentadoria. De vez em quando se ouvia dali o apito dos trens de Beberibe, um apito grosso, que não dobrava como os dos trens da Paraíba. Ricardo também botava uma esteira para se deitar. Odete tossia, os passarinhos cantando. Podia ter sido feliz. Tudo tinha sido para ele ser feliz, e manchas escuras na vida, naquela idade. Só mesmo mau-olhado. Por que seu Lucas chamava tanto por ele? Guiomar, Isaura, Odete, três mulheres que não chegaram a lhe contentar inteiramente. A rapariga da rua Estreita tinha a carne branca e amarelada. Isaura fora para ele a que ia melhor com a sua carne. Coitada de Odete. Não queria mais bem a ela. O amor que tivera se fora, enjoara logo o amor com a mulher. Para que pensar nisso, se a mulher estava esperando hora para entregar a alma a Deus? Os pássaros de seu Abílio cantavam no mesmo cortar. Houvesse gente boa ou doente dentro de casa.

 Apareciam mulheres para perguntar por Odete. Sinhá Ambrósia dizia sempre que estava melhor:

 — Tossiu menos. Dormiu mais descansada.

 Ninguém acreditava. A rua do Cravo nunca tinha visto doente do peito se levantar. Odete contava os dias. Aos poucos se aproximando da cova. Só sinhá Ambrósia não via isto.

 Melhor para Ricardo era ficar na padaria. Almoçava em casa e saía para a venda esperando que chegasse a hora do pão da tarde. Seu Alexandre, de braços arregaçados, ajudava o caixeiro. A gordura do bicho cada dia se derramava mais. A venda crescia, os cobres dobravam no Banco Ultramarino. Vendo Ricardo por ali, ele aproveitava o pãozeiro para um servicinho. Havia sempre garrafas para lavar. Fazendo estas coisas o moleque se lembrava com saudade dos tempos de d. Isabel. A velha lhe contava histórias da terra, enquanto vasculhavam os vasilhames. Tudo aquilo se passara num instante, num abrir e fechar de olhos. Era agora outro homem, mais cativo do que no engenho. Todos os empregados da padaria perguntavam pela sua mulher. Parecia-lhe que havia mesmo um certo prazer em indagar, em saber que a pobre com quem se casara se consumia em cima da cama. Já ofendiam o moleque com aquelas perguntas. Simão lhe abriu os olhos:

 — Toma cuidado, doença do peito é um perigo.

 Seu Antônio advertiu também para que ele tomasse cautela com a tísica, não brincasse não. Mais receio do que ele tinha não podia ser. Só se abandonasse a casa. E se ele fizesse isto, todos cairiam no couro dele sem pena.

— Negro infeliz, deixou a mulher e foi-se.

Era muito bom falar, dar voto na vida dos outros. Se Deus lhe desse forças, ele sabia o que fazer. Não tinha, porém, forças para uma ação decisiva. Deixar a mulher, não deixava. Até que ela morresse, aguentaria. Os serviços que seu Alexandre dava ao moleque para fazer descansavam os pensamentos dele. Enfileirava as garrafas de boca para baixo e ia depois conversar com os padeiros no rojão. Seu Antônio e Deodato não variavam. De dia e de noite se faziam indispensáveis. Boca de forno e mestre eram as grandes figuras que não podiam faltar. Sem eles o pão de seu Alexandre boiaria nos balaios.

Os colegas agora estavam todos animados com as conversas do masseiro Sebastião. O homem conseguira a confiança para as suas conversas. Falava de uma greve, de um movimento que se preparava para breve. Simão e Deodato não questionavam. Se a coisa era para bem dos operários, contassem com eles. Ali todos entrariam; até o negro do cilindro, que se abalara com o palavreado do companheiro. Operário precisava de se unir. O que Florêncio não atingira com tanto esforço, o outro obtinha: converter para o meio deles o negro de seu Lucas. Jesuíno entrava na greve. Qualquer coisa ele encontrara no entusiasmo do companheiro. Ricardo ouvia os amigos com inveja. Por que ele também não prosava, não se enchia de gosto pelas esperanças dos outros? Aqueles homens tinham esperança numa vida melhor. Queriam mudar. Eles falavam em aumento de salários. Em horas de serviço. Falavam numa vida melhor. Simão sem dúvida que sonhava com mais um quilo de carne verde para o feijão com os filhos. Comer mais, encher a barriga, dormir mais. Florêncio morrera com o pensamento nestas coisas. Devia o pobre ter morrido com o desespero de deixar a família para sempre na precisão. Eles queriam viver. O moleque não media a extensão desta vontade, porque ele sofria por outros motivos. Casara-se com uma moça da rua do Cisco, uma menina boa, e se abusara dela, da família, da casa. Comer, comia bem. Mas sofria mais do que Simão e Deodato. Queria fugir e não tinha coragem. Não tinha coragem para aquilo que todo o fraco podia fazer, fugir. Só mesmo muita ruindade para deixar a mulher nas últimas, somente para se ver livre, para não dormir junto dela. Dava razão a sinhá Ambrósia. Que negro ordinário pensava ele que era. Sinhá Ambrósia pensaria o mesmo se ele fugisse. A filha morrera de desgosto de tanto sofrer contrariedades. Um negro bom estaria com a mãe em luta com a morte, gemendo nos terreiros com seu Lucas pela saúde de Odete. Mais sofrer do que ele estava sofrendo sofria Leopoldino em Fernando. E Mãe Avelina? Por que não ia para ela, para o regaço bom da negra? Em pequeno, quando sofria e tinha medo, era para o colo da mãe que corria, para o acalento bom da Mãe Avelina. Andava de madrugada no engenho, tirava leite, assistia o gado sair para o pastoreador. O velho Zé Paulino gritava. A vida era mais mansa assim que aquele aperreio da rua do Cravo. Mãe Avelina. A saudade dela chegava para Ricardo como um calmante, uma dose camarada que fazia passar as suas dores. Se tivesse ficado por lá! Acabaria no eito, na enxada de cabo de frei-jorge. Mas melhor seria a farinha com carne de ceará, mel de furo, sem saber de mulher tossindo, sem pensar em sinhá Ambrósia, de cara feia. Os irmãos estariam lá para viverem perto da mãe. E lhe vinha aos ouvidos o chamado doce de Rafael do dia da fugida: "Cardo, Cardo." Por que não havia uma coisa que fizesse esquecer a vida na rua do Cravo? Em toda a parte onde estivesse, a casa do seu Abílio, a obrigação de voltar para lá lhe esfriava a vida. A família aleijava o pãozeiro.

Tão felizes que pareciam aos vizinhos nos primeiros tempos! Todo o mundo invejava a união do pãozeiro com a mulher, e no entanto se enjoara de Odete antes mesmo que ela caísse doente. Quando, às vezes, ele chegava na última casa e deixava o pão, se aborrecia porque o serviço tinha acabado. Melhor que fosse de manhã à noite andando de porta em porta, soprando naquela corneta até cansar. Não ia para casa. Isaura somente uma ou outra ocasião saía com ele, e era ainda pior, porque lhe renascia o fogo que nunca se apagara no moleque por ela.

— Não quero saber de homem casado não – lhe dizia Isaura. — Vai pra tua mulher. Depois estão falando por aí que eu estou desencabeçando gente.

Ela sabia que a mulher de Ricardo se liquidava. Está aí de que servia casamento. Isaura teria feito o moleque feliz, se não fosse aquela sua sem-vergonhice de vida. Do lado dela não havia mais esperança para Ricardo. Ele não tinha o calibre de seu Alexandre para suportar uma mulata que lhe dava o sobejo dos outros.

As conversas da padaria lhe entretinham mais. Melhor ouvir a fala de Sebastião, os sonhos dos homens de barriga vazia. Simão com cinco moleques em casa, e Deodato, que se morresse amanhã, deixaria os filhos como os de Florêncio – com a fome como a única herança legada a eles. Seu Alexandre para o pessoal era um monstro. Um monstro que eles reduziriam a pedaços, se um dia pudessem. Era o peste, o cachorro doente, o butc e todos os nomes feios que os homens tinham na boca.

— Deixa estar ele, que no dia ele geme na unha da gente.

Sebastião dizia que no Rio, patrão como aquele eles confiam na bomba, e argumentava com Florêncio e Leopoldino:

— Foram vocês mesmos que me contaram a história.

Seu Alexandre brigava lá pela venda com o caixeiro. Botava para fora na primeira que pegasse: olho da rua. Ouviam-se da padaria os gritos dele. Os homens faziam o pão da tarde embalados pelos ódios de Sebastião. Um dia aquele galego secaria a garganta de gritar.

Falava-se de greve. Deodato dizia para Simão:

— Não dizia que o doutor Pestana é mesmo amigo de operário? Vai ver quem está junto do pessoal preparando a greve?

Sebastião tinha a mesma opinião dele. Podia ser que o chefe tivesse se enganado da outra vez:

— Muito operário ficou desiludido com ele. Enganaram o doutor Pestana. Agora vocês estão vendo. O homem nem come, é só cuidando do movimento. A coisa vai ser grossa. Quem não tiver coragem, não se meta.

Ricardo voltava para casa com a conversa da padaria atravessada no pensamento. O povo todo estava na greve. Simão, Deodato, Jesuíno, Sebastião, os operários de todos os cantos confiados na vitória. O dr. Pestana na frente. Eles queriam mais comida, mais direito a descanso. Simão e Deodato fazendo força para que seu Alexandre pagasse mais uns tostões. Os bons amigos de Florêncio com aquela ideia. Eles tinham toda a razão. Era mesmo, os pobres não estavam pedindo um fim de mundo. Seu Alexandre pagava automóvel para a mulata no Carnaval. Seu Alexandre não tinha filhos para sustentar. Ele, Ricardo, é verdade, não precisava de nada. Tinha com que comer e com que vestir. A sua barriga não roncava de fome. Deodato, Simão e os outros precisavam. Todos precisavam de comer, só de comer e dormir. Veio então no moleque uma vontade repentina de entrar na greve, de ficar com Simão e Deodato, formando com os amigos. Ele não tinha fome, não tinha raiva de ninguém. Nunca sofrera fome, não tinha filho para sustentar. Aquele seu Alexandre era um galego indecente. Matara Florêncio, desgraçara Leopoldino. Sebastião bem que dizia:

— Um patrão daqueles só a bomba.

Naquela noite Odete morria com o marido na rua.

30

RICARDO VIU A DOR de sinhá Ambrósia e de seu Abílio como fora grande diante da filha morta. Sinhá Ambrósia deitada no chão como um bicho, abandonada. Pelo chão, chorando, sem força para levantar a cabeça. Cuidassem da filha, vestissem a bichinha, fizessem tudo por ela. E a cozinha onde estava, cheia de mulheres consolando. A vida era assim mesmo. Todos teriam que passar pelo mesmo. Odete fora descansar. Melhor do que ficar sofrendo neste mundo, doente e com o marido fazendo o que não devia fazer. Mas sinhá Ambrósia só ouvia a dor que lhe partia o coração, que lhe quebrava a alma em pedaços. Seu Abílio chorou como uma criança. Ele não tinha ciência do que a morte queria fazer com a filha. Via a menina doente, confiando na vida. Confiara em que tudo fosse para a frente, que tudo era bom, desde que os passarinhos cantassem, que o seu bicudo lhe enchesse o coração de entusiasmo e alegria. A morte, porém, não quis saber de bicudos e da boa-fé do cotó. Entrou-lhe de casa adentro e passou Odete nos peitos, esticou a sua filha para sempre. Quando a mulher chegou gritando para ele: "Odete está morrendo, Abílio!", ele pensou que fosse mormaço da mulher, espanto tolo de Ambrósia abobada.

Foi então ver de perto. E viu a filha virando os olhos, de nariz afilado. Como lhe pareceu acabada a sua Odete! E ele não notara isto. E ele nem pudera ver que Odete ia se acabando, só cuidando de seus passarinhos. Agora ela estava ali, na cama de vento, nos últimos instantes que Deus lhe dava. Abílio cotó sentiu que a morte estava dentro de sua casa. A sua filhinha morria. Morria aquela Odete que ele criou, que ele fez, que ele trouxe nos braços, aquela que a mulher levava para ele beijar na cadeia. E de repente se esqueceu dos passarinhos, se esqueceu de tudo para só ver a menina morrendo, com os olhos virando e Ambrósia a gritar na cozinha como uma doida. Abílio teve vontade de gritar. Uma dor violenta machucou o seu interior, machucou forte o seu coração. E deitou-se perto da cama, e só ouvia o soluço de Odete se passando.

— Ambrósia! Ambrósia! – gritou ele para a mulher.

E o choro grosso sangrou dos peitos do guarda-costas, do criador de pássaros. O choro de seu Abílio parece que tocara a Odete nas últimas, porque ela parou de virar os olhos. E olhou para um canto só, com o olhar de quem estivesse vendo mesmo. Seu Abílio viu que ela estava olhando. Pegou-lhe nas mãos ainda quentes e úmidas. E há tanto tempo que ele não fazia aquilo! Odete olhava para um canto só. Depois esticou o corpo como se empreguiçasse, e o pai viu a morte entrando na posse de sua filha. A sua Odete, que ele carregou nos braços, ia-se de uma vez para lugares distantes. Gente entrava para botar a vela na mão. E o cotó caiu para um lado gemendo. A casa se enchera de espectadores para ver o drama mais representado deste mundo e o mais inédito para todo o mundo. A casa se enchera para ver Odete morrer. Ninguém julgara que Abílio cotó quisesse tanto bem à filha. Ninguém podia imaginar que aquele aleijado, que só falava de passarinhos, chorasse assim como um homem qualquer. Seu Lucas veio tomar conta das coisas. A casa agora era da morte e dele. Nestas ocasiões ele mandava em tudo. O poder de seu Lucas nessas ocasiões não tinha termo. Sinhá Ambrósia, deitada no chão, chorava. Era uma fonte que não se extinguia. O pai de terreiro de quando em vez se chegava para ela com o consolo de Deus para a sua ovelha ferida no mais fundo. O cheiro do incenso e o canto das negras davam sinais de eternidade à casa pobre de seu Abílio. Por debaixo das jaqueiras homens e mulheres conversavam sobre a morte, sobre casos que tinham visto. A defunta na sala, com velas acesas, adormecia com o canto das negras. Quando Ricardo entrou, encontrou aquele quadro terrível. De longe ele foi sentindo o cheiro do incenso e viu a casa com povo na porta. A mulher tinha morrido. De súbito ele compreendeu tudo. E uma mágoa grande se apoderou dele. Saiu andando com o peso da dor. A casa cheia de gente, velas, cantar triste, seu Lucas cantando. Chegou como um leso. Viu a mulher na cama estendida na sala, e não teve coragem de ir para ela. Ficou em pé. Todos olhavam para ele. Viu os olhos miúdos de seu Lucas em cima dele como o fogo de um anátema castigando-o. Os pés estavam enterrados no chão. Por que não corria ou não caía em cima de Odete, estendida ali perto? O que é que ele tinha que não chorava, que não fazia alguma coisa? O povo olhava para ele furiosamente. Seu Lucas cantando. Mas quando ele viu Abílio no fundo da sala, urrando, o moleque se sentiu abalado por qualquer coisa. Correu para o sogro e o pranto lavou-lhe a alma. E ele ficou como os outros, sentindo a morte de Odete, sofrendo a mulher morta, sem medo de olhar para ninguém.

 Dois dias depois do enterro, Ricardo começou a ver que sinhá Ambrósia estava com raiva dele. Não que ela lhe dissesse nada. Mas os olhos de sinhá Ambrósia eram diferentes. Seria que o choro lhe tivesse queimado as pálpebras, lhe secado as pupilas? Sinhá Ambrósia estava diferente. O moleque desconfiou. A mãe de Odete não era a mesma. Abílio cotó nem dava uma palavra. O que pensavam dele? Os pássaros é que cantavam, como se nada tivesse acontecido. Mal a manhã aparecia, eles não esperavam por ordens. Cantavam. Abílio, porém, para um canto, não falava às visitas que por acaso apareciam. Olhava para a mulher. Via aquela dor exposta e trancava-se, sumia-se para dentro dele, que nem o seu bicudo tinha força para o puxar daquela solidão. E foram dias assim. A casa toda de luto, com os donos não querendo se conformar com a morte. Sinhá Ambrósia e Abílio se sentavam à mesa para comer, olhando muito um para o outro. E não saía nem uma palavra com Ricardo. Por isto o moleque pensava em coisa ruim com ele. Seria que eles estavam com ódio? Seria ele mesmo o culpado da morte de Odete? Puxava coisas então para se convencer do contrário. Ele gostava de ver a mulher morta, que tivesse ela se sumido da vida. Depois se convencia ele próprio de que tudo aquilo não passava de uma maluquice. Não tivera culpa de coisa nenhuma. Ele nunca que procurasse outra mulher se não sentisse Odete doente, com aquela moléstia, com aquela tosse infeliz. E até andara pouco com Isaura. É. Mas Odete tinha sabido das pernadas dele por fora. Foram dizer a ela que o marido voltara ao chamego com a mulata da Encruzilhada. E quantas vezes ela na cama, com a noite alta, não pensava nele, não imaginava o que ele estava fazendo àquela hora? Sim. Ele procurara Isaura para amar, enquanto a mulher morria, tossindo, sofrendo os horrores de febre. Por isto sinhá Ambrósia tinha aqueles olhos apagados e Abílio não abria a boca, esquecido até dos passarinhos. Era um miserável, um assassino. Por que não o botavam na cadeia? Matara a mulher. A sogra e o sogro estavam certos disto. A mulher fora para debaixo da terra por culpa de quem? Do marido que se enojara dela, que não gostava do amor com ela, que via cara de outras mulheres nas horas em que os dois faziam o que todos os outros casados faziam. Ricardo saía com a cesta de pão pensando nestas coisas tristes. E de tanto pensar ficava magro, perdia as carnes. Os colegas da padaria notaram. O pãozeiro sentira de com força a morte da mulher. Baixou o lombo. Em casa Ricardo não dormia. Não sabia se era medo ou o que diabo era. Ali naquele quarto de Odete lhe vinha uma insônia desesperada. Não pregava olhos. Ouvia tudo que se passava por dentro e por fora da casa; os suspiros de sinhá Ambrósia, o ressonar de Abílio, o vento nas fruteiras. Às vezes, quando a ventania era mais forte, um baque de jaca madura no chão parecia a queda de um corpo de gente. Os trens de Beberibe apitavam de longe. E de mais longe ainda os de Paraíba. Nestes momentos é que ele se consolava um pouco com as saudades de seu povo. Fora um infeliz em ter saído do meio dele. Pelo menos por lá a vida era só uma, um serviço só. Ali era o que se via: casamento, nojo, medo de dormir. E Odete? Se ela aparecesse para falar com ele? A cama em que a mulher morrera estava no quintal de pernas para o ar, levando sol e sereno. Cama de tísico não servia nem para o fogo. Ele tinha vontade de sair do quarto, mudar-se para outra parte. Todo o mundo dizia a ele que doença de tísico ficava pegada no chão e pelas paredes. Ele tinha que sair de qualquer jeito. Mas tinha vergonha de sinhá Ambrósia. No dia em que ela soubesse que ele tinha desejos de sair da casa, a velha se danaria. Aquilo era por causa de Odete. O moleque saía porque estava com nojo de dormir no quarto da filha. Ricardo pensava nestas coisas. Não podia ficar mais naquela casa. Foi a Simão e contou. O amigo se admirou da besteira dele:

— Você é escravo de ninguém? Vai-te embora. Já se viu ninguém estar obrigado a viver cheirando restos de defunto? Eu já tinha arribado. Toma cuidado, senão você entisica. Moléstia do peito não anda pedindo licença pra entrar não. Deixa Abílio e vai embora. Se tivesse filho pequeno ainda, ainda. Mas escoteiro!

Era mesmo. Simão tinha toda a razão. Onde já se vira um homem obrigado a morar com o sogro, depois de ter ficado viúvo? Era viúvo. As negras davam-lhe sentimentos quando ele saía com o balaio, três dias depois da morte de Odete:

— Meus sentimentos, seu Ricardo. De que morreu sua mulher? Coitada! Na flor da idade!

E ele tinha que agradecer a todas e explicar tudo. Seu Lucas ficou mais amigo ainda do que era:

— Menino, tu não vai te casar com qualquer cabrocha não. Se tiver de casar, toma cuidado.

E falava de sinhá Ambrósia:

— Nunca vi um sentimento daquele. A mulher parece que perdeu o mundo. E vai custar muito até que a pobre assente juízo. O povo não se acostuma com a morte. Pra mim é mesma coisa que a vida. Não me assusta não. O dia da minha morte pode chegar.

Ricardo queria sair da rua do Cravo. Ele mesmo teve até vontade de falar com seu Lucas sobre isto. Mas bastava o que lhe dissera Simão. Estava era fazendo papel de negro leseira. Arrumasse o que tinha e viesse para a padaria de seu Alexandre, ouvir de seu quarto os gemidos dos homens, as saudades de seu Antônio. Precisava de coragem para dizer a Abílio e à mulher a sua vontade de mudar-se dali. Ali é que ele não podia ficar, com o cheiro da morte, naquele chão que Odete escarrava, naquelas paredes, nas telhas, em toda a parte. Apagava a luz do quarto e com a escuridão vinha-lhe o medo. E era mais alguma coisa que o medo. Era uma presença esquisita, uma coisa que ele percebia mesmo de olhos fechados, por todos os cantos, por todos os lados. Tremia na rede, suava frio, tinha medo de abrir a porta, a janela. O vento mexia nos galhos das árvores e vinha um sussurro de lá, e latidos de cachorros pelos quintais dos outros. A noite misteriosa lá por fora. Odete tossia tanto. Morrera de tanto tossir. Sinhá Ambrósia remexia-se na cama e Abílio roncava na sua rede. Todo o mundo naquela casa dormia, tudo virado para o desconhecido, e ele de olhos abertos e com ouvidos para ouvir tudo, ouvir tudo como se estivesse pertinho de suas ouças.

Simão lhe aconselhou a fugir daquela casa. E era mesmo. Ele não podia passar mais uma noite por ali. Falaria com sinhá Ambrósia. E foi o que fez. A mulher sentiu, caindo no choro. Ricardo ia abandonar a casa de Odete, com nojo, com vontade de encontrar outra gente, outra mulher para se casar. Mas era preciso sair, era preciso viver porque aquilo que estava fazendo não era viver. Antes de falar com sinhá Ambrósia, ele começou a pensar no que acontecesse. Passaria por um negro safado. Mas Deodato lhe animou:

— Simão me disse que você está com medo de deixar a casa de Abílio. Até pra falar a verdade, eu é que estou admirado de como você ainda está lá. Franqueza. Que diabo está fazendo você ali? Abílio é seu pai? Morta a filha, ele é que nem deve querer mais estar olhando pra cara do genro. Eu é que não queria. Se fosse comigo, genro que se danasse. E depois, você não tem família.

Deodato via as coisas direito. Ele estava fazendo até vez de entulho na casa do sogro. Quando sinhá Ambrósia ouviu dele que não queria mais ficar com eles, fez cara de choro:

— Sentir, eu sinto, Ricardo. Pra que dizer que não? Eu sinto. Você fez o que fez com Odete, mas eu já estava acostumada. A gente se acostuma até com o malfeito. Odete era doente. Você andou por aí fazendo das suas. Homem é assim mesmo. Coitadinha! Foi tão infeliz.

E caiu no pranto. Ricardo também chorou. E seu Abílio veio para junto saber o que se passava:

— O que foi que houve, mulher?

— Ricardo vai embora. Veio me dizer que vai dormir na padaria.

— Se aborreceu da gente? – perguntou seu Abílio.

O negro com os olhos molhados foi dizendo que não, que nunca que se aborrecesse deles, pois foram tão bons, tão bons que nunca que se aborrecesse deles.

— Você quer ir. Nós até estávamos satisfeitos com você. Não se tem mais ninguém no mundo. Você era como se fosse filho. Quer ir, vá. A gente só deve ficar onde quer.

31

No quarto dos fundos da venda, Ricardo continuou sem sono. Odete se mudou com ele. O cheiro dela, o fedor do quarto abafado, aquela presença invisível e incômoda nas noites compridas do moleque. Que seria aquilo? Muitas vezes ele chegou a pensar que fosse uma perseguição de alma do outro mundo atrás dele. Falava-se tanto de mortos perseguindo da outra vida os vivos queridos, que lhe veio o pensamento de Odete atrás até que ele morresse, que se fosse para onde ela estava. Trancava-se no quarto de seu Alexandre e o vento nos arvoredos e o latir dos cachorros eram a mesma coisa que na rua do Cravo. Fugia então para o meio dos companheiros no trabalho. Eles mesmos notavam o desespero do negro. Simão procurou saber o que era:

— Mas que diabo você tem? Será que virou fantasma? O homem não dorme, não come. Só quem quer levar o diabo.

Não podia dormir. Querer, ele queria, mas os sonhos que lhe vinham cortavam o sono. Eram sonhos com Odete, com ele morrendo, com a mulher morrendo com ele. De dia, no trabalho, conseguia ainda esquecer um bocado. Quando chegava em casa à hora de ficar só, a mulher chegava outra vez, a morte, o medo da tísica, da doença que pegava no vento, que ficava pelo chão, pelas paredes. A mulher puxava por ele. A cova dela estava esperando por ele. Ficava magro cada vez mais. Os companheiros notavam a magreza e seu Alexandre na mesa lhe abriu os olhos:

— Por que cargas-d'água lhe apareceu este fastio, senhor Ricardo? Coma, homem, senão pode lhe aparecer por aí uma fraqueza. O senhor precisa alimentar-se.

Tinha fastio. Isaura não morava mais na Encruzilhada, fora-se para outro lugar com o seu cheiro gostoso chamando os homens. Foi quando Ricardo se lembrou de mandar uma carta para a mãe boa, para a Mãe Avelina. Ele queria voltar para a sua terra, para a sua mãe, deitar a cabeça no seu colo, sentir as mãos dela na sua cabeça. Aquela sim, que fazia as coisas para ele com gosto, sem enfado. Nunca que ele se enjoasse de seus agrados. E foi assim com estas saudades que ele pediu a uma pessoa para escrever uma carta ao povo do engenho. Iria embora dali, onde só ouvira falar de miséria, onde nem amar pudera como o seu coração pedia. Guiomar morrera, Isaura fizera aquilo e Odete apodrecera para ele. Iria para o engenho outra vez. De lá se lembraria do Recife como de um sonho. Podia até ter saudades de alguma coisa. Mas ficava livre de Odete. Quando ele sentia que a noite se aproximava ficava logo insatisfeito, procurando gente para ficar por perto. Ficar sozinho no quarto era o pior castigo deste mundo. Ficava. Fazia força e ficava na companhia de seus medos injustificados. A padaria estava ali perto. Ouvia o rumor dos homens, o falaço de Sebastião, a massa esbofeteada pelos masseiros, as talhadeiras cortando bolacha. Ouvia tudo isto para não ouvir o que lhe vinha de dentro para lhe atormentar. Às vezes tudo parava. O serviço tinha findado, mas o vento soprava nos arvoredos. Um pé de caju dava seus galhos por cima do telheiro de seu quarto. Naquelas noites de dezembro o cheiro da flor do cajueiro se derramava pelo seu aposento. Mas ele nem sentia. Odete morrera pensando nele. O negro então tremia na rede como se a maleita estivesse no seu sangue. Um frio diferente dos outros invadia-lhe as carnes, o coração batia alto, e tinha vontade de gritar. Se soubesse rezas compridas para se livrar daquilo, rezaria todas. Odete morrera pensando nele. No engenho as negras contavam histórias de mortos que só descansavam quando levavam outros para o fundo da terra. A alma ficava no calcanhar do pobre até que este ia com ela para outros mundos. Mortos, mortos, almas penadas que tinham deixado pedaços delas na terra. Odete morrera pensando nele. Queria o seu negro. Estaria com frio lá pelas alturas. "Vem, Ricardo, estou com frio", era assim que ela chamava para o amor. Odete morrera pensando nele. "Vem, Ricardo, estou com frio." O frio da eternidade era bem frio. Ricardo ficava de olhos fechados, esperando que os primeiros clarões do dia viessem livrá-lo daquele desespero, da perseguição mais feroz deste mundo. Abria então a porta do quarto. Queria que a claridade entrasse o mais possível, que a claridade lhe desse a certeza de que nada havia pelo seu quarto. Seu Alexandre ainda não acordara. O rumor que Ricardo ouvia era da vida que começava a nascer, gemidos das vacas na manjedoura, apitos de trens, carroças passando. A primeira que passava era que tinha uma campa trazendo carne fresca do matadouro. Ele respirava em cheio. E a fresca da madrugada banhava-lhe o rosto de orvalho, com uma friagem boa. O moleque queria ir embora. Escrevera à mãe dizendo que voltaria para lá. Falou com Simão dos seus desejos e o amigo entronchou o rosto de espanto:

— Você quer voltar pra canga? É por isto que este mundo não endireita. Pobre só pode mesmo ser pobre. Mas por que você quer deixar a gente? Me diga só.

Ricardo contou-lhe tudo. Não podia dormir, não podia comer. Uma coisa ruim andava atrás dele como um azucrim do demônio. O amigo deu-lhe em cima.

— Medo de quê? Você vê coisa nenhuma! Isto só sendo maluquice!

O outro falou a Simão:

— Não posso, Simão. Uma coisa me diz que estou por pouco tempo.

— Deixa de besteira. Pois a gente pode até fazer mau juízo.

— Não posso, Simão. Só queria ganhar o mundo. Botar para fora isto que eu tenho dentro de mim.

Simão ficou triste. Viu o negro que era uma pérola com uma coisa braba lhe perseguindo. Ele quis encontrar uma palavra mais dura para animar e não teve. Calou-se. Um tempo grande os dois ficaram assim, olhando para lugares diferentes. Depois Simão disse:

— Veja só. O homem melhor que eu já vi, com uma doença desta.

Ele viu que Ricardo tinha lágrimas nos olhos:

O moleque Ricardo • 267

— Mas não faz mal. Isto passa. Isto passa. A gente faz que está pensando noutra coisa e a coisa sai da gente.

No outro dia Deodato procurou Ricardo para falar. Todos da padaria procuraram o amigo para dizer alguma coisa. Era preciso tirar a impressão do rapaz. Deodato pediu para dormir no chão do quarto dele até que chegasse a hora da boca de forno. E aí Deodato contou a sua história para Ricardo: se ele fosse um homem fraco era para ter levado o diabo. Só estava de pé porque fizera das tripas coração. Ficou duro como pedra para as desgraças:

— Eu não falo porque não gosto, mas melhor é a gente falar assim como Simão, dizendo tudo o que a gente sente, sem vergonha. Minha mulher fez comigo o que não se faz com cachorro. Se eu fosse me entregar, teria me metido na cachaça. Fiz finca-pé e peitei a desgraça vergado, com afronta. Mas nem um dia eu deixei esta boca de forno. Nem um dia eu me meti em carraspana pra me esquecer. Os meninos dentro de casa nunca me viram pensando nisto. Simão soube o que eu passei. A diaba anda por este mundo afora. Tomara Deus que o tapuru lhe comesse o corpo. Filho meu não sentiu falta dela. O que a gente precisa é fazer força pra matar as venetas.

Os amigos queriam adormecer as penas de Ricardo. E aos poucos foram vencendo, levando o companheiro para mais perto deles, contando as mágoas que eles também tinham, as desgraças de cada um. Até seu Antônio chamou o pãozeiro para comer um guisado em sua casa:

— A patroa tempera bem, seu Ricardo. Por que não me vem fazer companhia num domingo? Tenho um vinhozinho que é bem bom.

E aos poucos Ricardo foi se livrando, ficando outra vez o negro leve e sadio que chegara.

O homem dali agora era Sebastião, o que falava, o que sabia de coisas e entendia dos direitos de operário. A greve que se preparava tinha nele um entusiasta. Desta vez o que se ia fazer era mesmo para o benefício da classe. O dr. Pestana ficara ensinado com o fracasso do outro ano. Sebastião trazia papéis escritos para ler aos colegas. Eles teriam que agir com toda a prudência, nada de bater com a língua na boca, porque ou a coisa seria vitoriosa ou eles sofreriam o diabo. Simão e Deodato não discutiam. Quando fosse para botar abaixo, eles dariam tudo. Os operários desta vez não dormiriam em sobrados para auxiliar o acordo de Borba, botar em cima gente de gravata que queria subir à custa deles. O dr. Pestana estava ensinado duma vez. Se Florêncio estivesse vivo, estaria num céu só em pensar naquilo. O sonho dele encontrava gente para representá-lo, gente que se expunha aos perigos. Ricardo gostava de ouvir Sebastião falando. Falava sério, com palavras sentidas, confiando no que dizia. Odete se sumia com a atenção que ele dava aos amigos da padaria. Esquecia-se aos poucos das visagens e dormia mais. Entretanto queria ir-se embora. Escrevera para o povo do engenho, falando da sua vontade de voltar para lá. Simão achava o cúmulo. Voltar para o engenho. Sem dúvida que só podia ser fraqueza de juízo. Um homem que ganhava o que ele ganhava, com aquela ideia infeliz. Mas Ricardo pensava mesmo naquilo. O que o Recife lhe dera de bom não compensava as tristezas e as mágoas em que ele se metera. Odete, Isaura, Guiomar, três mulheres que lhe haviam secado a alma. Não tinha mais nada em que pensar. Com Odete fora o fim. Isaura ainda ele se lembrava dela com a saudade gostosa. Odete amesquinhara-lhe a vida. Morrera, mas o cheiro dela ficara nas suas ventas, aquele cheiro de coisa acabada, aquele cheiro de corpo imundo. Ainda não tinha se libertado dela inteiramente. Ainda lhe chegava agora mais raramente para lhe embaraçar o sono. A conversa de Sebastião era forte. O companheiro animava as esperanças dos homens da padaria. Falava sério, falava com coragem, com ânimo, sem deixar dúvidas. Simão e Deodato só tinham um espanto – era o de ver o negro do cilindro tomando interesse pelo que dizia o companheiro. O negro do cilindro tinha fome em casa, um familião para sustentar. A fome abria mais os ouvidos dele, a fome dava-lhe coragem para fugir de seu Lucas. Sebastião falava sério. Era um falar diferente daquele de Florêncio que dizia as coisas de outra maneira. Florêncio acreditava nos outros e vinha sempre com "o doutor disse isto", "vai fazer aquilo". Sebastião tirava dele mesmo os pensamentos e as opiniões. "Nós devemos fazer força", "Nós faremos a greve!", era assim que ele falava, deixando a impressão de que mandava alguma coisa, de que tinha discernimento para manobrar os seus braços.

Seu Lucas perguntou a Ricardo por Sebastião:

— Quem é o cabra que está agora na padaria, menino? Pois não é que Jesuíno está pendido por ele? Que fez ele com Jesuíno? Era um negro bom e agora me apareceu falando de greve. Este mundo está se perdendo!

Ricardo não respondeu a seu Lucas, mas notou a tristeza do negro velho. Jesuíno fugia dele. Uma ovelha que virava a cabeça para o outro lado.

Mas Ricardo agora já era outro homem. As tristezas se iam e o mundo outra vez começava a existir para o negro. O sol da manhã esquentava os jardins. Vinha mesmo em cima de sua cara como um agrado bom. As árvores da Encruzilhada, as mangueiras, os sapotizeiros dos sítios com as suas folhas molhadas brilhavam ao sol. Seu Lucas ficava de cócoras nos seus canteiros, cuidando das rosas. Jesuíno estava fugindo para as mãos de outro. Um cabra mais forte do que ele puxara o seu negro para o meio dos outros. O pastor devia sofrer o seu pedaço. Qual não seria a mágoa de seu Lucas ali no jardim com as mãos meladas de bosta de boi, tratando das suas roseiras? Jesuíno se perdera. Achara sempre difícil um negro sair de seu terreiro, e aquele saíra. Há tanto tempo que andava atrás de Ricardo, e em vez de Ricardo entrar, saía Jesuíno. O negro estava iludido. Um dia voltaria, um dia voltaria para quebrar os pés nas danças, secar a goela nos cantos. Seu Lucas ficava pensando. As suas roseiras obedeciam a ele, mudava de um canto para outro os seus pés e as rosas desabrochavam com a ajuda de suas mãos. Ele mandava nas roseiras. Agora vinha Sebastião e lhe levava o negro de seu terreiro. Ele não pudera levar Ricardo, meter um santo no corpo do pãozeiro, vê-lo estrebuchar com a visita de Deus no seu corpo. E Jesuíno se ia. Havia uma força maior do que a sua no meio do povo. Havia uma força desconhecida maior do que a sua movendo o povo. Ele dava Deus ao povo, ele dava uma esperança de muito longe no céu, um céu que era para depois de tudo. Agora vinha uma força maior do que a sua, prometendo, agindo. Seu Lucas enterrava a enxada no chão. Naquela manhã ele tinha que mudar um pé de roseira de um lugar para outro. Estava triste, estava moído de uma tristeza de vencido. Jesuíno fora-se. Ele tinha que mudar um pé de roseira. E tinha medo, vacilava pela primeira vez. Nunca que seu Lucas vacilasse. Sempre que ele fazia as coisas, sabia o que estava fazendo. As roseiras em que ele pegava davam rosas na certa, carregavam em botões que se desperdiçavam; podia mudar para onde quisesse, que as raízes pegavam. As mãos dele mandavam nas roseiras, nos craveiros, nas dálias. Mas agora ele tremia, agora uma coisa estava dizendo que a sua força se sumia, que havia outras forças por fora mandando no povo. Ele ia mudar aquela roseira e era capaz dela secar, capaz do sol matar a sua roseira. Não matava não. Ele tinha uma reza para isto, tinha uma reza que fazia a terra boa, que fazia o sol bom, que fazia a água boa. Rezaria. Rezaria para que no fundo da terra as raízes pegassem, para que as suas roseiras botassem flores bonitas, para que o perfume de suas roseiras não se sumisse. Jesuíno se fora. Outro seria para ele. Seu Lucas então se virou para dentro de si mesmo. Nunca fizera mal a ninguém, não tinha força para o mal. Todo o mundo pensava que feiticeiro só servia para aquilo, para desgraçar, para fazer sofrer. Não. Ele nunca fizera o mal, sempre que podia mudava as coisas para o bem, mas estava vendo que o mundo mudava. Estava vendo coisas no mundo que ele nunca vira. Jesuíno deixando o terreiro dele, um negro fugindo das rezas, dos cantos, das danças do seu terreiro. Só podia haver uma coisa diferente no mundo. Só podia haver mesmo. Nunca que ele cavasse a terra com medo de mudar uma planta, com medo de que a planta morresse. E agora estava cavando. Sim, seu Lucas não duvidava, mas ele temia qualquer coisa de fora. Jesuíno fora-se embora. Ricardo não queria vir. Depois da morte de Odete, Ricardo bem que quisera ir para seu Lucas, bem que se abalançara para correr para o terreiro na esperança de que aquele frenesi se acabasse. Pensou mesmo nas rezas do negro velho. Quase que uma noite deixara o quarto correndo, até chegar no Fundão e se entregar a seu Lucas, dando o seu corpo para seu Lucas tirar o que havia de ruim por dentro dele. Mas teve medo de ir. Podia ser que nunca mais o negro o deixasse, e não foi. Sofreu horrores e não foi atrás do feiticeiro. Podia ser pior e que outra coisa lhe entrasse de corpo adentro para o resto da vida. Felizmente que melhorara. Os companheiros o tinham salvo daquele aperreio miserável. Dormia mais livre dos sonhos, das lembranças atrozes. Sebastião falava sério. Era um falar de quem confiava, de quem tinha fé. O homem correra mundo e sabia de tanta coisa. Simão tinha filhos em casa. Florêncio deixara filhos morrendo de fome, Deodato criava filhos sem mãe, o negro do cilindro abandonara seu Lucas para ouvir Sebastião. Não, ele propriamente não deixara seu Lucas. Acreditava no que dizia o companheiro, mas acreditava também nas rezas de Pai Lucas. Sebastião falava sério e os homens acreditavam. Ele tinha andado por tantas terras, visto outras gentes. Tudo que eles queriam era o que Sebastião dizia que um dia seria deles. Os filhos de Florêncio, os filhos de Deodato, os filhos de Simão. Ricardo foi vencendo o medo de Odete com as esperanças de Sebastião.

32

Só se falava agora da greve. Uma greve nunca vista, com tudo parado. Os jornais davam notícias minuciosas dos fatos. Padarias fechadas, bondes esquecidos pelos trilhos, trens parados. Operários enchiam as ruas e a polícia, de carabina, tomava conta das companhias, das fábricas. A população não estava com os grevistas. Os que não podiam tomar o seu trem, comer pão fresco, andar de bonde, atacavam, achavam um absurdo operário fazer greve sem que nem mais. Era o que o governo queria com o fogo que dera às Sociedades. Ninguém podia fazer nada com estes operários exigindo, tomando os freios nos dentes. Reclamava-se, pedia-se energia do governo, senão com pouco mais ninguém podia viver no Recife. A população queria ver o seu cinema, voltar para casa no seu bonde, e luz e as suas comodidades à mão. A greve há três dias que a privava de tudo isto. Falava-se de barulho. Diziam que o governo dera 24 horas para os homens aceitarem as condições propostas. E caso não quisessem, pau com os operários. Seu Alexandre andava com medo. Os homens da padaria se tinham incorporado aos grevistas. Até de Ricardo ele não sabia notícias. O portuga conversava na porta do estabelecimento com o Lóia da farmácia:

— Só a cacete, senhor Lóia, só a cacete. Pago a esta gente o que eles não merecem, ganho uma insignificância. E me vêm com greves, com ameaças.

O Lóia estava de acordo:

— Agora, seu Alexandre, em tudo isto eu só culpo o governo. O senhor não viu o ano passado a gente do Pestana o que fez aqui na Encruzilhada? Até o empregado do senhor caiu ferido, não é verdade? Só culpo o governo. Isto que está por aí era motivo para providências enérgicas. Me dessem a polícia, que o senhor via. Ia tudo para o trabalho de cabeça baixa. Greve é luxo.

Seu Alexandre se abria de contente com a conversa:

— O senhor veja. Aqui me chegou um tabaréu. Botei-o dentro de casa, comendo na mesma mesa com minha mulher, pago-lhe 140 mil-réis por mês, dou-lhe vida regalada. Pois bem, está na greve com os outros.

— É mesmo – lhe respondeu o seu Lóia. — Com esta gente não se deve facilitar. Tenho lá na minha farmácia um amarelo que outro dia me chegou com a história de aumento de ordenado. Não quis conversa: "O senhor quer mais ordenado, seu Joaquim? Pois ponha-se na rua!"

— E o senhor fez muito bem – acrescentava seu Alexandre. — Se eu tivesse feito isto aqui com o tal negro, estaria lambendo os meus pés.

Eles pararam a conversa para ouvir um sujeito que contava umas histórias da greve no Recife: o pátio da faculdade estava cheio de operários. Os estudantes iam sair tirando ajuda para a greve. Tinha soldado como diabo por perto. A coisa estava se esquentando. O seu Lóia voltava-se para o vendeiro:

— Veja o senhor. Os estudantes, rapazes de família, metidos com esta gente. O culpado de tudo isto é esse doutor Pestana. Anda agora danado porque não lhe deram a deputação. O Borba prometeu, mas o governador botou o corpo fora. E fez muito bem. Antigamente quando a gente falava em deputado, vinha-se com o nome de um José Mariano, de um Joaquim Nabuco. Hoje é isto que o senhor vê: um Pestana qualquer acha-se com o direito de ser deputado. O doutor Loreto fez muito bem. Negou o corpo. Tinha lá que ver com promessa de Borba? E é por isto que o Pestana está com esta greve. É, mas ele se arrepende. Ele não tem mais soldado para garantir as encrencas dele.

Passava gente a pé pela rua, automóveis carregados de pessoas que vinham da cidade. As notícias falavam da greve com alvoroço. Os tipógrafos tinham aderido. E só circulou naquele dia o jornal do governo. E isto com duas páginas somente. A Encruzilhada perdia o contato com o mundo sem as suas maxambombas carregando o povo para cima e para baixo. Seu Alexandre, de portas fechadas, não devia estar com a paz assegurada. Capaz de fazerem alguma coisa com ele. Melhor que contasse o dinheiro, fechasse o estabelecimento e fosse para a casa de sua mulata. E foi o que fez. À noitinha saía de casa para dormir com a sua rica mulata do Chapéu de Sol. O portuga botou-se para lá receoso. Se o encontrassem por ali seriam capazes de o ofenderem. Em todo o caso era melhor do que ficar na padaria. Operário não andava com esta história de bomba? Melhor seria dormir no quente com a sua Josefa. Ricardo e os outros estavam na rua do Lima. Há dois dias que dormiam por lá. A casa não cabia o povão. Os chefes faziam distribuição de auxílios aos necessitados. Os estudantes tinham trazido uns níqueis para eles. O comércio desta vez negava auxílio aos grevistas. O dr. Pestana, de automóvel, manobrava por fora. A mulher não o deixava, sempre ao seu lado. Perdida a deputação, o marido não podia perder os operários. Borba não tivera força para garantir a situação do Pestana. Por isto era bom ir sempre alimentando nos operários o prestígio dele. Operário um dia faria Pestana subir. Esta greve lhe daria o prestígio que ele ia perdendo. Não era para defender a autonomia do Estado que se chamavam os trabalhadores. Agora os homens queriam comer mais. Pão. Pestana encontrava a tecla dolorosa do povo. Fome. A greve agora era para que dessem ao povo mais comida, mais alguma coisa. Simão, Deodato, Jesuíno estavam ali para isto. Deixaram a padaria de seu Alexandre para isto. A greve seria para que os filhos deles, as mulheres, comessem e vestissem. Sebastião garantiu o sucesso. Seriam vitoriosos na certa, porque todos os trabalhadores unidos valiam de verdade. União, solidariedade. Só precisavam disto, lhe dizia Sebastião. Vencer os mais fortes com a união de todos eles. Ricardo viera também. O que ficaria ele fazendo sozinho na padaria? Todos queriam alguma coisa. Ali na rua do Lima, dos homens que estavam ali não tinha um só em melhor condição do que Simão. Meninos e mulheres em casa roendo patas de caranguejo, cheirando mangue, tomando banho junto dos excrementos. Os urubus voando por cima deles. Todos eram iguais. O moleque via que os olhos de seus companheiros brilhavam como os dos filhos de Florêncio. Era a peste da fome. Há dois dias comiam uma miséria. Fome, fome, fome. Ricardo conhecia a fome. Comiam uns pedaços de carne com farinha seca. A boca amargava, a garganta secando. Os homens ficavam para um canto, uns deitados pelo chão, outros conversando. Havia os que sorriam e mangavam de tudo. Tudo era um pretexto para um deboche, um apelido. Estavam chamando ao negro Jesuíno de engole-cobra por causa do pescoço comprido. A fome em alguns não estragava a veia alegre. Outros ficavam pela escada, cuspindo, de cara triste, sem coragem de nada. Vinham mulheres trazer comida que arranjavam em casa para os seus homens. Eram magras e feias como eles. E não davam uma palavra com os maridos. Viam os pobres comendo a farinha, olhando para elas sem uma palavra. Depois voltavam. Não queriam saber quando eles voltavam para casa, quando aquilo se acabava. Estavam dormentes. Tudo que viesse era bom. Tudo não ofendia mais. Sebastião não baixava o entusiasmo, se dividindo pelos grupos. A experiência dele do Rio era o argumento poderoso. "No Rio se faz assim." E assim eles todos esperavam. Há mais de três dias que esperavam. A adesão dos tipógrafos foi recebida com vivas. Mas no outro dia ouviram rumor de bonde. O que queria dizer aquilo? Era um bonde que passava para Olinda. E a greve? Teriam furado a greve? Os fiscais e alguns empregados dos escritórios estavam fazendo o serviço. Para cada linha davam dois carros. A notícia produziu pânico na sede. Sebastião dizia que aquilo não queria dizer nada. A greve não seria furada pelos companheiros. Fiscal não era operário. E os bondes passando. Com a noite se lembraram de arrancar uns trilhos aproveitando o escuro. A polícia, porém, recebeu à bala os homens que saíram da sede. Estavam cercados. Havia ali dentro uns cinquenta. Muitos já tinham saído para comer por fora. A rua do Lima estava com

praças de polícia fazendo fogo para a sede dos operários por qualquer pretexto. Ricardo, Simão, Jesuíno ficaram para um canto. Não havia dúvida. Estavam perdidos. O que haviam feito eles demais? O moleque do Santa Rosa se lembrou de Florêncio. Fora num sobrado daquele que uma bala pegara o masseiro nos peitos. Ninguém sabia o que fazer. Sebastião virou chefe:
— Fiquem todos deitados. Não vamos atirar não. O jeito que a gente tem é esperar que eles venham buscar.
Um negro protestou:
— Para apodrecer na peia é que eu não saio daqui! Se tivesse uma arma, ia morrer na rua.
— Não vejo precisão disto – disse Sebastião. — A polícia está forte. A gente perde hoje e ganha amanhã.
Sebastião falava sério:
— Ninguém deve fazer fogo. Aí tem uns rifles. Pra que atirar? Morre um soldado e vêm dois. É bom esperar que chegue o delegado. Hoje a gente perde, amanhã se ganha.
E à noite bateram na porta. Ouviram-se patas de cavalo no calçamento e um automóvel roncou na calçada. Eles abriram a porta. Havia uns cinquenta homens lá dentro. Soldados embalados entupiram a rua. Então o negro que falara em briga rompeu do meio deles num carreirão desesperado. Fizeram fogo. E o pobre caiu de bruços no calçamento. Ricardo no meio dos outros sentia a coisa como se ele estivesse marchando para uma execução. Vira a morte do preto. Todos seriam mortos. Já era noite alta e eles saíram pela rua da Aurora. A lua descansada deitava-se por cima do Capibaribe. Vinham andando com soldados atrás, com praças de cavalaria na frente, com os homens de mosquetão. Uns cinquenta homens de mão abanando. Mas Simão pensava na mulher, nos filhos, Deodato nos dele, sem ninguém para

tomar conta. O que iriam fazer deles àquela hora? O negro ficara de bruços no calçamento. Tiros de soldados da mesma cor que eles, tiros pelas costas que o pobre caíra como um bicho em caçada. Eles vinham pela rua da Aurora. Por ali Ricardo passara com o Paz e Amor, com Odete, com seu Abílio, com o seu clube que se botava festivo para o Carnaval. Muitas vezes ele vira aquele Capibaribe com a lua boiando nas suas águas. Muitas vezes as estrelas do céu deixavam as suas marcas naquelas águas. Deodato, Simão e Jesuíno tinham filhos para sustentar. Ele não. Ele era só porque o povo do Santa Rosa era já como se não existisse mais. Passara três dias com os homens, com fome, mas dormira sem Odete atrás dele. Pudera dormir descansado sem nada que lhe fizesse bater os queixos de medo. Sebastião o levara para a rua do Lima. Os soldados pisavam no calçamento numa pancada só. Eram homens da mesma cor do que ele. Pretos, cabras, mulatos como ele, Simão, Deodato, Florêncio. Os passos dos homens com as botinas duras pisando na pedra. Mataram sem pena o negro que quisera fugir como um louco. Matariam a todos os outros que quisessem fugir também. Ele mesmo iria morrer na certa. Ricardo olhava para Simão, de vista baixa, para Deodato, para Jesuíno. Bem que eles podiam ter ficado com os filhos em casa. Deixassem ele que era só. O povo do Santa Rosa vivia de longe. Deixassem ele morrer com Sebastião. O que era ele no mundo, só, sem ninguém para dormir com ele, sem filhos para chorar nos seus braços, sem mulher para amar, sem Isaura? Mãe Avelina, Rafael, o engenho Santa Rosa, os banhos de rio. Rafael chorava para ele no dia em que ele saiu: "Cardo, Cardo." Era como se dissesse: "Meu irmão vem cá, fica comigo, não vai para longe que o mundo te come, não vai para longe, meu irmão, que o mundo te come."

33

Eles iam para Fernando de Noronha. O governo caíra em cima dos centros operários com uma fúria de ciclone. Não ficou um que não fosse arrebatado e que os seus diretores não comessem virola e cadeia. O dr. Pestana, metido em prisão por umas horas, teve a mulher para gritar por ele, *habeas corpus* que o livrasse dos constrangimentos. Os chefes operários iriam para Fernando. Lá estavam os ladrões e criminosos curtindo penas. Para lá iriam os operários. Sebastião e o povo da padaria de seu Alexandre estavam na lista para seguirem. Diziam os jornais que Sebastião era um perigoso agitador e a padaria onde ele trabalhava um foco terrível. Fernando de Noronha com eles.

Seu Lucas andava triste. Foi ao desembargador que ele curara da mulher, mas o homem lhe desenganou. Ninguém fosse falar ao governo em favor de operário. O governador queria fazer uma limpeza na cidade, porque a canalha não deixava ninguém descansar com esta história de greve todos os dias. Ele estava perdendo o tempo. E a mulher de Jesuíno e os filhos nas grades do jardim de seu Lucas, chorando.

— Vai para casa, mulher! – dizia o pai de terreiro. — Ele volta! Um dia ele volta!

E os filhos de Deodato e os de Simão pedindo notícias a seu Alexandre:

— Foram para os infernos! Perderam-se porque quiseram! Agora que aguentem!

Mas seu Alexandre se lastimava. Os homens sabiam trabalhar de verdade. Os outros que tinham vindo substituí-los não valiam nada. Onde encontrar um boca de fogo como Deodato, um pãozeiro como Ricardo, um masseiro como Simão? Seu Antônio foi ao patrão e disse mesmo:

— Precisas fazer voltar estes homens senão eu me retiro.
— Voltar como, homem de Deus? Já falei com o doutor Demócrito. O governo faz questão de castigar, de dar um termo a esta greve.

Não havia mesmo jeito. Os homens iriam mesmo para Fernando. Seu Lucas, no jardim, andava triste, debruçava-se sobre as roseiras sem entusiasmo. Os negros iriam para Fernando. Jesuíno e Ricardo na ilha com os ladrões e criminosos. O jardineiro olhava o chão pensando nos homens. O que tinham feito eles demais? Jesuíno e Ricardo não mataram ninguém, não tiraram o alheio. Iam para Fernando. Seu Lucas viu o sol nas suas plantas sem saber o que o sol fazia. Botava água nos canteiros sem saber o que a água fazia. Os amigos dele seriam mandados no navio para o mar, para o meio do mar, com ladrões e assassinos. E os outros? Simão e Deodato? Eram bons também, as mulheres também chorariam de fome. Por que não mandavam o dr. Pestana? De cócoras, mexendo na terra molhada, o velho censurava as coisas, o velho sentia a miséria das coisas. Aquilo era uma ruindade sem tamanho.

Numa manhã os homens saíram para Fernando. Ricardo, Deodato, Simão, Jesuíno para um canto do navio olhavam o Recife coberto ainda nas sombras da madrugada. Viam vapores grandes no cais, catraieiros trabalhando àquela hora. Mas havia um silêncio grande, um silêncio medonho nos barcos dormindo e nas águas do rio. Eles olhavam para o lado do cais e viam as casas e a terra que iam deixar. Simão para um lado, triste, de cabeça baixa, Deodato dizendo:

— Se ao menos eu pudesse ver os meninos!

E o negro Jesuíno sentado em cima de umas cordas. Sebastião só fazia dizer:

— A gente volta. Um dia a gente volta.

Ricardo olhava para todos. Ele sentia uma vontade desesperada de vomitar, aquele cheiro aborrecido de bordo lhe embrulhava o estômago. Iam para Fernando. Conhecera no engenho um homem, um assassino que estivera em Fernando de Noronha. Chamava-se Noé e contava tanta coisa triste de lá. Fernando de Noronha, ninho de tudo que era homem sem remédio e sem jeito. Ele ia para lá e não sabia o mal que tivesse feito.

— Homem – dizia Jesuíno para Simão —, o governo só faz isto porque não tem família.

— Eu até nem penso mais nos meninos – respondia Simão. — Vai se perder tudo, Jesuíno. Vai se perder tudo.

Deodato era mais forte:

— Não faz mal, eles arranjam jeito de viver.

Sebastião, de pé:

— É isto mesmo. Se a gente esmorecer, sofre mais.

Ricardo se lembrava da Mãe Avelina. Com que alegria ela recebera a carta dizendo que ele ia! Os negros todos da rua se assanharam na certa com a notícia. Ricardo ia chegar calçado de botina e de gravata no pescoço, como o José Ludovina no dia de eleição. Ricardo no Recife não tirava a botina dos pés, mas agora era isto que estava se vendo. Fernando de Noronha esperava por ele. Cercado de água por todos os lados, para o resto da vida. Morreriam por lá.

Agora o sol já cobria o cais, já os sobrados altos se mostravam para eles. E o navio ia sair com pouco mais com as máquinas dando sinal. Eles viram então seu Lucas em pé no cais. O vapor já não estava atracado. Seu Lucas dava com as mãos para eles. O negro velho em pé, com o sol na cabeça branca, dando com os braços para eles. Ricardo olhava para o amigo. Sempre ele tinha o que lhe perguntar nas grades de seu jardim. O negro velho gostava dele. E o vapor ia saindo devagarinho. Simão botava as mãos na cabeça para chorar. Deodato firme e Jesuíno gritando:

— Lá está Pai Lucas! Pai Lucas, toma conta dos meninos!

Sebastião não dizia nada. O vapor ia virando para outro lado e eles correram para dar com as mãos para o velho amigo. O negro velho em pé como uma estaca de cercado no cais de cimento.

Os negros bons iam para Fernando. O que tinham feito eles?, dizia seu Lucas voltando para casa. O que tinham feito eles, os negros que não faziam mal a ninguém? Jesuíno era uma besta de bondade, Ricardo tão bom! Os outros deviam ser também. O que tinham feito eles para ir pra Fernando? Seu Lucas não sabia. Queriam de comer, queriam de vestir, queriam viver. E seu Lucas chegou no jardim com esta dor no coração. Vira os seus negros no vapor mandados pra Fernando. Murchassem as roseiras, cortassem as formigas as folhinhas das plantas, secassem os canteiros. Os seus negrinhos iam pra Fernando. Que tinham feito eles para ir pra Fernando? Seu Lucas cuidava das plantas. Os trens passavam roncando pelas grades de seu jardim. Passavam vendedores cantando as suas vendagens. O homem da vassoura parou para falar:

— Soube, seu Lucas, o navio saiu hoje cheio de gente. Da minha rua foi um. Ninguém fez nada não. Foi por causa da greve.

Seu Lucas não disse nada e o homem se foi. O feiticeiro sentiu uma cousa de fora entrando dentro dele. Era bem diferente da entrada de Deus em seu corpo. Era uma coisa que nunca tinha sentido na sua vida. Tinha sofrido muito neste mundo de Deus. Prisões, cadeia, mas tudo ele aguentava com fé, aguentava sabendo que era bom para ele sofrer. Agora não.

Uma coisa de fora mexia com o negro velho. O sol queimava as folhas de suas plantas, as roseiras abriam-se para o sol. Seu Lucas não via o jardim, a sua cássia-régia gloriosa, as dálias cheias de vida. Não olhava, não via. Os seus negrinhos iam pra Fernando. Num mar navegando, num mar carregados para o cativeiro. Ficou pensando. Uma coisa esquisita entrava pelo seu corpo. Que fizeram os negros? Que fizeram Ricardo e Jesuíno? Mataram? Roubaram? O governo mandava os infelizes pra Fernando.

Seu Lucas ficou assim até de noite. Era noite de culto, noite de rezar para o seu Deus.

Os cantos das negras, os passos das negras, no Fundão, tiniam no terreiro com os instrumentos roncando. Naquela noite o negro velho vestia as suas vestes sagradas sem saber o que ia fazer. Todos já estavam prontos para os ofícios, para as rezas familiares. Seu Lucas de lado tirava as rezas. Era o cantar mais triste que um homem podia tirar de sua garganta. Os negros respondiam no mesmo tom. E foi crescendo a mágoa e foi subindo a queixa para o céu estrelado do Fundão. O sapatear dos negros estremecia o chão, os instrumentos acompanhavam as queixas, os lamentos. E com pouco seu Lucas começou a dizer o que não queria, o que sentia. As palavras do ritual não eram aquelas que lhe queriam sair da boca. Deus estava no céu. Ogum no céu com são Sebastião. Ele queria cantar outra coisa que não aquilo que ele cantava todas as noites. E os negros na dança iam ouvindo o que Pai Lucas dizia. O mestre falava dos negros que iam pra Fernando.

— Que fizeram eles? Que fizeram eles?

— Ninguém sabe não.

Que fizeram os negros que iam pra Fernando? A voz de seu Lucas vibrava. Todo o seu corpo se estremecia.

— Que fizeram eles que vão pra Fernando?

E os negros respondiam misturando a língua da reza deles com as perguntas do sacerdote, de braços estendidos para o céu.

— Que fizeram eles? Ninguém sabe não!

E o canto subia, subia com uma força desesperada. As negras sacudiam os braços para os lados como se sacudissem para fora do corpo. Os peitos, as carnes se movimentando numa impetuosidade alucinante. A terra do Fundão estremecia. Pés de doidos, de furiosos furavam a terra. E seu Lucas com a boca para cima misturando as mágoas com as suas rezas:

— Que fizeram eles que vão pra Fernando? Ninguém sabe não!

O sacerdote quebrando o ritual para deixar escapar a sua dor. Seu Lucas não era mais um Deus naquela hora. Como um homem qualquer ele falava pelos pobres que no mar se perdiam. O canto dele varava a noite, varava o mundo:

— Que fizeram eles que vão pra Fernando? Ninguém sabe não!

Cronologia

1901
A 3 de junho nasce no Engenho Corredor, propriedade de seu avô materno, em Pilar, Paraíba. Filho de João do Rego Cavalcanti e Amélia Lins Cavalcanti.

1902
Falecimento de sua mãe, nove meses após seu nascimento. Com o afastamento do pai, passa a viver sob os cuidados de sua tia Maria Lins.

1904
Visita o Recife pela primeira vez, ficando na companhia de seus primos e de seu tio João Lins.

1909
É matriculado no Internato Nossa Senhora do Carmo, em Itabaiana, Paraíba.

1912
Muda-se para a capital paraibana, ingressando no Colégio Diocesano Pio X, administrado pelos irmãos maristas.

1915
Muda-se para o Recife, passando pelo Instituto Carneiro Leão e pelo Colégio Osvaldo Cruz. Conclui o secundário no Ginásio Pernambucano, prestigioso estabelecimento escolar recifense, que teve em seu corpo de alunos outros escritores de primeira cepa como Ariano Suassuna, Clarice Lispector e Joaquim Cardozo.

1916
Lê o romance *O Ateneu*, de Raul Pompeia, livro que o marcaria imensamente.

1918
Aos 17 anos, lê *Dom Casmurro*, de Machado de Assis, escritor por quem devotaria grande admiração.

1919
Inicia colaboração para o *Diário do Estado da Paraíba*. Matricula-se na Faculdade de Direito do Recife. Neste período de estudante na capital pernambucana, conhece e torna-se amigo de escritores de destaque como José Américo de Almeida, Osório Borba, Luís Delgado e Aníbal Fernandes.

1922
Funda, no Recife, o semanário *Dom Casmurro*.

1923

Conhece o sociólogo Gilberto Freyre, que havia regressado ao Brasil e com quem travaria uma fraterna amizade ao longo de sua vida. Publica crônicas no *Jornal do Recife*. Conclui o curso de Direito.

1924

Casa-se com Filomena Massa, com quem tem três filhas: Maria Elizabeth, Maria da Glória e Maria Christina.

1925

É nomeado promotor público em Manhuaçu, pequeno município situado na Zona da Mata Mineira. Não permanece muito tempo no cargo e na cidade.

1926

Estabelece-se em Maceió, Alagoas, onde passa a trabalhar como fiscal de bancos. Neste período, trava contato com escritores importantes como Aurélio Buarque de Holanda, Graciliano Ramos, Jorge de Lima, Rachel de Queiroz e Valdemar Cavalcanti.

1928

Como correspondente de Alagoas, inicia colaboração para o jornal *A Província* numa nova fase do jornal pernambucano, dirigido então por Gilberto Freyre.

1932

Publica *Menino de engenho* pela Andersen Editores. O livro recebe avaliações elogiosas de críticos, dentre eles João Ribeiro. Em 1965, o romance ganharia uma adaptação para o cinema, produzida por Glauber Rocha e dirigida por Walter Lima Júnior.

1933

Publica *Doidinho*. A Fundação Graça Aranha concede prêmio ao autor pela publicação de *Menino de engenho*.

1934

Publica *Banguê* pela Livraria José Olympio Editora que, a partir de então, passa a ser a casa a editar a maioria de seus livros.

Toma parte no Congresso Afro-brasileiro realizado em novembro no Recife, organizado por Gilberto Freyre.

1935

Publica *O moleque Ricardo*.

Muda-se para o Rio de Janeiro, após ser nomeado para o cargo de fiscal do imposto de consumo.

1936
Publica *Usina*.

Sai o livro infantil *Histórias da velha Totônia*, com ilustrações do pintor paraibano Tomás Santa Rosa, artista que seria responsável pela capa de vários de seus livros publicados pela José Olympio. O livro é dedicado às três filhas do escritor.

1937
Publica *Pureza*.

1938
Publica *Pedra Bonita*.

1939
Publica *Riacho Doce*.

Torna-se sócio do Clube de Regatas Flamengo, agremiação cujo time de futebol acompanharia com ardorosa paixão.

1940
Inicia colaboração no Suplemento Letras e Artes do jornal *A Manhã*, caderno dirigido à época por Cassiano Ricardo.

A Livraria José Olympio Editora publica o livro *A vida de Eleonora Duse*, de E. A. Rheinhardt, traduzido pelo escritor.

1941

Publica *Água-mãe*, seu primeiro romance a não ter o Nordeste como pano de fundo, tendo como cenário Cabo Frio, cidade litorânea do Rio de Janeiro. O livro é premiado no mesmo ano pela Sociedade Felipe de Oliveira.

1942

Publica *Gordos e magros*, antologia de ensaios e artigos pela Casa do Estudante do Brasil.

1943

Em fevereiro, é publicado *Fogo morto*, livro que seria apontado por muitos como seu melhor romance, com prefácio de Otto Maria Carpeaux.

Inicia colaboração diária para o jornal *O Globo* e para *O Jornal*, de Assis Chateaubriand. Para este periódico, concentra-se na escrita da série de crônicas "Homens, seres e coisas", muitas das quais seriam publicadas em livro de mesmo título, em 1952.

Elege-se secretário-geral da Confederação Brasileira de Desportos (CBD).

1944

Parte em viagem ao exterior, integrando missão cultural no Ministério das Relações Exteriores do Brasil, visitando o Uruguai e a Argentina.

1945
Inicia colaboração para o *Jornal dos Sports*.
Publica o livro *Poesia e vida*, reunindo crônicas e ensaios.

1946
A Casa do Estudante do Brasil publica *Conferências no Prata: tendências do romance brasileiro, Raul Pompeia e Machado de Assis*.

1947
Publica *Eurídice*, pelo qual recebe o prêmio Fábio Prado, concedido pela União Brasileira dos Escritores.

1950
A convite do governo francês, viaja a Paris.
Assume interinamente a presidência da Confederação Brasileira de Desportos (CBD).

1951
Nova viagem à Europa, integrando a delegação de futebol do Flamengo, cujo time disputa partidas na Suécia, Dinamarca, França e Portugal.

1952
Pela editora do jornal *A Noite* publica *Bota de sete léguas*, livro de viagens.

1953

Na revista *O Cruzeiro*, publica semanalmente capítulos de um folhetim intitulado *Cangaceiros*, os quais acabam integrando um livro de mesmo nome, publicado no ano seguinte, com ilustrações de Candido Portinari.

Na França, sai a tradução de *Menino de engenho* (*L'enfant de la plantation*), com prefácio de Blaise Cendrars.

1954

Publica o livro de ensaios *A casa e o homem*.

1955

Publica *Roteiro de Israel*, livro de crônicas feitas por ocasião de sua viagem ao Oriente Médio para o jornal *O Globo*.

O escritor candidata-se a uma vaga na Academia Brasileira de Letras e vence a eleição destinada à sucessão de Ataulfo de Paiva, ocorrida em 15 de setembro.

1956

Publica *Meus verdes anos*, livro de memórias.

Em 15 de dezembro, toma posse na Academia Brasileira de Letras, passando a ocupar a cadeira nº 25. É recebido pelo acadêmico Austregésilo de Athayde.

1957
Publica *Gregos e troianos*, livro que reúne suas impressões sobre viagens que fez à Grécia e outras nações europeias. Falece em 12 de setembro no Rio de Janeiro, vítima de hepatopatia. É sepultado no mausoléu da Academia Brasileira de Letras, no cemitério São João Batista, situado na capital carioca.

Conheça outras obras de
José Lins do Rego

Primeiro romance de José Lins do Rego, *Menino de engenho* traz uma narrativa cativante composta pelas aventuras e desventuras da meninice de Carlos, garoto nascido num engenho de açúcar. No livro, o leitor se envolverá com as alegrias, inquietações e angústias do garoto diante de sensações e situações por ele vivenciadas pela primeira vez.

Doidinho, continuação de *Menino de engenho*, traz Carlinhos em um mundo completamente diferente do engenho Santa Rosa. Carlinhos agora é Carlos de Melo, está saindo da infância e entrando na pré-adolescência, enquanto vive num colégio interno sob o olhar de um diretor cruel e autoritário. Enquanto lida com o despertar de sua sexualidade, sente falta da antiga vida no engenho e encontra refúgio nos livros.

Em *Banguê*, José Lins do Rego constrói um enredo no qual seu protagonista procede uma espécie de recuo no tempo. Após se tornar bacharel em Direito no Recife, o jovem Carlos regressa ao engenho Santa Rosa, propriedade que sofrera um abalo com a morte de seu avô, o coronel José Paulino. Acompanhamos os dilemas psicológicos de Carlos, que luta a duras penas para colocar o engenho nos mesmos trilhos de sucesso que seu avô alcançara.

Em *Usina*, o protagonista é Ricardo, apresentado em *Menino de engenho* e retomado no romance *O moleque Ricardo*. Após cumprir prisão em Fernando de Noronha, Ricardo volta ao engenho Santa Rosa e encontra o mundo que conhecia completamente transformado pela industrialização. Do ponto de vista econômico e social, a obra retrata o fim do ciclo da tradição rural nordestina dos engenhos, o momento da chegada das máquinas e a decadência dessa economia para toda a região.

Fogo morto é considerado por muitos críticos a obra-prima de José Lins do Rego. O livro é dividido em três partes, cada uma delas dedicada a um personagem. A primeira dedica-se às agruras de José Amaro, mestre seleiro que habita as terras pertencentes ao seu Lula, protagonista da parte seguinte da obra e homem que se revela autoritário no comando do Engenho Santa Fé. O terceiro e último segmento concentra-se na trajetória do capitão Vitorino, cavaleiro que peregrina pelas estradas ostentando uma riqueza que está longe de corresponder à realidade.

Conheça as próximas publicações de José Lins do Rego

Água-mãe
Cangaceiros
Correspondência de José Lins do Rego I e II
Crônicas inéditas I e II
Eurídice
Histórias da velha Totônia
José Lins do Rego crônicas para jovens
O macaco mágico
Melhores crônicas de José Lins do Rego
Meus verdes anos
Pedra Bonita
O príncipe pequeno
Pureza
O sargento verde